蒙着眼睛的旅行者

朱岳

再版自序

《蒙着眼睛的旅行者》一书所收入的小说写于我 28 岁之前。我 20 岁左右的时候，曾有志于写一本哲学书，为此殚精竭虑。但是有一天，我不得不放弃这一打算。于是，当时集中起的脑力就像一支失去目标的大军无处发泄。

也是在这一时期，我结识了一些写小说的朋友，现在看来，他们的写法在我们这样的环境中是注定难以被接受的，但他们的作品和言论却给予我很大启发，加之我上学时就读过博尔赫斯、爱伦·坡、川端康成等人的作品，便写起短篇小说来。起初只是觉得好玩，像一场游戏，多有戏仿、猖狂之处，后来，别人的几句赞许让我渐渐认真起来，竟改变了心智探索的路线。

10 年来，我的生活循规蹈矩、波澜不兴，但也发生了一些改变，结了婚，换过几次工作，过去一同写作的伙伴多已分道扬镳，不知下落，而写小说于我一直是一件重要的事。一次，一位文友冷不丁对我说:"你的愿望实现不了,我的愿望也实现不了,咱们这些人的愿望都实现不了。"我听了心里不是滋味,但逐渐也理解了他的意思。

常言道,四十不惑,我觉得,这不是说我们在 40 岁时便能得到人生的答案,而是说,40 岁时人就该与种种疑惑妥协了。如今,我已接近这个与疑惑妥协的年纪,但写作仍抓住疑惑死死不放。这大概也是我内心仅有的可取之处吧。

本书此次再版,要感谢后浪出版公司的朋友们。另外,借此机会,我也想向多年来支持我的读者道谢,感谢你们以一种善意的眼光看待这些不成熟的、多少有些古怪的作品,是你们使我不再是一个孤独、可悲、一无是处的人。

2015.12.18

目　录

个人悲剧　1

垒　技　7

我可怜的女朋友　13

作文课　17

格林大夫的遭遇　23

在驶向雾岛的渡轮上　29

关于费耐生平的摘录　35

诗人与侦探　43

禁　闭　65

寓言集　71

丧魂者　79

马格丽特私人展览馆　85

梦中的王子　89

混　淆　99

娃　娃　105

马尔特兰湖畔的男女　107

轮　回　111

自然文字　115

最后的小说　119

见习法师笔记　127

万能溶剂　133

睡觉大师　139

扑朔迷离的小镇　147

法　医　153

涅　槃　157

"消失术"访谈录　161

李逑印象　167

"子虚乌有"拍卖会　173

告　解　179

睿智的皇上　185

两部书　191

一篇小说的独白　195

一次侦察　201

泉　眼　207

后　记　213

别　集

尼维兰的献礼　*217*

记忆三部曲　*223*

狗熊格里耶　*229*

从坟墓到摇篮　*235*

工作场　*243*

数学家和狗　*251*

四十书店　*257*

跑　*267*

内在艺术　*273*

小弥太的枪术　*279*

敬香哀势守　*289*

非常成功　*297*

符　号　*307*

两性图式　*315*

向爱伦·坡保证　*323*

幽暗之身　*329*

Aoz 盒子　*335*

个人悲剧

几星期前,我听说了 NC 精神崩溃的消息,虽然这没什么好吃惊的,但我还是感到有些意外。我是去年这个时候认识 NC 的,当时我刚被"倒霉鬼文学社"开除,加入了 NC 所属的"神经病文学社"。但是,我和 NC 建立友谊与文学旨趣并无干系,我们的共同爱好是斯宾诺莎。我热衷于斯宾诺莎的哲学,而 NC 热衷于斯宾诺莎的死因。他对吸入大量玻璃粉末这一细节格外着迷。我多少能理解他何以着迷。后来,他向我详细剖析了更深层的原因,这种剖析也是他对自己生平的简述。

NC 的"精神痛苦"始于童年时的一次阅读经验,那是一本破旧泛黄的儿童画册,里面是一些配有丑陋插图的幻想故事。其中一则故事讲的是,一个渔夫用歹毒的办法抓住了一条魔鱼,魔鱼没有鳞片而且会说人话,它的身体里长满了细小尖利的钢针。渔夫将魔鱼开膛破肚,投入沸水里。魔鱼这时还没有死,它大声喊出一串串邪恶的诅咒，同时，鱼肉散发出一种怪异的香气。渔夫见魔鱼已被煮熟，就把它捞出来放在一只白色瓷盘里，极其小心地吃起来。但渔夫最终还是误吞了一根钢针。他在周身刺痛的折磨下咬牙生活了一段时间。有一天，他去尿尿，钢针竟顺着他的尿道流了出来。正在他惊诧不已之时，他的尿液突然变成了鲜血，鲜血哗哗地流出来，直到彻底流干才停止。最后一幅插图描绘的是流干了鲜血的渔夫，他那紧张挣扎的身体变得跟魔鱼一模一样了。NC强迫自己把这个故事读了1001遍。9岁生日那天，他刚好读完第1001遍。在将要决定再读1001遍之前，他及时将画册扔进了沸水锅里，并看着旧画册被煮烂。为此，NC被母亲毒打一顿，但他感到如释重负。

然而几天之后，"精神痛苦"又重新附在了NC身上，他突然变得无法忍受老师用手擦抹黑板上的粉笔字，更无法忍受老师将粘满粉笔灰的双手搓来搓去。每当看到老师用力搓着灰白、干燥的双手，NC就不停地偷偷往手掌心里吐唾沫，否则，他就会浑身战栗，痛苦不堪。为了克服这种痛苦，NC从母亲那里偷来一根钢针，每天夜里，他都起床到厨房，对着那口将画册煮烂的锅，用钢针轻轻刺拨自己的左右眼皮各56下，然后将钢针含在口中，针尖向内，数数，数到1001。直到有一次，他在仪式进行到一半时被母亲发现了，母亲问他在干什么，他不说话。母亲问他嘴里是不是含着东西，他摇摇头，继续小声数数，并用眼睛的余光看着那口锅。母亲走过去，想强行撬开他的嘴。他一把将母亲推倒在地，跑回房间将针吐了出来。此后，他不敢再深夜去厨房了，只得将仪式简化为口含钢针，躺在床上数1001下。有几回，他没数到1001下就睡着了，幸运的是，钢针并没刺穿他的喉咙。对于NC来说，痛苦和对痛苦的克服变成了一条自我吞噬又自我膨胀的毒蛇，含针并没有令他摆脱对搓粉笔灰的恐惧，他不得不同时承受两种痛苦。一段时间以后，他将两种痛苦联系起来，每当看到老师手搓粉笔灰时，他就用针刺自己或刺别人。如果不是因为NC的成绩优异，他早就因为此事被校方除名了。

15岁的时候，NC当着母亲的面，将刚刚配好的眼镜摔在地上，摔得粉碎，事先没有任何征兆，没有任何原因或动机。母亲狠狠地抽了他一记耳光，然后问他为什么要摔碎眼镜。他从兜里掏出钢针猛戳自己的手背。母亲被吓坏了。但因为经济拮据，母亲并没带他去接受心理治疗。在母亲看来，这件事只是偶然的，它最多表现了儿子的怪脾气而已。这一时期，NC常常忍不住将辛苦完成的作业撕烂，或者将试卷上写好的答案一一涂黑。更可悲的是，他热烈地喜欢一个女孩，那女孩似乎也对他有好感，但当他们终于有机会单独相处的时候，他忍不住用石块砸了那个女孩的头。女孩被砸得头破血流，惊恐茫然地看着NC。NC背过身，取出钢针，放进嘴里，小声数起数来。等他数到1001，吐出钢针转回身来，那个女孩已经消失在旷野边缘了。

　　出于对自我毁灭或突然降临的厄运的恐惧，NC每天晚上都不得不记录白天发生的每一件小事，然后反复琢磨它们可能带来的不良后果，并写下应对这些可能的不良后果的策略。针对每一种可能发生的不良后果，都必须想出三条以上的应对策略。在写完全部应对策略之后，NC还要写一篇关于次日生活的详尽无遗的计划书。这篇计划书中包含了关于在各种可能情况下该怎么办的行动方案，比如"被乌鸦粪便落满一身怎么办？"之类。最困难的是，在第一天的计划书里，他还要考虑第二天书写关于第三天生活的计划书的种种可能的麻烦。NC的计划书经常要从夜里写到次日凌晨，因此，他的计划书一般都是以关于写计划书的计划开头，以写计划书的计划结尾。但是，这些殚精竭虑写就的计划书并没能帮他避免厄运。19岁生日那天，NC看到一个工人在用砂纸磨一块厚实的毛玻璃，当时他的精神险些崩溃。他马上跑到商店买了两块毛玻璃板和一罐镁粉。回到家，他将双手沾满镁粉，搓一搓，而后按住两块毛玻璃板拼命摩擦起来。不一会儿，他的双手就渗出了鲜血，那种黏稠、湿润的感觉令他的精神得以放松。从那天起，NC的隐秘仪式有了新的内容，他每次写完计划书，就口含钢针，手搓毛玻璃板，数1001下。这一模式一直持续到他21岁。21岁那年，NC读了斯宾诺莎生平，并将关于斯宾诺莎死因推测的部分背了下来。这令他又添加了一项活动，就是在鞋里放进沙子和玻璃粉末，而后穿上干燥的袜子，让脚趾在鞋底反复弯曲摩擦1001下。据NC说，随着仪式的丰富和完善，他的"精神痛苦"基本得到了缓解。

NC还有一个更为隐秘的习惯，他用4计数物，用3计数兽，用2计数人，用1计数神。如果有三个苹果，他就将4连乘三次，得到一个数；如果有三只猫，他就将3连乘三次，得到一个数；如果有三个人，他就将2连乘三次得到一个数。因此，他说，神在他的系统中必然只有一个，所以他是一神论者。

NC之所以将这些隐忧说给我听，其实并非出于友情或者信任，而是因为我与他有着可以等量齐观的"精神痛苦"。对此，我仅举一例，每次饭前，我总要将不定量的微小的玻璃碴撒在自己的汤盆里，然后，在用餐过程中将它们一一挑出来，而且必须是用舌头进行这项工作。我们交换秘密的初衷是为缓解自身的痛苦。但结果适得其反，我和NC不久就意识到，精神痛苦可能正是通过诉说而相互传染的。更糟糕的是，我们的关系变得异常紧张，我们都暗中盼望对方在自己之前垮掉。这是朋友之间的那种较劲儿，但最后它演变成为一种古怪的决斗。为了修复友谊，我送给NC一本门兴格拉德巴赫的小说集。后来他告诉我，他最喜欢其中的《一片指甲》，接着他又补充说，那个父亲为了给儿子一个生身母亲而去做变性手术的故事他也很喜欢。但我不记得有什么父亲做变性手术的故事，后来我也没能找到。现在想起来，NC当时也许已然濒临崩溃了。NC在神经病文学社经常谈论的一篇小说，是博尔赫斯的《博闻强记的富内斯》，对此我十分理解。

两个月前的一个傍晚，在文学社的聚会上，NC向我们反复朗读了哥特弗里德·凯勒的小说《乌尔拉苏》结尾处的一段话："落日的余晖照耀着他那仍然坚定而安详的脸庞，它似乎要证明，他直到最后仍然做得对，他像一位英雄一样地守住了阵地。"当时，他的双眼紧盯着前方，似乎要透过镜片，看穿书本、看穿墙壁乃至远方的世界，我说不清那是强烈的执着还是病态的神经质。

NC的崩溃是必然的，但它仿佛又是由一件偶然的小事所引发的。那天，NC身穿一件破旧的黑色大衣在寒风中散步，他被一种吱啦吱啦的声音所吸引，走进了街心花园。那声音越来越清晰、响亮，原来是一个孩子正在石子路边的草地上拉小提琴。NC猛地冲上去，从孩子手里夺过小提琴，抱住小提琴，倒在地上失声痛哭。正当孩子的父亲想把他揪起来狠揍的时候，他用钢针刺穿了自己的耳膜。

在一同阅读《西西弗斯的神话》时，NC曾对我说，西西弗斯所面对的山峰实际上是没有坡度的，它与地面成直角。所以，不如说那是一堵墙。西西弗斯的难题并不是如何结束，而是如何开始。

垒 技

垒技并不是一种广为人知的技艺,它不是杂技,也不是魔术。但我们对它也并不十分陌生,在没事的时候,常有人把扑克牌、硬币、小酒杯这类物件搭起来,其实那就是垒技的一种朴素的民间形态。不过,这样说容易引起误解。垒技无论如何是一种专门的技巧,一般人几乎无法理解它的意义。1891年,蒂博代曾在一篇博物志中将垒技定义为:追求物的自然平衡的技巧。我们认为,它同时也是追求心的平衡的技巧。曾经有人认为,最接近垒技的技术是建筑术,垒技只是一种微观的建筑构思和实践。这是对垒技的根本误解,蒂博代就已敏锐地指出:建筑是处置"面"的技术;绘画是处置"线"的技术;数学是一种元技术,它和其他技术不是平行关系。而垒技和音乐相似,它们是处置"点"的技术。哲学家阿拉里克说过,种种巧合不过是世界的平衡点。这一真理完全可以通过垒技展现在世人面前。本文并不打算向读者传授垒技，那是不可能的。能够凭借文字传播的知识实在有限。我们只能向读者介绍这门技艺，有兴趣的朋友不妨自己探寻掌握此种神奇技艺的方法和途径。

　　垒技的历史难以溯源，正如前面所说，它开始于民间单纯的消遣，这也是它仅属于有闲阶层的原因。但是，任何一项技巧都会在其历史探源方面遇到类似的困难，这并不妨碍我们简单刻画其主题化的历史进程。垒技大体经历过三个阶段。第一个阶段被称为同类物叠加阶段，它开始的年代已无从考证，但其最终的辉煌顶点作为一个著名事件是铭刻史册的，博物学者们也正是在那个时候开始将目光投向这一技艺的。1810年深秋的一天，在伦敦市区的一座私人宅邸宽阔封闭的大厅里，帕特莫尔博士用了11个小时将1375片落叶垒成了一座城堡。当时在场的观众都是垒技行家，但当城堡真的出现在他们面前的时候，这些人的惊异是难以言传的。帕特莫尔博士在完成他的杰作之后，示意他的仆人将大厅的门窗一起打开。一阵秋风吹过，城堡顿时化为一地枯树叶。观众席上没有掌声，只有一片惊呼。这次表演具有划时代的意义，它标志着垒技在一种范式下已经走到尽头。作为观众之一的垒技大师塞耶斯事后评论说，"落叶城堡"是垒技的坟墓。然而，危机总是意味着转机，许多垒技师傅开始探索新的发展方向。在这一时期，有些人难免误入歧途。1832年，有个叫斯蒂芬斯的爱尔兰人将三个重约7吨的石头垒成了一个V形，没人知道他是如何办到的。但他的尝试并未受到好评。垒技的关键在于对平衡点的摸索和拿捏，而不是瞎卖力气的事情，"我们的偶像是精灵而非巨人"。

　　黑暗不安的时代很快过去了，这要感谢俄罗斯人赫尔曼·苏德曼所提出的非同类物叠加构想。现代人看来很容易自发形成的观念往往来自偶然。据说，在苏德曼的一次表演中，他将几根猎鹰的羽毛垒成了一只蝴蝶的形状。表演完毕，他看着自己的作品呆住了。我们推想，也许是从猎鹰羽毛到蝴蝶的过渡，令他产生了异类物叠加的构想。一年以后，也就是1837年，苏德曼用131枚小粉蝶标本和502枚邮票垒出了一位华丽的贵妇。从此异类物叠加的时代开始了，垒技师傅们纷纷效仿苏德曼的做法。这一时期跨度很大，并且产生了众多著名的垒技作品，如帕冯用贝壳、生锈的铁钉，以及竹叶和风干的蜂巢垒成的"中国长城"；A.兹韦格用玻璃球、高脚杯和黑色陶瓷垒成的"大瀑布"；爱德温和威拉·米尔用齿轮和火柴垒成的"微型地狱"，等等。但繁荣也带来了问题，垒技师傅们都将注意力转向了选材新颖方面，许多人靠着别出心裁，想投机取巧。他们只专注于作品本身的华丽夺目，对产生作品的过程有意忽略怠慢甚至予以掩饰。这引起了垒技界一些有识之士的担忧。有人指出，垒技从本质上说是一种表演，它必须在完成作品的过程中对垒技师傅形成挑战和考验，一点点失误都将导致整个表演的失败，而最终的作品并不重要，"垒技应当令人心如止水"。反思一旦开始就很容易走过了头。1930年，贝洛克爵士提出了"回到同类叠加，让一切重新开始"的口号。这在已经是风雨欲来的垒技界引起了轩然大波。垒技大师们的矛盾开始公开化，关于垒技的理论思辨和交锋越发频繁激烈。"究竟什么是垒技的根本？"成了每个垒技师傅不得不面对的问题。这背后没有任何利益冲突，它完全是学术性的，因为并没有哪个垒技师傅是靠垒技谋生的。但我们也不能说，争论的热情完全来自对垒技事业的执着。就如其他各种技能门类一样，垒技界内有着根深蒂固的门户之见和派别纷争。从历史的视角来看，大部分此类争论都是没有客观价值的，只有时间能解决他们所涉及的纷争。不幸的是，时间有时也会选择令纷争一直持续下去。事实上，垒技从20世纪中叶开始就分成了两个阵营，在欧洲大陆，人们继续走着异类物叠加的路子。而在英美，垒技则重新回到了同类物叠加的老路上。欧陆的垒技师傅重视材料、造型和最终的成品，英美的垒技师傅重视技巧、层次和表演的过程。前者走向丰富恢宏，后者走向单纯精细。总之，垒技的范式就此一分为二，似乎再也没有统一起来的可能了。

在分裂的状态下，垒技进入了它的第三阶段，无论欧陆方面还是英美方面都对平衡点的构成产生了兴趣。这要归功于维也纳的一个垒技团体，他们首先探讨了平衡点的奇偶问题。传统的垒技师傅多迷信奇数，垒技大师布朗曾说："三"是垒技的根本，平衡来自大于一的奇数。而维也纳的垒技团体正是针对这种观念提出了他们的"偶数论"，这一团体也因此得名"维也纳偶数派"。他们相信，平衡点存在于两个叠加物之间，垒技所寻找的点应当从支点（即叠加物与平面的接触点）出发，展开建构。这一理论的直接影响是，垒技师傅们开始关注叠加物的立足点，或者说，展开叠加的背景。比较著名的例子是德国人布恩鲍姆在行驶中的船甲板上，用鱼叉、空酒瓶、香烟和肥皂垒成的"空中花园"，以及英国人柯珀在自己左手手掌上用400根火柴垒起的"巴别塔"。

当前，有不少具有远见的垒技研究者正在致力于重新建立垒技的统一范式，但他们的思路并不是在欧陆和英美两种范式间做出评判，而是开拓出一种能够凌驾于这两种范式之上的新路。有人提出：垒技的对象一直都是固体物质，其实引入流体并非没有可能，一种流体垒技将把过去有关垒技的理论纷争彻底扫入历史。但直到现在，还没有人能漂亮地实践流体垒技理论。我们仍然无法想象水的平衡点会是什么样子。还有人提出了动态垒技理论，认为垒技不该局限于静物，而应当令它的过程和结局都动起来，展现一种动态的平衡或说"时间本身的平衡"。但我们知道，理论的难度在于它的提出，而实践的难度在于它的完成，对于此种理论还没有任何实践方面的反响。

好了，我们已经粗略介绍了垒技的概念和历史，并且说明了它的发展现状。现在让我们重新回到这样一个问题上来：垒技的精神主旨是什么？"美是难的"，垒技作为一种技艺形式，它必须保证其自身独特的"难度"。不难看出，垒技的难度并不在于构思和成品，而在于实践某一构想的过程。它的难度完全是精神方面的。显然，垒技要求高度的耐心，只有耐心才能保证冷静和优雅。但是，据一些垒技的绝顶大师说，耐心只是初学者所须磨炼的东西，垒技的最高境界是心和物的同一。达到这种境界后，物的叠加会等同于观念的叠加。对物件叠加形成作品的过程类似于对语词叠加形成语句的过程。垒技最终是一种言说。与其他言说形式一样，高超的垒技难免会成为一种虚构。

我可怜的女朋友

我走进6号病房，里面变得空空荡荡的，这令我不安。我的女友躺在角落里的病床上，听到我的脚步声，就翻了个身，面朝我笑了笑。我拉开窗帘，让阳光照射进来，搬过小凳子坐下。

"今天领导给我一块大白兔奶糖，你吃了吧。"我把手伸进塑料网兜，摸索了一会儿，把那块大白兔奶糖取出来。（塑料网兜是她一年前手工编织的。）

"还是你吃吧。"她用尽全力支撑起身子。

"你更需要营养，还是你吃吧。"

"咱们一人一半，否则我就不吃。"

她什么都好，就是太固执了。我只好又把手伸进塑料网兜，摸索了一会儿，掏出一把小水果刀，剥开糖纸，小心地把奶糖切成两段。（我故意没有两等分，但又相差不大，只有这样才能让她在不觉察的情况下,把稍微大一点的那一半吃下去。)

她接过那一半奶糖,含在嘴里,含糊地说:"把糖纸给我。"

我把糖纸放在她手心里,她用尽全力将糖纸抚平。早知这样,我在剥糖纸的时候就会细心些了,但那可能反而会剥夺她的一项乐趣吧。

"咱们的蚯蚓好吗?"她睁着大大的眼睛。这是她最关心的事了。

"我……"

"怎么了?!"

"我把蚯蚓卖了。"我强忍着心中的酸楚。

"卖了……"她颤抖着低下头,喃喃地说。

过了良久,她又问:"卖了多少钱?"

"两分钱,但……"

"但怎么了?!"

"钱被城管队员没收了。"

我刚说完,她就一头倒在了病床上。我真以为她死了,但马上听到叹息的声音。

"我们的蚯蚓没了,钱也没了,这可怎么办啊?"

她转过脸去不看我。我把手伸进塑料网兜,摸索了一会儿,掏出一柄塑料小梳子,从后面给她梳了梳头,她还剩下23根头发。(这柄塑料小梳子是我女友母亲唯一的遗物,她很早以前就去世了。)

她的身体还在发抖,不知道是因为痛苦、悲伤还是寒冷。我把手放在她肩头,轻轻将她的身子扳过来。她的皮肤是完全透明的,我可以看到里面的血液在急速地流动。她的手指被切除了,医生给她安上了10根面条。我拉起她的面条,捏在手里抚摩着,想让她平静下来。这时候,我忍不住流下了眼泪。

"别哭,咱们还有蛾子。"

她还不知道蛾子偷偷飞跑的事,我没敢对她讲,所以哭得更伤心了。

她小心地把面条从我手里抽出来,用它们抚着我的额头。我捧起她那因浮肿而扩大了两倍的脸,想吻她的嘴,但她拒绝了。(其实她的嘴也被切除了,医生给她安上了一副假牙,这副假牙是过去对面床上那位老大爷的遗物,他死于淋巴癌。)

"咱们还没结婚,不能这样。"她向我解释着。我知道她怕我生气。

"等你出院咱们就结婚!"我抹去脸上的泪水。

这次轮到她哭了,她那螃蟹一样的大眼睛向外喷出水来,喷在我脸上。我搂住她枯柴般的身子,请求她不要激动,否则,连接她上下肢体的曲别针会变形的。

终于,她平静下来,扭头望着窗外粉红色的晚霞,小声说:"去给我摘朵玫瑰吧。"

"好，我这就去，等着我，别睡着了。"（"睡着"就是"死掉"的意思。）

我跑到医院的院子里，四处寻找玫瑰花，但这里除了砖头瓦砾什么都没有。我只好走出医院，到田间小路上碰运气，可哪里有什么田间小路啊？最后，我只找到一棵狗尾巴草，我拿着它往回走，心想这也许就足够令她快慰了。我想象着把狗尾巴草交到她手里的情景，想象把一枚铂金戒指套在她纤细的手指上，想象我回到医院时她已经死了，她的尸体像稻草人一样被焚烧成灰烬，想象她的坟墓和无数条蚯蚓。但什么也没有，我抬起头，粉红色的晚霞真的分外绚丽。

2005.8.11（农历七夕）

作文课

题　目

　　语文老师站在讲台后面。讲台上除了一只放粉笔的纸盒外，再没其他东西。讲台被擦得很干净，桌面上隐约晃动着老师的影子。同时，两侧平行的门窗玻璃上也映现出他的身影。老师向前倾着身子，似乎随时都可能倒下。在一段窒息的寂静之后，他告诉学生们，作文的题目是"陌生人"。

草　坪

　　透过洁净的窗玻璃，透过老师蓝灰色的影子，可以看到校园外的草坪。初春时的草坪仍然是不连续的浅黄色，仿佛一头死于白化病的狮子的鬃毛。那上面散布着被人践踏后残存下来的杂碎：留有牙印的烟蒂、干尸一样黝黑的香蕉皮、被揉成一团正在缓慢地重新舒展开的白色纸巾、墨绿色的玻璃碴、扑克牌的碎片、变形分叉的塑料吸管……它们随风迁徙，像一个遭到放逐的群体。从一片草皮到另一片草皮。同类之间总是保持着距离，只有烟蒂偶尔聚成一个小垛。不够整齐的四方形草坪似乎有无数块儿，彼此间被灰蒙蒙的水泥道路强行隔开，分解、占领直至消灭。

要　求

教室中有42套桌椅，它们经过刻意矫正，终于被赋予了严谨的形式和整体性。如果你推翻一张书桌，藏身其后的那个躯体僵硬的学生就会被撞倒，接着是他身后的那张书桌，接着是藏身其后的那个同样躯体僵硬的学生。这是一种被设计好了的多米诺骨牌格局。每张桌子上都摆放着长方形铅笔盒与一沓每页400格的稿纸。学生们等待着老师讲述作文要求。作文的要求是（1）必须使用以下词汇："丝柏"、"鲨鱼蓝"、"蜡"、"肥皂泡"、"金合欢树"、"灰鼠皮"、"灯芯草"、"煤窑"、"盲摄影师"、"杏仁"、"茧"；（2）只能使用307个标点；（3）不能使用第一人称；（4）不允许描写看不见的对象；（5）每段开头一个字要能组成一个句子，这个句子构成全文的中心思想；（6）其中4个句子必须重复出现两次；（7）每个句子必须一样长。老师还想提出更多要求，但时间不够用了，他机械地克制住自己，不再言语。教室显得更加封闭、窒息。几乎所有学生都在思索，只有 A 在观察窗外一望无际的草坪方阵。B 坐在 A 身旁,正用一把钢尺丈量着平整的稿纸,若有所思。

爷 爷

爷爷从出生时起就是哑巴,他从不用嘴发出声音,没人听见过他哭出声或者笑出声。他喜欢手握一双银亮的筷子相互敲打,发出金属碰撞的脆响。这是他表达情感的唯一方式。但在他弥留之际,忽然获得了说话能力。他一刻不停地说着,似乎试图尽全力穷尽一切可说的事物。在亲人眼中,他立刻成了一个陌生人。没人能制止这个垂死之人,所以医院方面只得为他单独安排了一间病房。柔和的日光穿过微微开启的百叶窗,照射在洁白的墙壁上。吊瓶支架的结构清晰地投影在病人身上,覆盖了床铺和地面的一小块区域,并一直延伸至墙角。姑妈坐在床边的椅子上,手里握着一只玻璃水杯。一台热水器摆放在床头的小桌子上。爷爷的话始终没有中断。姑妈不时扶起爷爷的头,把水杯凑到他的嘴边,小心地将水杯倾斜。可以看到水杯中椭圆形的切面一点点拉长并接近那两片白中透紫的嘴唇。"你在听我说吗?"爷爷总在喝水时问这个问题,所以有几次险些呛着。在爷爷凭着最后一口气说出的全部事物中,一定会包括丝柏、鲨鱼蓝、蜡、肥皂泡、金合欢树、灰鼠皮、灯芯草、煤窑、盲摄影师、杏仁和茧的。

A 从记忆中获得了启示。

课　间

　　B 向 A 谈了自己的写作计划。第一步：收集名词，形成一个词库，然后按照同类分离的原则对它们进行布置，比如"尖翅翠蛱蝶"、"白带螯蛱蝶"、"黄襟蛱蝶"、"幻紫斑蛱蝶"、"丫纹俳蛱蝶"、"网丝蛱蝶"、"黑脉蛱蝶"将被安放于各个角落；第二步：将其中一些名词形容词化；第三步：加入人物代号，比如"A"、"B"；第四步：加入动词；最后是格局切分，建立一个似是而非的情节系列。"傍晚，在煤窑里，他靠在用灰鼠皮和灯芯草缝制的枕头上，一边吃着杏仁，一边拆开那封橘黄色的用蜡密封的信，里面是盲摄影师拍摄的几张照片。他借着灯光欣赏着由陌生人特意寄来的照片。其中大部分拍的都是被弃置于荒野的雪橇和芜杂单调的丝柏。他将它们丢在煤堆上，揣摩着个中含义。剩下的几张还算漂亮，上面是几只幻紫斑蛱蝶正围绕一棵金合欢树飞舞，它们刚刚破茧而出，前翅呈鲨鱼蓝色，看上去像阳光下的肥皂泡一样光鲜、轻盈。"B 继续阐释说，工序处于形式与内容的对立之外，它为作品的翻新提供了另一种可能性。摆脱限制的唯一方法就是制造新的限制。B 的话让 A 想起他在螺旋曲面上临摹的油画《寓言中的女人》。"但这违反了自然法则。""那什么是自然法则？""那就是。"A 指着窗外荒凉的草坪。"只要合乎某种法则就行,无论是精神法则还是自然法则,还是其他什么'法则'"。

遗　憾

在42份稿纸上,将重复出现"丝柏"、"鲨鱼蓝"、"蜡"、"肥皂泡"、"金合欢树"、"灰鼠皮"、"灯芯草"、"煤窑"、"盲摄影师"、"杏仁"、"茧"这11个词。但爷爷却没能说出它们中的任何一个。人无论说多少话,总会留下几样未能提及的东西。爷爷的嗓音越来越细,他的声音模糊不清,最后只剩下一些断断续续的微弱颤音。姑妈俯下身,将耳朵贴过去。她频频点头,似乎仍在倾听并且可以听懂。爷爷吐出的最后一个词是"金表"。

陌生人

一个星期过去了,A仍然不知道自己的作文分数。刚被学校辞退的语文老师手提一只破旧的棕色旅行箱,走在浅黄色的草坪上。他的步伐有点僵硬,但看上去还算稳健。他几乎是匀速向前移动的。在他身旁,有一个陌生人,以相同的步伐向前走着。这个陌生人在光线不足的瞬间会暗淡得令人难以辨认。他和语文老师并不是平行的,而是成125度角。在他们之间有某种神秘的相似性,但陌生人比语文老师高很多。

突然，陌生人改变了速度和方向，靠近语文老师，向他索要地址。"对不起，我已经失业了，而且没有积蓄，我还不清楚自己会在何处安身，也许只能找个煤窑住下。"语文老师说完这句话就加快了脚步。陌生人并不死心，他追上去，留下了自己的联系方式。"等您安顿下来，请通知我，我会寄给您一些照片。"陌生人补充说。"那些照片有什么特别之处吗？""它们是由一位盲摄影师拍摄的。""这没什么特别的，但……"没等语文老师评论，陌生人已转身走开了。

格林大夫的遭遇

格林大夫在自己的私人诊所中徘徊,他忧郁地俯视着地板,地板上淡红色的药水痕迹格外醒目。他走到窗前,拉上墨绿色的窗帘。在顺势一瞥中,他看到屠夫盖尔布正穿过广场朝他所租用的公寓走来。格林凭直觉就晓得,盖尔布是以病人的身份来找他的。果然,不到五分钟,诊所的门铃就响了。格林抖擞精神,摆好微笑的表情,开了门。

盖尔布快步走进来,没等格林说话就顺手将门关上。他面色土灰,嘴唇肿得像只小茄子。格林注意到,体形肥硕的盖尔布佝偻着身子,似乎挺不起腰来。

"看来您的情况很糟,盖尔布先生,发生什么事了?"格林示意他坐下。

"您看看这是什么东西?"盖尔布边说边把套头外衣脱下来,并转过身去,将赤裸的脊背给格林看。

"天啊，这是什么？！"格林后退了两步。盖尔布的背上有一座肉色的小房子，而它其实是一个巨大的肿瘤。

"它看起来是不是像所房子？"盖尔布扭过头问。

"的确像所房子，但这也没什么，只是肿瘤的形状特别而已。"格林镇静下来，并将杯中残留的威士忌一饮而尽。

"不，不只如此，它就是一所房子。"盖尔布哭丧着脸，摇晃着大脑袋。

"来，您爬到手术台上去，我帮您切除它，但先得进行许多准备工作。"格林麻利地用消毒液洗了手，戴上手套，取出手术用具。

"等等，医生，等等，你听……"

格林已经准备好了麻醉药，他有点不耐烦，但还是走过来，低下头倾听。从肉房子里传出唱歌的声音，一个男声一个女声。格林以为是自己的错觉，就将耳朵又贴近了一些。那首歌是《欢乐颂》，但唱得有点跑调。

"是您在唱歌吗？"格林瞧着盖尔布。

"当然不是，这所房子里住着一个男孩儿和一个女孩儿，他们是兄妹，他们还经常聊天儿呢。"

"这就复杂了，我们首先得把这所房子的主人从您身上切下来，他们是肉瘤的灵魂。"格林思索着，感到自己的话有些滑稽。

这时肉房子的门开了,从里面走出一个肉瘤男孩,他围着房子走了一圈,像是在播种。然后,他回到房子里,"砰"地把门关上了。不一会儿,肉房子的周围就长出了红色的肉芽。

"我种了一些玫瑰,你看怎么样?"男孩说。肉房子的窗户开了,肉瘤女孩探出头来,"真好看,哥哥太棒了!"

格林给盖尔布注射了麻药,然后拿出一把银亮的小剪刀,将红色的肉芽一口气剪光了。肉房子里传出了女孩儿的哭声。格林冷静地注视着肉房子,他在思考下一步的策略。忽然,他觉得鼻子痒痒,急忙走到镜子前,他看到自己的鼻子上长满了红色肉芽。他咬着牙将鼻子上的肉芽一根根剪下来,鲜血喷涌而出。格林敷上止血药棉,用纱布和胶布把鼻子包扎好,拿起手术刀重新走近肉房子。他发现两个肉瘤小孩儿正透过窗子好奇地看着他。他向他们皱皱眉,他俩就哈哈笑了起来。盖尔布听到笑声,发出了愤怒的咆哮。

格林想到一个计策,他走进厨房,把少量面粉、牛奶和糖搅拌在一起,并将这个混合物放进烤箱。不一会儿,它就成了一块儿别致的散发着香气的小蛋糕。格林取出一枚樱桃放在蛋糕上作为装饰,将蛋糕放在盖尔布的脊背上,也就是肉房子的门口。"哥哥,你闻,多香啊!"女孩儿说。"嗯,是很香,但这可能是陷阱。"男孩儿说。格林拿出手术刀,悄悄在手术台旁蹲下去。"哥哥,我饿了,你去把蛋糕拿进来吧。"门开了,肉瘤男孩儿小心地走出来，他的脚和盖尔布的背部皮肤是连接在一起的，在他向前迈步时，盖尔布的肉皮就被向上揪。正当男孩儿低头拿蛋糕的时候，格林猛地站起来，手起刀落，将他切了下来。只听一声凄厉的惨叫。肉瘤男孩滚落到手术台上，鲜血淋漓，不住地抽搐着。"哥哥，你怎么了？！"妹妹哭喊着。格林和盖尔布哈哈大笑，格林笑得肚子直疼，他得意地看着自己的手术刀，如痴如醉。"你们杀了我哥哥？！"女孩儿推开门冲出来，气哼哼地看着笑弯了腰的格林。格林再次手起刀落，又是一声惨叫，肉瘤女孩儿滚到了她哥哥的尸体旁边。她死不瞑目，两只眼睛仍旧紧盯着格林。格林用纱布轻轻将他们包裹起来，送到盖尔布面前。

"这东西可真恶心，一股臭鱼味儿！"盖尔布用手捂住鼻子。

"现在这所房子就好对付了，我要把它连根拔除！"格林说着用刀去拨肉房子的门。突然，从房子里传出一个老太太的声音："只要我还在，谁也别想毁掉我们的房子，把孙子、孙女还给我！"

格林和盖尔布都惊呆了。还没等他们醒悟过来，从肉房子里拥出数百个肉瘤男女，他们一边唱歌，一边干活。不久，在盖尔布的背上就出现了一座肉质的城镇，有钟楼、广场、教堂、政府大楼、商业区，等等。格林还在其中隐约看到了自己开办诊所的公寓大厦。在完成工作后，肉瘤民众集中到广场上，整齐地跺着脚，唱着一支曲调雄壮的歌。格林觉得，在他小时候曾经听过这首歌，但他说不出它的名字。

"救救我！医生，救救我！"盖尔布发出了杀猪般的嚎叫。

格林再次走到窗前，拉开窗帘，向广场望去。他的前妻正领着两个肤色白皙的孩子在广场的一个角落里喂鸽子。一只鸽子落在他女儿身上，她欢笑着跑开了。格林撕去脸上的纱布，让阳光照射在鼻子上。他觉得这样可以消毒。

盖尔布没有继续嚎叫，他也许已经死了，或者已经接受了自己的命运。格林推开窗，站到满是灰尘的窗台上，看看手表和广场尽头的钟楼，纵身跳了下去。

在驶向雾岛的渡轮上

在驶向雾岛的渡轮上,没有几个乘客。在这个季节,很少有人愿意穿越冰冷狂怒的海洋跑到那个雾霭笼罩、潮湿晦暗的孤岛上去消磨时光。头等舱里只有两位旅客,他们很快就搭上了话,并坐到了一起。身材修长、有着神秘气质和纤长手指的中年男人先做了自我介绍,他说自己叫巴特,是个神学家。"神学家?现在很少能遇到有这种身份的人了。"坐在他对面的老者说。"那么您是做什么工作的?"巴特问。满头银发、面带倦容的老者呷了一口酒,漫不经心地说:"我是个档案管理员,一个卑微的职业。"窗外漆黑一团,可以听到被暴风掀起的海水重重回落的声音,船身颠簸得很厉害。

在他们之间是一张做工考究的方形餐桌,上面铺着白色绣花桌布,在灯光下,它被涂抹上了一层淡雅的黄色。他们的高脚杯里都盛着琥珀色的酒,而且几乎是挨在一起的。旁边是一只棕色玻璃酒瓶和一个干净的搪瓷烟灰缸。

沉默了一会儿，老者问："您具体研究什么问题？我年轻时对神学也很有兴趣。"巴特抬头注视着从天花板垂下来的大吊灯，自言自语般地说了起来："研究一个中世纪的秘密教派，这个异端教派将犹大奉为神明，并定期举行邪恶的秘密仪式。我想这并不奇怪。但是，他们之中总会出现告密者，这个告密者会向掌握权力的教会出卖自己教派的领袖。而后，这位领袖就会被抓起来，接受宗教审判，最终被处以死刑。经过仔细分析，我才意识到，其实叛卖者才是那个秘密教派的真正领袖，或者说奥秘的传承者。这些叛卖者最后都是自己上吊身亡的。他们巧妙地利用教会，反复扮演着耶稣和犹大的角色……""这听起来真有点像博尔赫斯的小说。"老者插嘴说。"没错，在《三十教派》和《关于犹大的三种说法》里，都有这方面的玄想，但虚构和现实之间还是有差别的。""说到犹大，我觉得他似乎象征着那些群众，他们跟随耶稣，后来又背叛了他。群众就是这样，总是被利用。"老者笑着说。"您笑什么？告密者都该死，没什么可替他们辩解的！"巴特的言辞忽然变得异常激烈，但他很快控制住了自己。老者拿过酒瓶，继续笑着说："您是不是有点醉了？"他用手指擦拭了一下瓶口，而后将巴特的酒杯斟满。"我可能是有点醉了。"巴特抿了一口酒，恢复了平静。

"人有许多怪诞的迷信思想，不知是怎么来的，"巴特为了挽回方才的失态之举,换了一种语气,"我的一个朋友,他在照镜子时,总爱盯着自己的鼻孔和嘴唇看。他觉得它们合在一起是一副小猩猩的面孔。后来他常感到窒息,他怀疑鼻孔里有一双小猩猩的眼睛。他闭上眼,觉得还能看见周围的景物,只是变得模糊和原始了。于是他就认定,人最终将变成猩猩,不是退化而是进化。人属于最初的一批生物,他们变成猩猩,猩猩再变成某种爬行动物,这种爬行动物再变成蚂蚁,最终成为最简单的生物。最简单的生物才是最高级的。而后它们中的一部分再经历退化。"老者望着巴特,眼中闪过一丝怜悯。巴特继续说下去:"还有一个南美洲部落,部落里的人相信如果身上没有负重,他们就会飘上天,永远下不来。所以他们都用绳索把脚拴在穿了孔的石头上,平时就拖着石头到处走。他们中有个自作聪明的家伙,搞了一个简单的实验,他把自己捆在树上,然后斩断了自己脚腕上的绳索。他并没有像风筝一样飞起来。他想以此证明部落里的人不会因为失去负重就飘到宇宙里去。但是,部落里的人则认为,这只能说明实验者是异族的奸细或者中了邪的人。结果他们把他绞死了。"

海潮涌过试金石般的暗礁,在渡轮的不远处也许正在形成一个巨大的疯狂的漩涡。老者安静地听着,不时微笑着举起酒杯。等巴特讲完,老者说:"您给我讲了三件有趣的事,那么我也说一个故事吧,您兴许会有兴趣。"巴特将身体靠在椅背上,摆出洗耳恭听的姿态。为掩饰紧张,他喝了一大口酒。"有一位研究蚂蚁的专家,他曾在《微观生态》杂志上发表过几篇有分量的论文,专门探讨蚂蚁的忠诚是从哪里来的。他关心忠诚问题并不是没有原因,这位学者的父母在二战中曾为地下抵抗组织服务,由于告密者的叛卖,他们被纳粹处决了。而他本人在那黑暗的年代经历了各种残酷的折磨。最后,非常不幸,他的精神出了问题,成了一个连环杀手。他通过警界的朋友,了解到一些告密者的情况。然后,他寻找机会将他们一一吊死在了树上。警方始终以为这些告密者是被漏网的同伙杀死的,他们忽略了一个细节,那就是在所有告密者尸体的附近都有许多蚂蚁的巢穴。这位学者好像叫'福蒂斯'。"老者说到这里戛然而止。巴特脸色苍白,他把酒杯拿起来,随即又放下了。静默片刻之后,巴特又开口了:"您的故事的确很有意思,但我还知道一个更有意思的故事。这是从我警界的一位朋友那里听来的,他身居要职,所以我不便透露他的姓名。他告诉我,有一个专门谋杀连环杀手的连环杀手。'剁指人'伯德、'剃头匠'比尔兹、'吸髓恶魔'迈克都死在他手上。这些人其实都曾是警方怀疑的对象,但因没有足够的证据,无法对他们提起控诉。他们的尸体都被刻上了他们各自的绰号。这个专以连环杀手为猎物的人被称为'蛇王',他究竟是谁,至今还是个谜。警方锁定了两个嫌疑人:法官加本特和检察官雷恩,这两个人都曾多次公开讲过：最终的公正只能在黑暗中实现。而且，他们一直在致力于追查各个连环杀手。但我很清楚，还有第三个嫌疑人，他叫布索尼，是个负责整理分析犯罪记录的档案管理员。""没想到神学家对犯罪学也那么有研究……的确，它们都同罪恶有关。那您为什么不向警方告发这位叫'布索尼'的档案管理员呢？"老者狡黠地盯着巴特。"我决不会当一个告密者，我宁愿自己解决这件事。"巴特说着，将杯中的残酒一饮而尽。"咱们不如到甲板上去吹吹海风吧，船舱里太闷了。"老者提议。"正合我意。"他们同时站起来，朝旋梯走去。

"这些阴郁的故事让我不舒服，"巴特走在前面，"这些事似乎完全没有意义。""正因为没有意义，它才是神秘的，而只有神秘的东西才有意义。"老者不慌不忙地踏上了甲板。从船舱里看，海水和天空一样，完全是黑色的。但站在甲板上眺望，会感到海水呈现出一种极深的褐色，甚至有些泛白。"我什么也看不见了。"老者说。"幸好我还看得见，布索尼先生。"巴特说话的时候，手里已多了一把小巧的手枪。"这里没有蚂蚁窝，我也不是告密者。福蒂斯，你大概是搞错了。"老者用一只手扶住护栏。"对不起，我还没有完成自己的使命，所以我只能杀死你。"福蒂斯想扣动扳机，但他的手一点力气也使不上。"刚才我在你的杯口抹上了一点毒药，该说对不起的人是我。我要杀的最后一个人将是我自己，但现在我的使命还没有完成……"布索尼看着福蒂斯七窍流血，慢慢倒下去，抽搐了几下，不动了。他走过去，掏出一柄小刀在福蒂斯的额头上刻下了"兵蚁"的字样，然后将这具尸体推进了海中。此时，海波正在雾气中剧烈地摇荡着，呼啸声掩盖了一切。雾岛已经近了。

关于费耐生平的摘录

科学白痴

前天，我收到了费耐长达1001页的专著，他在随书寄来的信中说："为写此书，我构思了整整20年，但将其写成只用了一个晚上。此书唯一的可取之处就是，它里面所说的都是真的。"在一口气读完这本名为《这是封面》的书以后，我不得不承认费耐的话并非言过其实。但这也更让我觉得，费耐是个难以琢磨的人。

费耐是不是白痴，这在朋友们中间一直存在争议。当世界博览会在西雅图举办时，费耐恰好在那里降生。后来，他将这一巧合说成是某种天意。他经常以发明家自居，但这也不是一点根据没有。13岁时，费耐就迷上了"发明创造"，他的第一项发明是一种一按开关就会爆炸的灯泡。他在自己家的客厅进行试验，结果险些酿成火灾。但费耐的父亲并没有因此责罚他，而是鼓励他继续探索，这位父亲甚至将自己的儿子与爱迪生相比。

据我所知，费耐在其青少年时期还曾发明过一辆只能倒着骑的自行车和一种遇水就会溶解的杯子。他对这两项发明非常重视，还曾申请过专利，但未获批准。这对他是个打击，后来他再没有为自己的发明申请过专利。读大学的时候，他制作了一个小型保险箱，这个保险箱的特点是，它的锁孔在保险箱的内壁上。所以，虽然它的锁只是一种老式撞锁，但在将它撞上之后，谁也没办法再把它打开。

随着学生时代的结束，费耐的兴趣似乎有所转移，他自己编导拍摄了一部战争题材的电影，名为《黑白军混战》。整部电影的情节就是无数雪花一样的白色斑点和由它们反衬出来的黑色斑点在屏幕上闪烁，这种闪烁被其编导者解释为激烈的拼杀。影片结尾，屏幕上只留下一片漆黑，这表明白军最终被消灭了。

费耐比较尖端的发明是两个结构复杂的机器人，它们被命名为彼得和保罗。彼得是一个能够自己与自己下棋的机器人，但它不能同人类或者其他机器人下棋。保罗被安装了一种痛苦的程序，它总在痛苦之中，并且它还会唉声叹气。有人嘲笑这两项发明毫无用处，但也有人认为，它们别有深意。我想，费耐想要表达的是，科学并不是为人类服务的。

现在我想再谈谈费耐的巨著《这是封面》，这本书的第 1 页上只有一句话："这是第一页"，第 2 页上同样只有一句话："这是第二页"，第 3 页上同样只有一句话："这是第三页"……第 1001 页上同样只有一句话："这是第一千〇一页"。费耐在信中对我讲，他曾想过，将第 501 页上的那句话写成"这是中间一页"，这样做可以考验哪些人才是他真正的读者。但他最后还是将其写成了"这是第五百〇一页"，这是因为，它更能体现作品的连续性和完整性。

——摘自施坦纳，《通俗笔记》

时间机器

据发明家费耐讲，他童年时的理想就是发明一部时间机器，但令他困惑的是，为什么那个未来的费耐没有乘坐自己发明的时间机器回到童年来看看自己。而这一困惑在费耐发明时间机器之后得到了答案。费耐的时间机器只能前往未来，而无法回归过去，所以费耐又称其为正向时间机。费耐的正向时间机还有一个特点或说局限，那就是它到达未来所需要的时间恰好等于未来本身到来所需要的时间。这就是说，这台时间机器前往 10 分钟后的未来所需要的时间只能是 10 分钟，不会更多也不会更少。尽管存在着这样的限制，但费耐的发明已向人类展示了时间旅行的可能性，紧随这重要一步的迈出，我们无疑又将迎来一个科学的新纪元。

——摘自《被研究者快报》,第 166 期

《桌子 T》

"我正在写的,是我正在它上面写字的桌子,我将它命名为'T'。"这是费耐为《桌子 T》所写的开头,当时,他住在小镇阿希兰的一家旅馆里。起初他来到阿希兰,是为经营一家杂货商店,他给自己的商店定了个规矩,只有相同的东西才能彼此交换,一个苹果只能换取一个与之相似的苹果,一枚硬币只能换取一枚与之相似的硬币……费耐认为,只有这样才能达到绝对公平。但这家绝对公平的商店很快就倒闭了。费耐只得住进了旅馆。在旅馆的房间里,他见到了那张被他命名为"T"的桌子,他决定为这张桌子写一本传记。他通过旅馆的主人找到了出售 T 的家具商,又从家具商那里获知了生产商的情况。最后,他与一片枫树林区的伐木工和护林人取得了联系,他确定这片林区就是 T 的最初诞生地。费耐乘坐火车,到林区实地考察,并沿着 T 所经历的道路重新回到旅馆,一路上四处访查,历时近一年,取得了详尽的第一手材料。这些材料被按时间顺序整理成 13 个章节。在写完第 12 章后,为了传记的完整性,费耐出高价将 T 买下,而后将其运至小镇外的一处空场上焚毁。在

第 13 章中，费耐描写了桌子 T 的最后结局。

——摘自拉米雷,《藏书索引》

超级慢跑者

　　世界慢跑大赛因其规则特殊而引人注目，其规则是，谁跑得最慢谁就是胜利者。前年，在尼日尔首都尼亚美举办了第一届赛事，冠军得主是大赛的发起人之一孔特先生，他用了 3 个月的时间跑完了 3000 米的指定路程，比亚军慢了 2 天。原计划此项赛事每年举办一次，但由于第二届比赛中出现了意外情况，这一计划未能实现。实际上，第二届慢跑大赛尚未结束，这完全是因为一位惊人的选手——费耐造成的。

　　费耐现年 81 岁，生于西雅图，在参赛申请表上填写的职业是"发明家"。他已经在赛道上"跑"了一年零三个月，在这段时间里，他仅仅前进了 1200 米左右。需要说明的是，慢跑大赛要求运动员始终处于跑动状态，每天解决生理需要的时间不能超过一小时，当然也不允许原地跑或反向跑。根据对摄像资料的严格审查，裁判团一致肯定费耐严格地遵守着比赛规则。这的确是奇迹，本报记者有幸获得特别批准，采访了尚在比赛中的费耐，在长达三小时的采访过程中，费耐只说了一个字"我……"，遗憾的是，记者的采访时间有限，不能让费耐把话说完。

　　如果费耐能够活着跑到终点（医生说，这位老人已经相当虚弱，随时可能倒下），那么他将赢得冠军，并刷新世界纪录，对此我们拭目以待！现在，世界各地已出现了大批费耐迷，他们每隔几个月，就会到比赛现场看看费耐是否仍在坚持。但更多的时候，我们的慢跑者是孤独的，在烈日的暴晒下或在狂风暴雨中，他一个人在赛道上一点点地跑着。在他身上，我们看到了人类耐性的极限。

——摘自《先锋体育》，第 101 期

蒙着眼睛的旅行者

　　1992 年春天，我第一次见到费耐。那是在维也纳火车站，当时他用一块藏蓝色布条蒙着双眼，拄着一根全塑料盲人拐杖，这也是我们约好的标志。他正艰难地伫立在涌动的人流中。或许只有我知道，他并不是真的盲人。我走过去握住他的手，对他说出我的名字。他起初有些拘谨，过了一会儿气氛就融洽了。毕竟我们已经通信七年之久。大约在一年前，费耐就向我说明了他的蒙眼旅行计划，他的灵感源自一位无名修道士的书《触觉旅行》。在这本书中，修道士介绍了一些有关"单感官旅行"的基本训练方法，比如在密室中习惯黑暗、在深夜徒步翻越山冈、在家中闭着眼睛生活……然后逐步加大难度，直到可以适应盲人的生活。费耐说，这位伟大的修道士不仅戒除了视觉，还戒除了听觉，而后才开始自己的旅程，在这一点上他无法企及。而在我这样的凡夫俗子看来，费耐的计划已是近乎疯狂的了。起初我不相信他能实施这一计划，直到他开始闭着眼睛给我写信，我才确信他是认真的，现在他真的蒙着眼睛来了，我既惊奇又为他高兴。我提出要陪他在维也纳到处转转，但费耐拒绝了。他说他只是顺路来看看我，虽然仍见不到我的样子，但那并不重要。他用双手在我脸上摸索了一番，并说我的相貌还不错。最后，他送给我一只杯子，让我到家后马上用它喝点东西。我将杯子小心收好后，费耐就转身走开了，他走错了方向，但我并没叫住他，我相信他很快就能找到火车站的出口。回到家里，我想清洗一下那只杯子，然后照吩咐用它喝一杯饮料，但在清洗过程中杯子就消失了。

——摘自威廉·斯特恩，《回忆录》第四章

诗人与侦探

1. 侦 探

本来这个案子轮不到我去处理,但是侦探所的其他人都去抓那个专偷金鱼的女贼了。按照法律(或者说我们侦探所的内部规定),这个女贼被抓到后,将成为我的妻子,法定妻子。然后,她就不能再偷金鱼,要当侦探,而我要接替她去偷金鱼。我不想偷金鱼,我觉得金鱼像是被吹鼓的长满鳞片的奇形怪状的气球。我不明白,那个女贼为什么要去偷金鱼。金鱼浑身都是绿色的黏液。

但是,我的同事们不忍心看着我一天天憔悴下去。我的头发在减少,一根根地减少,所以只好把茄子皮贴在头顶上。而且,我越来越易怒,这是潜在的危险。谁都明白这一点,但谁也不好意思说出口。最后,有人忍不住偷偷用自己的鲜血把它写在了办公室的墙上。

其实,我说这些只是想暗示,我是一名侦探。因为我名气很大,所以现在还不便透露。我和一位女王的丈夫的家庭老师同名,提示这么多就够了。这宗命案十分棘手。那是一个微弱的风从马的白色鬃毛上拂过的下午(或者其他什么时候),一位著名诗人死在了自己爬满常春藤的房子里。但这一点还不能最终确定。必须补充说明的是,我本人很喜欢诗歌,就和那些开电梯的姑娘们一样,她们喜欢 Franz Werfel 的诗,每个乘坐电梯的人,都会被捆住,并听一首 Franz Werfel 的诗。而我并不喜欢外国诗人,因为外国诗人大多爱好数学。我喜欢我们本地的一位诗人——李逵。其实他是我的一位同事,他正在追捕偷金鱼的女贼(我的未婚妻)。这对我破案也许有帮助,但也可能是种障碍。怎么说呢?才华和胆识是两码事儿。

我来到诗人的房子里,他的妻子正在等我。"我叫宋江,就叫我小宋吧。"她说着,轻轻吻了我的手一下。她特意留下了唇印,以便下回能重新认出我。我注意到一些细节,她的脖颈洁白、细长,保养得不错。"夫人,恕我冒昧,能让我看看尸体吗?"我以公事公办的口吻说。"当然,但我想先看看您的证件,您知道,您看起来……不像个侦探。"我最恨别人说我不像侦探(除了我的哲学家朋友),所以我马上脱掉裤子让她检查证件。她仔细地翻看着,最后,她无可奈何地说:"对不起,您的确是个侦探,但您的证件比一般侦探的小。"我提好裤子,有意让双目显得炯炯有神,这让她有点害怕。"那么尸体在哪儿?尊敬的夫人。"我再次以公事公办的口吻说。"不在任何地方，又在每个地方，我只找到一些肝脏碎片、脑细胞和淋巴结。"宋江说完，就坐进了墨绿色塑料盆里，交叉双腿，从身下抽出一根火腿肠，轻巧地扒开包装，吮吸起来。"那么，我们首先得把尸体拼凑起来，这需要更多的人手。"我拿起侦探专用手提电话，拨通了助手的侦探专用手提电话。"喂，是张飞吗？马上到案发现场来，这里需要你！"说完我就挂断了电话。"也许，他是自杀。"宋江忽然说。"为什么？我很想听听您的看法，夫人。"我说。"他曾经对我说过，他想自杀。""原来是这样……"我陷入了沉思。

那么究竟是自杀还是他杀呢？在这种情况下，我们通常都会请教福尔摩斯先生。他似乎有一只信鸽叫"华生"，我们靠它保持秘密联系。但遗憾的是，不久以前，福尔摩斯先生和华生都失踪了。这令破案工作陷入了僵局。就在此时，张飞赶到了，手里端着尸体碎片扫描仪。"你的任务是协助这位女士找到诗人尸体的各个部分，其中包括舌头，然后送到法医那里，请他们把这些碎片拼成人或者动物的形状，明白了吗？""不太明白。"张飞端着扫描仪，傻乎乎地说。"你的话可是被录了音的，所以你最好是听明白了。"我是个坏脾气的侦探。"那我明白了。"张飞委屈地说，眼睛湿润了。

2．出租车司机

离开诗人的房子，我叫了辆出租车。一开始我就觉得出租车司机有点古怪，但我什么也没说。"您去哪儿？"他假惺惺地问。"一个地方。"我说。于是，我们就上路了。透过车窗，我欣赏着那些身穿绿毛衣、手举枯树杈的人们，他们组成一条变幻不定的林荫道。"他们真是人吗？"我盯着身边的司机问。他没有回答，他有点紧张。我是个敏锐的侦探。我注意到，在车座位上有些淡红色的斑痕，不像鸡血也不像玫瑰露。在寒冷的季节里怎么会有这种东西？我正在怀疑，车子猛然停住了！是城管队员安装在路面上的西瓜刀切开了车的西瓜轮胎。城管队员就爱和我们这些侦探作对。按照法律（城管队的内部规定），如果西瓜轮胎被切开，那么司机和乘客必须一同将西瓜吃掉。

"真糟糕！"司机捂着眼睛大喊，"我可怜的兄弟！"（他的内心独白。）"没办法，既然已经切开了，那咱俩只能把它吃掉。"我说。"我不能吃。"司机的语调很坚决。"但这是法律，我们不能违法，何况我是个侦探。"我的语调也很坚决。"我不懂法律，而且您也不像侦探，您像个卖手指头的。""你想在我面前违犯法律？！"我愤怒地问。"我不懂法律，但我这里有备用西瓜可以用。"他双眼瞪着我，想靠威势震住我。人总要证明点什么，比如"自我"，这是一种心理需求，于是，按照这一理论，我掏出了那把专属于我的侦探专用手枪，顶住司机的头，一字一顿地说："现在，下车，咱们一起吃西瓜！"他轻蔑地看看我，摇摇头说："你果然不是侦探，你拿枪的姿势都不对，而且据我所知，没有哪条法律规定一个侦探可以用枪强迫一位共和国出租车司机吃西瓜。"他话音刚落,我就开了枪。西瓜汁顿时喷溅得到处都是。"我最恨西瓜伪装成出租车司机了。"我对着这个假扮成司机的西瓜尸体说。然后,我把它以及它那个被切开的兄弟都吃了。这就是触犯法律的下场(虽然是城管队的法律,但恶法亦法)。我是个坏脾气的侦探。吃完它们以后,车上、路面上流满了鲜红的西瓜汤儿。然而,它们的子女毕竟是无辜的,我把它们小心收好,准备将它们抚养成人或者制作成好吃的瓜子。

3. 女作家

为避免遭到西瓜兄弟的报复,我步行回到了办公室。那个关猴子的笼子空空荡荡的,它已离开一段儿时间了,我真有点不适应。我有点伤感,于是掏出一根扒好皮的火腿肠叼在嘴里。唾液加速分泌,我的大脑重新启动。我首先思考了乌龟能否自转的问题。接着,我就努力将思绪集中在了案情方面。诗人、作家、卖小孩的人、屠杀金丝雀的人……这些问题在我脑海中一一闪现。最后,我打开了自己的秘密日记,它是一本红色小册子,黑色螺旋金属线将每一页都固定得很好。我问它:"日记本,关于这个案子有什么有用的线索吗?"日记本回答:"请去向福尔摩斯先生求教。""可他暂时不在,现在我只能问你。"日记本睡着了。我叫醒它。"本来一个日记本不该谈论另一个日记本的事儿,但既然事情如此棘手,那我就跟你说说。有位女作家，她有一个公开的紫色人造革封皮的日记本。里面记载着她与不同的男人看戏剧以及游泳的事情，里面曾提到过这位死去的诗人，你可以从她入手。"日记本说。"她是固体的还是液体的？"我问。"她是固体的。"日记本说完又睡着了。

　　固体女作家有着一张米开朗琪罗穹顶式的面孔，但从照片上看，她还挺好看的。后来我才发现，那张照片是西瓜伪装的。通过女作家的公开日记本，我轻而易举地找到了她。当时，她正在吃母熊的乳房，一边吃一边吐外国报纸。"我爱观察周围的人和猩猩，从猩猩的脸上可以读出国家的命运，还有关于我妹妹的一些事。"她说话很像个知识分子（如果我的哲学家朋友在就好了）。"也许，或然率并不像我们想象的那样，微分方程不等于蚯蚓的拓扑解释规则，然而，从更深层的语法看，在存在和存在之间有着某种微妙的测不准关系。"我说。"其实理性就是语感，您说呢？"她问。"其实'其实'有许多种意思，比如'布谷鸟的小便器'，等等。思想先于怀疑。"我一边摇动右臂一边说这些话，仿佛它们是从我的内心深处掏出来的。"您说得有道理，我正在构思一篇乳房吃人的小说。"她的目光有点迷离。"对诗人的死，您有什么看法？"我转入正题。"他是自杀的。"她立即说。"您为什么这样肯定？""因为猩猩的样子，以及我妹妹的遭遇。"她说。"我还会来找您的，或者请您去我们的侦探所，请您近期不要离开这座城市。"我最后说。

4. 女　贼

　　我和偷金鱼的女贼约好晚上一起看戏剧，我不知道她能否摆脱我的同事们的跟踪。但在公共浴池门口，我见到了她。她身披鱼鳞甲，手提一只灌了水的塑料口袋，里面有一条半死不活的灰色胖金鱼。"这是你今天偷的？"我指着那条金鱼。"前几天偷的，它快死了，我想让它临终前能看场戏剧。"她不好意思地说（她有一颗善良的心）。"金鱼也看戏剧吗？"我有点将信将疑。"当然了，我偷金鱼就是为了让它们有机会看戏剧。"她动情地说。"原来如此。"（我的内心独白。）

　　我们一同走入公共浴池，脱掉衣服，坐在深灰色塑料盆里。她趁没人注意，将金鱼放入浴池里。虽然这是违法的，但我没有制止。戏剧就要开始了，我站起身，赤脚走过黄瓜地，在侦探专用卫生间小便。卫生间里挤满了我的同事。我站在侦探专用小便池前等了半个小时，小便没有出来，它又违约了。我只好回到我们的塑料盆里。这时，戏剧已经开始了。今天演的是《哈姆雷特》。"你的同事都在干吗？这样下去咱们什么时候能成为法定夫妻？"女贼小声问。"他们都在拼命缉捕你，你放心吧，不久之后他们就能抓住你的，他们都是很有经验的老侦探。"我小声回答。"不如咱们先要个小孩儿吧，你去买一个好吗？"她用恳求的眼神看着我。"好吧，我尽快买一个。"我有点不情愿，因为我不太喜欢小孩，但我还是答应了。"诗人的案子怎么样了?""还没进展,别谈工作了,咱们看戏吧。"我说。

当我们聚精会神地观看《哈姆雷特》的时候,从黑暗中走来一只穿着蓝棉裤、绿棉袄,头裹白毛巾的蝗虫。它将两样东西分别交给我和我的未婚妻,随即消失在黑暗中。我们得到的东西一模一样。那上面写着同样的几行黄绿色小字:"全体人民愤怒起来,手拉手,摧毁小资产阶级以及他们的领子。我们已经包围过来!""这是什么?"女贼问。"这是政治,你不懂。""政治是什么?""政治就是麻将和请客。""现在到处都是打扮成农民的蝗虫,我不喜欢它们。""我欣赏它们拍打胸膛的样子,很像男子汉,我希望自己也能像个男子汉那样搞搞文学。"

5. 诗人的舌头和遗书

我不知道自己是何时醒来的,也不知道这是这一天,还是另一天。太阳还在原来的位置,或许稍微偏了一点儿,这不重要。我的侦探专用手提电话响了,那是一首小哀歌。我接通电话,是张飞打来的。他在抽泣,所以声音有点发颤:"我们在马桶水箱里发现了诗人的舌头,所以我顺便用了一下厕所,我冲水的时候,诗人的遗书就流淌出来了。""那舌头是他本人的吗?""是,他妻子亲自辨认过,她还哭了。""你也哭了对吗?现在停止哭泣,把遗书的内容念给我听。"我用命令的口吻说。张飞有点不好意思,他清了清嗓子,开始对着电话筒朗读:"白薯甜吗？甜。但白薯也是人。学习吧，学习。所以，我要去自杀。我知道，自杀是个遥远的地方，但是我还是要去那里。对不起，我在那里等你们。"

挂断电话之后，我再次陷入沉思。我叼着火腿肠在冬瓜地里来回踱步。我首先思考了乌龟能否自转的问题，而后，我就将思想集中在了这封遗书上。它有点不对劲儿，但是哪里不对劲儿呢？我想，总有一个地方有点不对劲儿，就是说，在"总有一个地方"这一点上不对劲儿。难道是自杀？还是他杀？还是自杀？我决定用数花瓣儿的方法判断。这是一种不容忽视的侦破手段。我取过一枝李逵为我采来的补丁花儿，撕扯它的花瓣。最终的结论是：自杀。我长出一口气，重新躺进抽屉里。"这样一切都好办了。"（我的内心独白。）

在梦中，或在现实中，福尔摩斯现身了。他在拉小提琴。小提琴也在拉他。他们拉来拉去就像一对儿情侣。在小提琴背上，粘着一只小白鸽儿，那可能是华生。它生气地注视着我，似乎在说："咕咕噜咕咕噜，你啊你你啊你！"

"您对诗人的案子有何高见？"我问福尔摩斯。"是他杀，我的朋友，当然是他杀。"他含着大号火腿肠说。房间里弥漫着火腿肠的味道。"有什么根据？是谁？为什么？多少钱？什么是信用证业务？"我不失时机地提出一连串问题。"常识或公理，另一个人，为了某件事，一定数目的钱，利用信用证所从事的业务。"他机敏地回答了这一连串关键性问题。"可是,我还是不太明白。"我不得不承认这一点。但福尔摩斯消失了,小提琴也消失了,只留下小白鸽儿。"难道说,那个马桶是假的?"(我的内心独白。)

6. 孩　子

　　我决定先把工作放到一边。我要享受中转站的自由时光。透过窗户,我看到一些假的人群正在涌动。其实窗户也是假的。这就是中转站。其实中转站也是假的。但只有敏锐的侦探才能看出这一点。他们能识别出哪些是真商店,哪些是假商店。假商店虽然也是钴蓝色的,但它们从本质上说是矮橡树。假人群在虚假的街道上涌动,并纷纷进入假商店,买些假的石头和避雷针。

　　我爬下一棵矮橡树,穿过虚假的街道,走上真实的街道,那里有真正的小孩商店。我走进其中一家商店,店主正在擦洗柜台后面的小孩。孩子们见到有客人进来,都抢着喊:"买我吧,买我吧!"这些孩子也就四五岁,正是能干活的年龄。"你们都会干什么啊?"我和蔼地问他们。"我会杀人!""我会钓鱼!""我会吃垃圾!""我会天文学!""我会拆了自己!"他们争先恐后地喊。最后,等其他小孩都静下来,站在角落里的一个外国小孩低声说:"我会唱歌"。"你会唱什么歌?唱一首我听听。"我对那个孩子说。"我会唱《鲶鱼的哀歌》。"说完他就唱了起来:"世上只有电脑好,没脑的鲶鱼像知了。"他唱得异常难听。我示意他不要再唱下去了，我心里有点酸楚。于是，我问他们："你们看我像做什么工作的啊？"孩子们抢着说："您像个卖手指头的！""您像位国王！""您像块儿滚刀肉！""您像拖拉机轮胎！""您像一片灯笼下的鸡皮疙瘩！"最后，等其他小孩都说完，站在角落里的外国小孩低声说："您像个侦探。""就买他了！"我指着角落里的外国小孩。"您喜欢这孩子太好了，他妈妈也会高兴的。他的价格是三块石头。"店主搓着他那双长满猪毛的贪婪的手。"那么成交！"

这时候，外国小孩母亲的影子从柜台后面的门缝里爬了出来，它爬得那么艰难，以至于风都窒息了。它用力伸出一只黑色的手臂，呼喊着孩子的名字："哥白尼、哥白尼、哥白尼。""你还有什么不放心的吗？你的孩子卖给了一位侦探，你应该高兴。"店主冷冰冰地对影子说。"请别油炸！"影子哀求道。"侦探是不吃小孩的，我会把他培养成一位偷金鱼的好贼。"说着，我仁慈地用手拍了拍孩子的头。

我拉着哥白尼的手，往不知道什么地方走，总之我们在走。我的思绪重新开始集中，我问哥白尼："乌龟自转吗？"哥白尼说："乌龟不自转，乌龟蛋自转。""真是个天才儿童。"（我的内心独白。）"那么，诗人是自杀还是他杀？"哥白尼想了想说："诗人不是自杀，诗人蛋是自杀。""我从没想过诗人还有蛋，是啊，也许这就是可能之外的不可能！"（我的内心独白变得频繁了。）

"我们去哪儿？"哥白尼问。"我们去一个地方。""什么地方？""对，就是什么地方。""那个地方叫'什么地方'？""不对，那个地方叫'那个地方'，什么地方叫'什么地方'。"我拉着哥白尼的手，继续朝什么地方走。他继续问我同样的问题，我有时回答，有时沉思，有时反问，有时假装没听见。"您是一位有思想的侦探。"他说。我的眼睛湿润了。

7. 女作家与测谎仪

孟良和焦赞是我的同事，他们是一对儿搭档。经过长时间的思索，他们想到一条抓住偷金鱼的女贼的妙计。起初他们准备保密，但不知道是谁，竟然用自己的鲜血将他们的计策写在了办公室的墙上。他们计划伪装成两条金鱼，潜伏在鱼缸里，同金鱼们打成一片。等女贼来偷金鱼的时候，他们就猛地越出水面，把她抓住。"等着喝你的喜酒！"他们临行前说。所长对我说："你的案子也要抓紧了，否则你就去你的吧！"迫于压力，我逮捕了固体女作家，并对其进行了谎言测试——

测谎仪：是你杀死了诗人吗？

女作家：不是。

测谎仪：如果 73+97=180，那么在你没杀诗人的情况下，他会死吗？

女作家：不会。

测谎仪：如果诗人没死，那么他是死于他杀吗？

女作家：不是。

测谎仪：我是测谎仪吗？

女作家：不是。

测谎仪：你凭什么说我不是？！

女作家：逻辑。

测谎仪：你觉得我漂亮吗？

女作家：不漂亮。

测谎仪：如果诗人是或者不是被自杀的，并且我漂亮，那么逻辑公理成立；或者你是凶手，并且只有橄榄色浮标显示大气情况。这句话成立吗？

女作家：不成立。

测谎仪：神经不正常的黑猩猩会玩儿魔方吗？

女作家：我会！

测试的结果是，女作家说谎的可能性为49.999999%。然而，测谎仪的最后一个问题深深地伤害了女作家。她精神失常了。李逵和我把她送入了"神经现象学研究中心"。与此同时，远方传来一个更为不幸的消息，孟良和焦赞被几条虎鲨吃掉了。线索中断了，我们必须重新开始。

8. 颠倒日

现在，我只能寄希望于颠倒日，在颠倒日那天，一切都会颠倒。西瓜和死人将大摇大摆地走上通向市政厅的大道。小孩将成为我，而我将成为小白鸽。鸽子飞到福尔摩斯那里研究案情，但他们将变成罪犯。而诗人在这一天还生活在过去，他可能在马桶上写遗书，而在他后面，用手枪指着他的人正是福尔摩斯和我。我们一块儿伪造遗书，就像伪造一件艺术品。我们兴高采烈。有些东西打翻了，在常春藤的缠绕下，变成了宋江的李逵跌跌撞撞地跑进来。然后是一声无声的尖叫。我们发现，马桶其实是张飞假扮的。而策划和实施这一阴谋的人正是侦探所的所长，一个正人君子，同时是位固体女作家，她观察镜子里的猩猩。

城管队员们是唯一一队保持清醒的人马，他们忙着让时间、空间、社会关系恢复颠倒日来临之前的状态。我从鸽子变回金鱼，又变回猩猩，最后变回侦探。我整理了一下侦探专用制服，检查了自己的证件。集中思想，思索案情，凶手是福尔摩斯和我？接着，我思考了乌龟和乌龟蛋的自转问题。颠倒日之后，是颠倒日之前的那一天。我决定回侦探所自首，但我的心里有点矛盾，是先喝杯啤酒再去呢，还是不喝啤酒就去，就这样一直犹豫，直到颠倒日来临。但这并不是说，颠倒日真的过去了，或者颠倒日是另一天。因为透过灰蒙蒙的窗玻璃，我发现太阳还在原来的位置。我想回到抽屉里去，而孩子将睡在镜子里的抽屉里。

9. 法　庭

偷金鱼的女贼担心我霸占她的金鱼。她要求我和她签订一份协议。"但协议有什么用呢？"我说，"我和小便也签订了协议，但它违约了我又有什么办法？""那你就去法院告它！你必须去，你得像个男子汉那样！"她说。于是，我将小便告上了法庭。

法官坐在塑料盆的背面，手拿一只魔方，以证明自己的智商。"法官大人，我和小便在合同中明确约定，每天它要出来三次，可它很久以前就不再出来了，它的这种行为已经构成违约，请您判决它继续履行合同。"我站在一个卑微的角落里说。"但是，或许，从法律的角度看，我认为，太阳的位置似乎一直没有变化，因此小便并没有违约。"法官字斟句酌地说。"可是，您可以看到我憋得有多厉害，我都快站不住了！"我用力夹紧双腿，慢慢蹲了下去，然后突然躺倒了。从法律的角度可以看出，我憋得很严重。但是，法官的思绪却由此转移到了别的问题上："我的那头奶牛已经很久没有产奶了，从法律的角度看，它的乳房是那么鼓胀。我和它也订有合同，但我只是个像泥鳅一样的小小的法官，我又有什么办法呢？而从法理上讲，我妻子的乳房却一天天瘪下去，难道奶牛偷走了我妻子的奶？可是，我又有什么办法呢？一边是法律，一边是法理，法哲学的微妙之处正在于此……""那么就枪决吧。"法官斩钉截铁地说。于是，城管队员化装的行刑队正步走进法庭。我露出一丝胜利者的微笑："小便就要被处决了，我赢了！"但当行刑队的枪口一齐对准我的小腹时，我莫名其妙地有一点怅然若失，也许这就是所谓的"胜利者的悲哀"吧。我闭上双眼，从容地等待着。就在法官即将发令的一刻，小便突然自己出来了。它躲在我崭新的棉裤里狡辩说："我没出来是因为我经常失眠，从法律和法理的角度看，我都不该承担违约责任。"法官制止了行刑队："现在，先生们，我们上我家枪毙那头奶牛！"说完，他就扔掉了银亮的假发，带领行刑队冲出了法庭。

10. 求　婚

我不知道我是该跪下，还是站着，就像一棵挺拔的松树。"咱们登记吧！"我对偷金鱼的女贼说。她假装犹豫了一会儿说："对不起，我不能答应你。""为什么？！"我像一个无知的孩子。"为了全世界，还有就是我的姐妹们说你缺乏男子气概。"她越来越理直气壮了。"你的姐妹们是谁，我以前怎么没听你说过？"我逼视着她。"瘪子姑娘和火柴公主。""瘪子姑娘是谁？""瘪子姑娘就是一个瘪子，就是一个普普通通的瘪子，她不是侦探，没你那么'了不起'，但她是我最喜欢的瘪子。""那火柴公主是谁？""火柴公主就是一根火柴，一根高贵的火柴，比你高贵一百万倍。""但是我已经买了小孩，还起诉了小便，这还不够吗？"我跪倒在地。"本来我以为那样就够了，但现在看来是不够的，咱们别再讨论这个问题了行吗？"她不耐烦了。"那你还偷金鱼吗？""我洗手不干了，我还有事，先走了，祝你找到合适的伴侣。"说完她就走了。

我的身体裂开了，然后一块儿一块儿地掉在水泥地上。最后只剩下一颗怎么看都让人有点恶心的心脏。哥白尼悄悄走过来，用高级胶水把我重新粘好，并把茄子皮贴在我头上，好让我看上去年轻一点儿。"现在，你要把我丢掉了，对吗？"哥白尼低着头。"不，当然不会，我要把你培养成一位科学家或者哲学家，我觉得你很棒！"我说，"但现在我只想回到我自己的抽屉里去，我只想待在抽屉里，我快不行了。"

我在抽屉里做了一个梦，我和偷金鱼的女贼一起走进一家巨大的西餐厅，守门人是一位有名的男演员，他分给我们两个号码，并对我们说："你们按照号码去找座位吧，但这不容易，这个餐厅其实是个迷宫。"我和女贼在昏黄灯光的笼罩下，走上螺旋形的楼梯。我们到了一个居民小区里。"也许咱们走错了方向？"她说。我们走进一座居民楼。她忽然消失了。我到处找她，但我走反了方向，走出了居民楼，走到了一个摆满餐桌的看台上（那下面似乎是赛马跑道）。那里的每个位子上都有一个醒目的数字。一位衣着华丽的老妇人对我说："你走错方向了。"我很焦急，赶紧往回走，我一边走一边喊着女贼的名字，但是没有回音。我想她肯定还在居民楼里。我返回居民小区，走进居民楼，一直上到屋顶。这时我才发现，这里其实是一座城堡。我看到几个工人正在做修缮工作。实际上，它已经漏了。我想，这里应该是餐厅的制高点，所以我就大声地喊她的名字，希望她能听见，但就连我自己都无法听见我的喊声。四周全是杂音，也可能是风声。但我还是拼命地喊着。喊着喊着，我就醒了。

　　我的侦探专用手提电话响了，还是那首小哀歌。我接通电话，是张飞打来的，他说："诗人死得太悲惨了，这桩案件已经令我伤透了心，现在我只能上吊了。我是自杀，记住，我是自杀。"电话挂断了。我陷入了沉思，我不再想乌龟蛋的自转问题了，因为我已经明白了一切。

11. 哲学家朋友

　　"你的案子破了吗？"他问。"我想已经接近尾声了，"我说，"但是，你看我像个侦探吗？""不像，你像编写卡片的人，你可以在一个虽然不宽敞、明亮，但很安静的环境下，研究碎布头儿，给它们编写卡片，你自己也可以编织一点碎布头儿。"他在说话的同时就在翻动着一些碎布头儿。"我的确厌倦了，我想辞职，我只想待在自己的抽屉里。"我说。我的内心很沮丧。

后来，我转换了话题，我说："什么是存在呢？"他说："存在就是成为约束变项的值。""约束变项本身也要成为约束变项的值才存在吗？约束变项的存在是其他事物存在的必要前提吗？那么它就不可能是一些被洒在布头上的墨汁，而是某种特殊的抽象物，但这又和 Quine 的初衷相反……"我思忖着。"你累了，别想这些了，你需要休息。"他说。我也这么想，以后我的哲学家朋友会用外语把它们搞清楚的，我什么也不想了。我只想待在自己的抽屉里。它破损的地方也该修理了。不久以后，我就辞掉了侦探的工作。

12. 女作家的新宗教

在辞职以前，李逵和我一起去参加了张飞的葬礼，我们看着他的骨灰在牛奶中溶化，变成了一杯可怜的咖啡。"那头奶牛在行刑队面前还是屈服了。"（我的内心独白。）然后，我们一同去神经现象学研究中心探望女作家。在这么短的时间里，她的脸已经呈现出了毕加索的风格。她双手交叉，搓揉着自己两边的袖口。"经过分析和推理，我现在知道你不是凶手了，你是无辜的，实在对不起。"我的语调很沉痛。"这没什么，在这里，我变得更清醒了，这个世界并不是我们想象的那样。它是一个包容一切的星系，我们生活在其中一个星球上。我们是人。只有人会说话，动物和植物都不会说话。石头也不会说话。西瓜不能化装成司机，蝗虫也不能打扮成农民。奶牛和法官并没有合同关系。一个人死了，就什么也没有了。"她说得很平静也很肯定，这似乎是一种古怪的宗教。我感到很内疚，我是个缺乏责任心的侦探。"那么，一切该结束了。"我对李逵说。李逵凝视我良久，然后郑重地说："既然你已下定决心，我也没什么可说的，最后我要告诉你一个秘密，是我用鲜血在办公室的墙壁上写下了那些不朽的诗句。""这我早就猜到了，别忘了，我曾是一个敏锐的侦探。"我说。

13. 真 相

在我辞职后不久，蝗虫就占领了城市，它们摔毁了我们唯一的小半导体。我还记得，我小时候曾用我小胡萝卜一样的手指摆弄过那台半导体。现在，它碎了，零件被分别扔进井里、垃圾桶里和臭水沟里。所有城管队员都在战斗中牺牲了。侦探所所长和李逵也被吊死在了柿子树上。法官被罢免，做了一名挤奶工。固体女作家成了蝗虫们的精神领袖，它们要按照她的构想，重新创造和解释世界、修正历史、建立理论体系和社会秩序。但谦卑的蝗虫们不得不偷偷篡改了女作家的一小部分思想。这主要表现在，它们保留了蝗虫的各种权力。

在办公室的墙壁上，我看到了李逵用自己的鲜血写下的最后一句诗："二十年后，老子又是一条好汉！"我把这句诗读了许多遍，然后从保险柜里取出了我的手枪。

夜幕终于降临了，一天即将过去。我把窗户打开一道缝，让冷风吹进来。这时，我听到有人敲门。我打开门，一位身穿帆布服的中年男人手捧一束蓝蝴蝶花站在门口。"您找谁？"我上下打量着他。"我想找个朋友谈谈过去的一些事。"他说。"关于什么？""关于诗人的死。"他露出一种古怪的微笑。"好吧，请进，我也正想找人谈谈那个案子。"我把他让进客厅，我们面对面坐在沙发上。不等他开口，我就说："如果我没猜错的话，你就是诗人本人，对吗？"这句话令来访者大吃一惊，但他马上克制住了自己，"你是怎么知道的？""其实从一开始我就感到可疑。""哪里可疑？""宋江的唇印，那上面有西瓜汁的味道。但是，直到我的搭档张飞被你们杀害，我才明白全部真相。"我的语气很平和，就像在说一件很久以前的事。"我很想听听你所说的真相究竟是怎样的。"来访者双手握紧了他的花束。"那么就让我从头说起吧，你房子里的尸体碎片其实是福尔摩斯的，你杀死了福尔摩斯，为了掩盖罪行，你在马桶水箱里伪造了那封遗书，让我们以为那是你的尸体。而你所谓的妻子，其实是西瓜化装的。宋江在那之前就已经被你杀死了。你们担心张飞将全部尸体碎片拼凑好以后，会揭穿你们的阴谋，于是，你和西瓜假扮的宋江用枪逼着他给我打了那个最后的电话，然后就用绳子勒死了他，伪造了上吊自杀的现场。但是，有一点你们并不知道，张飞曾经对我说过，他绝对不会以上吊的方式自杀，除非有人用枪指着他的头。""那么动机呢？我为什么要杀死自己的妻子和福尔摩斯？"诗人仍然保持着狡黠的笑容。"可能有各种动机，这并不重要，我想是因为她发现了你和固体女作家的私情，对吗？当你想到福尔摩斯将来调查此事，你就把他也杀害了。"我注视着他的眼睛。"第一点你说得不对，我杀死我的妻子，是因为她说她更喜欢李逵的诗！"诗人说着站了起来，"我没想到你竟然是一个如此敏锐的侦探，你究竟是谁？""其实我才是真正的福尔摩斯，你杀死的只是我的替身——猴子。张飞其实就是我的朋友华生。"我仍然坐在沙发上，嘴里叼着烟斗，手里拿着小提琴。"原来如此，看来我小瞧了你，但是现在，你该去见你的朋友华生了。"诗人说完，从蓝蝴蝶花束后面掏出一把外观古朴的勃朗宁国际手枪。"你知道得太多了，那么永别了，福尔摩斯。"诗人的话音未落枪就响了……他缓缓地倒在了地上，血水浸透了客厅的亚麻地毯，是哥白尼从镜子后面开的枪，子弹穿透镜子，射中了诗人的心脏。

14. 尾　声

将房间打扫干净之后，我和哥白尼坐在窗台上，仰望星空。我小声儿背诵了一段海子的诗：轻雷滚过的风中／死者的鞋子，仍在行走／如车轮，如命运／沾满谷物与盲目的泥土。

禁　闭

一场小雨过后，风掀起窗帘的一角，重现的日光集中射入室内，从阳台到客厅的过渡区域上反复闪动着一片浅色的光斑。阳台是梯形的。J所坐的沙发与梯形的每个边都不平行。实际上，沙发已被他移动过，在它原来的位置上是一层浅灰色的印记。J让自己正对电视坐着，他的手里紧握着一个黑色遥控器。在这一星期时间里，J的活动范围被限定在这个房间之内，有人向他保证说，这里绝对安全。但从一开始就有反常的事情发生。

大约7个小时之前，J透过窗户向外张望，对面深灰色的高楼与他藏身的这座楼房几乎完全相同，而且是整齐地排列在一起的，就连每个窗户后面的墨绿色窗帘都如出一辙。唯一能将它们区分开的只有处于7层和8层之间的标有红色楼号的铁牌，但正是这一点出了问题。J清楚地记得，他进入的是11号楼，然而他此时看到的对面楼房是11号。他还注意到，有五只白鸽正围绕11号楼飞行，在他的记忆里，还应有一群相似的鸽子也在围绕他所住的这座楼房飞行。但显然只有那五只鸽子。在记忆错乱与空间错乱这两种可能性之间，J只能排除后者。

房间里的一切都显得棱角分明。盥洗室的镜子是标准的正方形，但J搞不清它究竟是不是一面镜子，它不能映射出他的形象。他对着"镜子"，只能见到一层银灰色的金属膜。J起初怀疑这是一种监视装置，他想把它砸个粉碎，但最终克制住了。不知是出于何种心理，J在24小时内，进入盥洗室27次，每次都对着"镜子"站10秒钟左右，其中有几次还是无意识的。就在今天早上，当J再次面对"镜子"时，他不由自主地拿起水池边的白色梳子梳理起头发来。J想摆脱束缚，放下梳子，走出盥洗室，但他受到镜中引力的控制，机械地完成了每一个动作。最后，他仿佛是被人从盥洗室推出来的。这以后，他就不敢再靠近那面"镜子"了。"出什么问题了？"J问自己，他第一次产生了被囚禁的感觉。

J正对电视坐着，他面前有一张由三组黑色锥形支架撑起的玻璃茶几。茶几的中心是一只浅蓝色果盘，里面堆放着色泽暗淡的苹果。在果盘压住玻璃桌面的地方，有一圈方形水渍。紧靠中心的是一只白色的塑料盘，里面有一柄折叠水果刀，刀刃露在外面，架在盘子边沿上，构成一个窄小的夹角。茶几外围，在J的左手边是一只铜制烟灰缸，里面有三十几个扭曲的烟蒂，烟灰覆盖了烟灰缸底。与它正对着的是一把银白色的剪刀和一盒牙签。在茶几与电视之间还有一段大约两米的距离。J没有拉开窗帘，从阳台玻璃射入的光，在到达客厅之前已很微弱了，只有那块不停闪耀着光斑的区域，表明室外已经放晴。

　　J抬起右臂，对准电视机的左下方，用右手拇指快速有力地按了一下遥控器上的红色按钮。电视机发出很短促的"嗡"的一声，影像呈现出来。影像是黑白的，但格外清晰，J看到一个人的背影，他坐在沙发上，注视着正对他的电视机。过了10秒钟，电视里的那个人没有任何举动。J感到不耐烦，就又抬起手臂，用遥控器换频道。这时，他注意到，电视里的人做了一个小动作，他的右肩耸了一下。频道换过之后，电视里的影像并没发生多大变化，如果不是刚刚闪了一下，J准会以为换频道的按钮失灵了。他焦躁地连续按动转换频道的按钮，每一次都更用力，但除了出现节奏加快的闪动以外，并没发生其他变化。与此同时，J意识到，电视里的人开始有行动了。J静下来，等着看他要干什么。但他又不动了，静静地注视着电视。在电视中的观察者与电视中的电视之间有一张由三组锥形支架撑起的玻璃茶几。茶几的中心是一只果盘，里面堆放着几个苹果。在果盘压住玻璃桌面的地方，有一圈方形水渍。紧靠中心的是一只塑料盘，里面有一柄折叠水果刀，刀刃露在外面，架在盘子边沿上，构成一个窄小的夹角。茶几外围，在那个人的左手边是一只铜制烟灰缸，里面有三十几个扭曲的烟蒂，烟灰覆盖了烟灰缸底。与它正对着的是一把剪刀和一盒牙签。J试探地俯身去拿水果刀，同时盯着电视屏幕。电视里的那个人的背影晃动着向前倾，左手上多了一柄水果刀。J放下遥控器，将水果刀换到右手，绕过身前的茶几，朝电视机走过去。那个身影模仿般地做了同样的动作。他蹲在电视机前观察着。

电视屏幕上附着一层灰尘，屏幕左右是两片发出音响的小孔，当J贴近它们，他可以听到鞋子与地板摩擦的声音。屏幕下方不到1厘米的地方有一个特别的符号，大概是电视机的商标，再下面大约1厘米处是电视机凸起的开关和两个微小的圆形显示灯。在右侧，与它们平行的是两组横向的椭圆形按钮，它们是调节声音和频道的。J直起身，又检查了电视的背面，在一个梯形结构上，规则地分布着长条形的散热孔，几根橡胶导线纠缠在一起，其中两根分别通向有线电视接口和电源接线插座。J向后退了两步，电视里的人同时向后退了两步。"没有什么特别的。"J想。他突然想到了什么，猛然转过头，但他看到的只是毫无光泽的白色墙壁。"还好不是个玻璃罩子。"J尝试着说了一句："这没什么。"他听到的是双重声音。但是，直到现在，J还不能确定电视里的人就是他自己，他想找一面镜子，但房间里只有一面固定在盥洗室墙壁上的"镜子"，J不想再去碰它。"这又是一种监视装置。"这是唯一的解释，"他们想让我自己监视自己？不会，他们一定是接错了线路。"

　　J回到沙发上，拿起遥控器，按下了红色的开关按钮。电视机里的人也做了同样的动作，但反复了多次，他面前的电视都没有被关上。J快步走到电视机前，按下了电视上的开关。电视里的人仍然存在，他直起身，有点慌乱地走来走去，眼睛始终盯着电视屏幕。在电视里的电视屏幕上，似乎也有个小人儿在走来走去。J犹豫了一下，拔掉了电视机的电源。他的眼前顿时一片漆黑。J摸索着电源插座，他感到自己的手在移动，并碰触到了桌面，但实际上，什么也没有改变，他仍在黑暗里。他站起来，摇晃着朝沙发的方向走去，走了很久，但沙发已经不在那里，甚至墙壁也消失得无影无踪。J只好停下来，于是，什么也没有了。

寓言集

这些寓言是我长期思索的结晶，它们虽然结构简单，但寓意深刻。并且，为了给读者一点指引，我必须事先点明，这些寓言的寓意是相同的，只要读懂其中一则寓言，也就读懂了以下全部寓言。

善良的黑猩猩

黑猩猩住在一棵大树上。一天，一只绵羊跑来求救，说残暴的老虎要吃掉它。黑猩猩就让它躲在树上。此后又跑来许多只躲避老虎的绵羊，黑猩猩将它们全部留下来，一共十一只。很快树叶就被绵羊们吃光了，只剩下大大小小的秃树枝。黑猩猩和绵羊们暴露在了光天化日之下。老虎来了，它用利爪撼动树干。黑猩猩和小绵羊们紧紧抱住树枝，但大树已经枯萎，树枝全部断裂。黑猩猩和绵羊们都摔到地上，老虎扑上来将它们一一吃掉。吃饱以后，老虎躺在枯萎的大树下睡觉，四周堆满森森白骨。这时，老虎受到黑猩猩和绵羊们的幽灵侵扰，梦到自己张开大嘴，吐出大片大片浓绿的树叶，树叶很快埋葬了老虎，最终覆盖了整座森林。

鱼　刺

　　小猫的主人是位巨人，他经常用大手抚摩小猫的头。巨人每天都要吃掉一条鲨鱼，但小猫只能得到三根鲫鱼的鱼刺。巨人舍不得杀死鲫鱼，他把鲫鱼养在玻璃钢制成的小鱼缸里，每天从鲫鱼身上取出三根鱼刺喂给小猫。小猫心里一直憎恨自己的主人，它还产生了一个邪恶的想法："如果巨人被鱼刺卡死就好了！"后来，鲫鱼饿死了。小猫正为食物发愁的时候，巨人从自己的身体中取出三根肋骨放进小猫的碗里，并用最温柔的眼神看着小猫将那三根肋骨吃了个干净。

欺　哄

　　母亲只比女儿大一岁，而父亲只比女儿大两岁。从父母会说话起，他们就不断欺哄女儿。女儿小的时候，并没看出这里面有什么古怪。但她一天天长大了。有一次，她质问自己的父母："为什么你们和我的年龄相差那么小？"父母又开始一起欺哄她，但她不愿意再相信这两个人。而在父母的眼里，她一直都是一个布娃娃，从来没有过生命。他们欺哄她是为了把自己看成大人，这个目的一旦达到，女儿就会被扔进臭水沟里，她可能顺水漂流，也可能沉入沟底。

头　颅

一个孩子在山谷中玩耍时偶然捡到一个头颅。回家后，他发现头颅在偷偷笑，眼睛还滴溜溜地转动，似乎在想坏主意。孩子有点害怕，就把头颅埋在了院子里，并在埋下头颅的地方插上三根鱼刺。但当第二天早晨醒来时，孩子意外地发现，头颅就在自己枕边。他只得再次将头颅埋好，并插上三根鱼刺。可头颅又回来了。这样反复了几次，孩子开始怀疑自己生病了，于是去看医生。医生说他得了梦游症，头颅是他自己在梦中挖出来，抱回家的。孩子问医生该怎么办。医生说只有一个办法，就是将他的头颅换成那个他拾到的头颅。孩子答应了。手术之后，当孩子再次见到医生时，他忽然认出，医生其实就是他的父亲。

牛奶公主

公主美丽高贵，但她有个小毛病，就是只能喝牛奶。这是因为，她的唾液具有极强的黏力，可以把牛奶以外的任何东西黏住。有一天，来了一位外国使者，他被公主的美丽迷住了。

于是，他想尽办法，当上了公主的仆人。当公主对他放弃警惕的时候，他就从口袋里拿出一种特制的香料，公主闻到香味就昏倒了。这位外国使者兴奋地将自己的嘴凑到公主的嘴上亲吻她。结果，使者的嘴和公主的嘴粘在了一起，无论如何也分不开。仆人们请来年迈的宫廷御医。御医用棉花棍蘸着鲜牛奶一点点涂抹在嘴唇胶合处的缝隙上。但这个国家的棉花非常稀少，棉花棍上的棉球小得可怜。由于进展吃力，御医本人病倒了，而且一病不起。公主醒来后，为了向轻薄自己的使者复仇，就不断用舌头勾引对方。结果，他们越粘越紧。当人们终于将他们分开的时候，两个人都已经变成了骷髅。

不幸的孩子

孩子跑到父亲脚边求救。"妈妈要杀我，她拿着菜刀要杀我！"孩子喊。父亲没有救他，反而死死地掐住了他的脖子。这时母亲来了，手里拿着菜刀。父亲扭住孩子的两只胳膊，将他提起来，把他的头放在案板上。母亲手起刀落，将孩子的头剁了下来。没有了头的孩子仍在地上扑腾个不停，直到血流干，才僵住不动了。而在父母的眼里，他只不过是自家养大的一只小公鸡而已，为了招待客人，他们这样做是无可厚非的。

穷人和树

有个穷人，他的十根手指头都会说话，而且总说个不停。有一回，穷人忍无可忍了，他把其中九个手指头都砍下来，只留下左手的大拇指。这只大拇指很聪明，经常给穷人出主意。在离穷人家不远的森林里，有一棵干枯的大树，经常有人在那棵树上上吊。于是，大拇指给穷人出主意，到树下摆摊卖绳子。穷人听了大拇指的话，在九天里卖掉了九根绳子，赚了九个人的钱。而这九个人都在树上吊死了。第十天，来了个大胖子，他也买了绳子，但在他上吊的时候，绳子断了，胖子摔下来，没死成。胖子对穷人说："是我太胖了。"而大拇指却告诉穷人，胖子之所以掉下来，是因为他带着很重的金子。穷人听说有金子，就趁胖子不注意，用绳子套住他的脖子，把他勒死了。穷人揭开胖子的斗篷，从里面跳出一个笑嘻嘻的小人儿。原来，胖子只是小人儿操纵的玩偶。小人儿给了穷人一枚金币，买了一条绳子，然后就上吊死了。

和　尚

和尚在向一位著名禅师问禅之后，独自向城外走去。但不知怎地，和尚竟迷了路。眼看天渐渐黑下来，他只好找了家客栈投宿。他原以为这家客栈很简陋，但到了夜里，他忽然发觉这家客栈其实是一家陈设华丽的青楼。正当他要夺门而出的时候，一位娇媚的妓女拦住了他。他问妓女叫什么名字，妓女报了姓名，没想到竟然与那位禅师的俗家名姓相同。和尚涌上一股冲动，就同妓女搂抱在了一起。待发泄完，和尚心生悔恨，坐在床上不住地念经。妓女告诉他，那位禅师一会儿也会来找她，只因为她的名字。和尚起初不信，但妓女神情恳切，他也没有理由再怀疑了。于是，和尚就躲到了妓女的床下。他本想看看妓女讲的是不是真话，但一下子困得睁不开眼，睡了过去。醒来时，和尚发现自己仍端坐于禅师的禅房之中，禅师正在为其展开一幅色彩斑斓的地狱画卷。禅房外蝉鸣不断，仿佛正是晌午时分。

两个窃贼

有两个偷棉花的窃贼，他们手段相当高明，偷走了一个王国几乎所有的棉花。他们将偷来的棉花藏在一处无人居住的山谷里。有一天，其中一个窃贼产生了一个邪恶的想法："我为什么不占有全部棉花？"于是他用刀砍下了同伙的头颅。死掉的同伙流出大量鲜血，血把棉花全部染成了暗红色。杀人的窃贼没法再把这些棉花运到国外去了，他只得将它们纺成棉线，再将棉线供应给一个靠卖绳子为生的人。

逃　荒

　　一名农夫牵着一匹白马和一头驴子走在荒凉的旷野上。由于颗粒无收,他不得不逃荒到外省去。驴子和白马都已瘦骨嶙峋,随时可能倒下。走着走着,驴子突然发疯了,它拼命撕咬那匹白马,力量大得惊人。白马受到惊吓,想要逃跑又脱不了身。农夫急了,冲上去抽打驴子。终于,驴子被打死了。农夫舒了一口气,可这时,他的白马也疯了,一口咬下了他的全部头发。农夫回过头,死死咬住马的脖子。白马疼得奔跑起来,把农夫拖了很远。但农夫始终没有松口。白马浑身战栗着倒下了。农夫擦掉嘴上的血,想吃马肉,但这匹白马瘦得只剩下一张皮。他细心地剥下马皮,披在身上,踉跄着向城市走去。

作　家

　　一个下着寒雨的傍晚,一位作家在旧书市场买了一本很薄的小册子。回家后,他烧起暖炉,在油灯下展开小册子,读了起来。这是一本寓言集,集子中的故事都很幼稚无趣,作家耐着性子往下读。他原以为用一夜时间就能将这本书读完,但到了第二天天亮,他发现,还有一大半没有读。于是他继续阅读,因为他有个原则,只要翻开一本书,无论如何都要把它读完。但日子一天天过去了,他没读的部分不但没有减少,反而增加了。"这是怎么回事?"作家觉得蹊跷,就将书扣着摆在桌上。

他发现，有一个小人儿正在书的背面不停地写着，写完一页又写一页。"原来是这个小家伙在捣鬼！"作家一把抓住小人儿，把他关进一个玻璃钢制成的鱼缸里。这个鱼缸本来是养鲫鱼用的，但此时鲫鱼已经死了，鱼缸也已干涸。小人儿趴在鱼缸里，贪婪地舔食着缸底残留的白色水垢。作家对小人儿恨之入骨，他将鱼缸架在炉火上烧烤。小人儿不久便被烤死了，变成一副小小的骨架。作家将这副小骨架喂了小猫。他又继续读那本小册子，这回他很快就读到了最后一页，当读完这最后一页，作家就死掉了。

丧魂者

直到现在,我还时常梦到那些带有浓烈原始气息的场景。我和同事在非洲南部的桑图兰地区做田野调查。当时,这一地区尚未被任何一张地图标示出来,所以我们将之视为一个崭新的发现、一次奇遇,"桑图兰"是我们为她起的名字。我们很快与当地部落建立起良好的关系,搜集和整理材料的工作进行得很顺利。然而,好景不长,一场雷击引发的森林大火将村落彻底摧毁了。凶猛的火焰如一头诡谲的怪兽,疯狂地追逐我们。我和同事失散了。为了逃生,我丢掉了所有行李,变得孑然一身。而后,我就发现自己在森林中迷失了方向。凭着丛林生活的经验,我保住了性命,但身体已经虚弱不堪。在浓雾中,我看到一棵光秃秃的大树,我搞不清它是否已枯死了。实际上,我此前从未见过如此巨大的树木。我靠着大树,颓然坐倒在一层湿漉漉的枯叶上,感到末日正在临近。我想到自己多年来就像一个不属于任何教派的神职人员，抛弃了所有尘世的乐趣，在理性与非理性之间往返穿梭，疲于奔命，心里不由生出深重的悲哀感。在梦里，那棵巨树化身为一棵老橡树，与我交谈了很久。

醒来后，我发现自己周围有一些用白色石块搭建的房屋，这里竟然是一个村落。民族志学者的精神又复苏了，我开始仔细观察这些房屋的构造，它们与我从前见到的丛林棚屋迥然不同。这是些极度规则的正方形建筑，墙壁光滑，除门窗外，没有任何附加物。我正犹豫是否上去敲门，一位村民恰好推门出来。他看着我，似乎早就知道我会跑到这里，更奇怪的是，他脸上还带着一种悲悯的表情。他对我说了几句话，我一点没听懂。过了一会儿，他叫来了其他村民，他们大声讨论着，所使用的语言大概根本不属于科伊桑语系。我站在原地，有些不知所措。忽然，他们中的一个年轻人问我："你懂卢旺达语吗？"我顿时松了一口气，立即表示我懂。就这样，我得救了。

我将这个村落称为"秃木村"。经过短暂的休整，我又投入了"工作"。我计划着整理出一本词汇手册，搞清其语法规则，进而了解秃木村人的交换范式、亲属制度、社会阶层制度，等等。但我首先得找到书写工具，我起初还为此犯愁，但很快我就得到了做工精良的纸张和铅笔。我甚至在一些村民的屋里看见了几本大部头的书，书中的文字对于我是完全陌生的。不久我就意识到，被研究的对象其实是我。不到一个星期，秃木村人就破译了我的母语，而后他们编写了一本词典给我看，这令我的文化优越感顿时烟消云散。我向秃木村人探听他们的仪式、习俗以及历史传承。每当这种时候，他们就用那种难以形容的怜悯眼神看着我，然后摇着头走开。因此，我只能自己耐心观察。经过漫长的摸索，我基本掌握了他们的语言，这是一种异常发达的语言，其中许多概念根本无法翻译。我还探察到，他们所信奉的神明叫作"伊迪"，这个名字常被提及。但是，我在村中并没见过任何图腾。有几次，我问他们"伊迪"是什么样子的？他们都表示，这类问题根本没法回答。其中还有人向我暗示，提出这类问题是令人生厌的。

秃木村人能够预知未来。我用仅存的一枚钱币，那其实是我的护身符，做了多次试验，在我抛出硬币的一瞬，他们就知道钱币落地时哪一面朝上。但每次"试验"，都是在我的万般恳求下才得以进行的。他们明显不愿靠近我，尤其厌恶与我发生身体接触，更不想与我一同进餐。但是，每回他们躲开我后，又会莫名其妙地刻意表现出对我的尊重。

还有一件让我琢磨不透的事情，村中一些奄奄一息的老人或者病人会被村民抬到村落外的某个地方，不久之后，本来已经生命垂危的人，能自己走回来。但这些痊愈归来的人都不愿意再在村中久留，回到村里似乎只是为了向其他人告别。村民们看着痊愈者的眼神，就同看我时的眼神一样。至于他们是怎样被治愈的，为什么痊愈后要离开村子，离开后去了哪里，村民们对我守口如瓶。我猜测，治愈垂死者的是一位伟大的巫医，他一定掌握着某种特殊的巫法，这位巫医也许正是秃木村的领袖。

当我又一次见到一个垂死者被抬出村子的时候，命运驱使我悄悄跟了上去。我们在丛林中跋涉了大约5公里，进入一处山谷。天空划过几道哑默的电光，紧接着雷声从远处响起，雨水一下子倾泻下来。村民们将病人放在一个山洞口，就快步离去了。等他们走远后，我从树丛中钻出来，谨慎地朝山洞走去。病人被什么东西以惊人的速度拖进了洞里，我立即想到洞里藏着一头吃人的猛兽。但就在这时，我听见洞中传来说话的声音。而后，一位老人走出洞外，招呼我进去。如果此人正是秃木村的巫医，他当然早就知道我会在这一天来到这个洞口。我尴尬地笑着走进洞里，洞内除了一张石床和一个木头箱外什么也没有，氛围令人联想到囚室和墓穴。此刻，病人正躺在床上。"他怎样了？"我问。"已经死了。"还没等我反应过来，老人手里已多了一柄匕首，他毫不费力地剖开了死者的胸膛。"你可以过来看看。"他用一种古怪的腔调对我说。我像着了魔一样走过去，低头看着死者。大约半分钟之后，我才意识到，死者没有心脏，在那个本该属于心脏的位置上，有一个闪耀着翡翠光芒的东西，它的形状如同蜘蛛。"他的魂魄已经熄灭了。"老人说，随后他从木箱中取出一只颈口极细的瓶子，往那个形同蜘蛛的东西上撒了几滴无色的药水，那个蜘蛛开始变形，最后它成为了一颗跳动的心脏。死者的伤口很快愈合了，他站起来，流着泪向老人施礼，老人对他说："伊迪之所以给我们两只手，是为了让我们能够触摸自己的手背。"这像是一句安慰的话。死者没有说话，他匆匆走出山洞，隐没在雨幕之中。

　　我清醒后的第一个问题是："他的伤口是怎么愈合的？"老人回答："创口是疗伤的最佳良药。"我没听明白。沉默了几分钟后，我又问："他到哪里去了？"老人说："它先回到村里向亲友告别，然后远走他乡。""他为什么一定要离开村子？""它已经死了，它不愿让村里人反感，也不想承受那种压抑。""可他明明活着……""如你方才所见，它的心已变成了一块肉。虽然它还能走动，甚至能思考、说话、生育，但它已经死了，现在它只是一具行尸走肉而已，我们也称它们为'丧魂者'。有些人留恋肉体的延续，就被送到我这里来获取那块仿佛可以取代心的肉。""这种事是从什么时候开始的？"我隐约有所醒悟。"从极其远古的时代就开始了，当然，那时候从事这项工作的是我的祖先。他们送走的丧魂者结成群体、繁衍生息，现在其子孙后代的数目已大得惊人。毕竟，大部分人是留恋肉体的。但他们的子孙也只能是丧魂者。"在闪电照亮洞穴的瞬间，我注意到，老人正向我投来那种令人无法忍受的怜悯的目光。"但活人和行尸走肉有什么不同？"我继续问。"活人可以直接与伊迪沟通。而且他们也不会像丧魂者那样区分'过去的感觉'与'现在的感觉'。对活人而言，痛苦和幸福是无法被时间冲淡一丁点的。""我还有一个问题，究竟什么是伊迪？"我明白提出这个问题意味着什么。"伊迪就是始终在背后注视着你的那双眼睛。他既注视着生者，也注视着死者。"

　　我确信自己已不能继续在秃木村住下去了，必须马上离开。老人早就料到我会这样，他领着我穿过山洞，向我指出一条灌木丛生的小路。我在这条小路上疾步走着，脑中一片空白。黑夜与白昼无休止地交替，终于有一天，我望见了人工修筑的平坦大道。我站在公路上，向迎面驶来的卡车挥手，卡车上的工人们以为我是野人或者走投无路的逃犯，一顿拳打脚踢之后，将我送进了附近县城的警察局。经过连夜审讯，警察局长不得不亲自给相关外交机构打了电话。感谢上天，这以后再没发生什么出乎意料的事。

　　坐在返程班机上，我俯视无边的云海，心中仍在疑虑自己是否只是一具行尸走肉。直至我回到自己熟悉的城市，重新在夕阳下融入街道上熙熙攘攘的人群，我才从那个诡异的梦魇中解脱出来，开始尝试回归往昔的生活，或者说"生命"。

马格丽特私人展览馆

现年 89 岁高龄的马格丽特小姐依然精力旺盛、果敢睿智。与其他终身不嫁且无子女的女性一样,她有点孤僻、傲慢、容易激动,不过这并不能掩盖她对公益事业的关注。她是个慈善家,也是艺术家们的赞助者,她的爱心和慷慨虽然表现得极为含蓄,但其丰富而深邃的内涵将随着时间的延伸而得到证明。

马格丽特出身大资产阶级家庭,从小受过良好的教育,著名诗人奥弗贝克和作曲家萨替都曾做过她的家庭教师。在她年轻的时候,她的高雅和美貌是众所周知的,确实,她曾是上流社会交际圈里的红人儿,但这些都已经成为往事。而令马格丽特获得永久知名度的,还是马格丽特私人展览馆。

马格丽特私人展览馆已经 89 岁了,我们很难用"成功"或"不成功"来评判它。事实上,它虽然名声在外,但自从开张以来,大约只有 20 万人次光顾。不过,如果我们换一个角度想,它又是非常成功的，展览馆本身就是一种艺术品，艺术品的价值并不在于它是否为公众认可，而在于它的独特性。在独特性方面，马格丽特私人展览馆绝不逊于世界上任何一座展馆，即便是古根海姆艺术馆、蓬皮杜艺术中心、纽约现代艺术馆以及泰特现代艺术馆也不能完全凌驾于它之上，它的地位是独一无二的。之所以如此，是因为马格丽特私人展览馆有着专属于它自己的收藏品、收藏方式和收藏对象。

马格丽特私人展览馆的创建者是马格丽特的父母，他们从马格丽特出生时起就开始经营这家展览馆，直到马格丽特成年。但从另一种意义上说，马格丽特私人展览馆自始至终都是属于马格丽特的，它是为马格丽特而存在的，它的全部收藏都来自马格丽特本人，确切地说，是来自她的身体。

展馆共分四层，此外，还有一个庞大的地下冷库。一层只有一个展厅，即毛发厅，其中分类陈列着马格丽特从出生那一天起一直到展览当天脱落的几乎全部头发、睫毛、汗毛、鼻毛和阴毛等；二层是指甲厅和皮质厅，那里陈列着马格丽特的几乎全部指甲和皮屑。脚指甲和手指甲是分别摆放的。皮屑则被划分为头皮屑和其他皮屑；三层是体液厅，各种体液被存放在美观的密闭透明容器里。其中汗液不够完整，对其进行收藏的难度是可想而知的。而性液的问题是，它们往往不够纯，在展品说明上，会见到诸如这样的注释："杂质成分：某年11月6日凌晨，理查德·A.

格兰，精液。"口腔黏液、鼻涕和泪水就没有这两种缺憾。较为鲜艳夺目的是马格丽特的血液，血液中占最大比例的是经血，最为珍贵的是处女膜撕裂时流出的鲜血，它被放在一个小水晶瓶子里，摆在展厅的正中央。四层是精品厅、咖啡厅和馆长办公室。精品厅中现有的展品是马格丽特42岁时切下的子宫、50岁时切下的左乳、51颗牙齿以及历次伤口愈合后的结痂。地下冷库中储存着马格丽特的排泄物、呕吐物、耳蚕、牙垢、舌苔和鼻屎。它一般不对外开放，只有经过馆长的特别批准才能参观。在这89年时间里，只有不到30人参观过那里。

  马格丽特私人展览馆引进了大量尖端科技手段和器材运用于防腐、密封和保鲜，这确保了展品不至于变质或挥发。在这方面投入的金钱和精力是相当惊人的。但更令人叹服的是对这些展品的收藏过程。目前负责收藏工作的是马格丽特的贴身女仆爱伦。对于自己的工作，爱伦是这样说的："在我面前她没有隐私，我们都知道这是必须的。她已经老了，记忆力不好，手脚也不灵便。在她年轻的时候，她可以自己搞一些，这就大大减轻了女佣的工作量。而现在一切都要靠我一个人。我曾建议她再雇几个人来帮忙，可她不同意，她很吝啬，这她自己也承认。我每天都得一刻不停地在卧室和盥洗室忙碌，提取、清理、分类，你们无法想象我是如何小心地整理床铺、打扫地板、过滤洗澡水……但我不会辞职，因为从我外祖母开始就在做这件事，如果我辞职，我的家人准不会答应。最让我苦恼的是，马格丽特小姐近来总是怀疑我会把自己的毛发或体液偷偷放进她的展品里。她的担心是毫无必要的，我只想完成我们共同的理想，这个理想究竟是什么我说不清楚，但我能感到它的意义。"

马格丽特准备在今年3月再次翻修马格丽特私人展览馆，她打算将展览馆加高一层。这样做是为了更好地安置她百年之后的遗体。她想把新顶层建成金字塔的模样，为此她花重金请来了当代最为著名的现代派建筑设计大师阿尔贝蒂。据估计，此工程将持续10年之久，耗资将超过700万英镑。在工程建设期间，展览馆会不断引入新的展品，并继续向外界开放。这虽然会增加工程难度，但对于马格丽特爱好者而言，这样安排是再合理不过的。

不能否认，马格丽特私人博物馆也曾受到过诸多批评。例如，权威评论家霍夫曼就曾指责说："马格丽特"是一个骗局，艺术不应是耸人听闻的笑话，任何人都不该把自己令人作呕的怪癖强加给无辜的社会公众。但是，尽管有这样尖刻的非议，当谈到马格丽特私人展览馆的未来时，馆长威特鲁威先生仍不无自豪地说："我们现在的展览方式的确有点陈旧，至于将来会选择怎样的形式，还没有找到最佳方案。我们不被一些人理解是不足为怪的，这里没有价格昂贵的收藏，不搞时髦的观念艺术，更没有什么顶级杰作，这里展示的仅是一个完整的人，这种完整意味着'真实'。"

梦中的王子

在这个年代,"王子"已沦落为一种象征符号,没有哪个姑娘仍在认真思考这个词的意蕴。它的字面意思变得越来越模糊,甚至产生了反面的讽刺意味。一位知识女性一般不会再用"我的白马王子"来称谓某个人,除非是想开个玩笑,自嘲一下。正因如此,我们的女主人公才对自己的梦境感到困惑,并且羞于向人讲述她的梦。这是那种所谓"连续的梦",在一段时间里(大概一周),这位姑娘反复梦到"王子"。她没法确定的是,她所梦到的王子是同一个人还是许多个人,是古代的王子还是现代的王子,是西方的还是东方的,是现实的投影还是单纯的童话人物。总之,她被搞糊涂了。但那毕竟是一位王子,作为一个虚幻的秘密,这个形象还是能给人一点幸福感的。

她有稳定的职业——国立图书馆的一名管理员,这种职业很稳定,而且它可以帮人养成行事有条理的好习惯。她就是这么一位姑娘，每天都有明确的工作计划、学习计划和生活计划。她极少看电影、逛街、参加聚会，也不愿和不学无术的男人共进晚餐。她喜欢读书，读各种各样的书，包括哲学书。随着镜片厚度的增加，她逐步成了一位学富五车的人。她喜欢同前来借阅书籍的学者们攀谈，谈的都是最专业的问题，并以自己的渊博把他们吓得目瞪口呆。她暗自打算写一本书，这本书的名字将出现在图书目录上。接下来，她的同事们将发现书的作者竟然就是她，一个个张大了嘴巴，称她为"女博尔赫斯"。每当想到这里，她就会露出灿烂的笑容。

"王子"的驾临毫无先兆。那天，未来的女博尔赫斯躺在床上读了30页保罗·利科的《哲学主要趋向》后，准时熄灯睡觉。在梦中，她来到一家游泳馆，她对这里似乎很熟悉。后来，她觉得这其实就是她的家。她跳入水中，飞快地游着，长时间潜入水底不换气也行。这时在光影晃动的水面上，漂来一块白色的大木板，她向它游过去，发现它其实是一个人，一位王子。木板开始在水中扑腾挣扎，喊救命。她冷静地看着，直到他即将溺毙，才托起他的下巴将他送到浅水区。"你叫什么名字？"王子问。她没有回答，但她似乎对他产生了某种微妙的感情。"我要走了，我得回到我的王国去。"王子说完，艰难地爬出了游泳池。"和我一起走吧，做我的妻子！"他站在泳池边缘的瓷砖上，深情地呼唤她。"不行，这里是我的家，我不能离开！"

她喊着，流出了泪水。

女博尔赫斯醒来时，眼角边还挂着晶莹的泪滴。她本想用弗洛伊德或者荣格的理论分析自己的梦，但她又觉得他们的理论站不住脚。"在梦的语言和日常语言之间具有可通约性吗？在它们之间翻译的确定性如何判定呢？"在对上述两个似是而非的理论问题的思考中，她把王子抛到了脑后。她准时起床、上班、下班、阅读。在读了30页保罗·利科的《哲学主要趋向》后，她准时熄灯睡觉。随后，她来到一座陌生的城市，王子正在那里等她。他已不再苍白虚弱，经过一天的时间，他变成了一位满脸红色胡须的魁梧汉子。王子一把拉住她的手，拽着她去偷东西。他们蹑手蹑脚地走进一座年久失修的住宅楼。闯入其中一个套间。套间里潮湿闷热，天花板上布满翻卷的墙皮。那是一种又旧又脏的白色。王子偷走了房间的小阳台、绿色防盗门和一部老式电话机。临出楼前，他还卸下了一小段儿螺旋楼梯，扛在肩膀上。他们逃到一片空场。王子把阳台翻转过来，安上防盗门，于是就构成了一个封闭的大水泥盒子，他把这个盒子放在螺旋楼梯上，而后，打开防盗门，把电话装好。"这就是我们的城堡，它只属于我们两个！"王子大声宣布。女博尔赫斯走进城堡，感到有点窒息。"如果能开扇窗户就更好了。"她说。话音刚落，她就听到了警笛声，警察包围了城堡。王子不见了，他独自溜掉了。警察们小心地包围过来。"这可怎么办？我算胁从犯吗？不，我只是被绑架的人质。"她紧张地思索着。电话响了，她拿起电话听筒。话筒里传来王子生硬的声音："亲爱的，我们还会见面的！"

清醒后的她很想摆脱这个"王子"的纠缠。她换上了隐形眼镜，并接受了一个不学无术的男人的邀请，与他一同吃了晚饭。入睡的时间被稍稍延迟了，而且她没有再去碰那本《哲学主要趋向》。但王子还是出现了，这次很恐怖，王子在同一些没有脑袋的人玩扑克。女博尔赫斯有点为王子担心。她仔细地观察着玩牌的人。他们的穿着完全相同，衣服是玫瑰色的，纽扣是金黄色的，裤子是银灰色的。王子输掉了这一局，他不得不摘掉脑袋，交给一个无头人。这个人把脑袋安在自己脖子上，一下又变成了王子。就这样，脑袋被换来换去，究竟谁是王子已很难说清。"我在自己和自己玩牌，所以我总是立于不败之地，但我有点寂寞，咱们一起玩吧。"王子盯着扑克说。他又变得苍白而忧郁了。闹钟响起，她睁开眼，天还黑着。她抚摸着猫头鹰形状的大闹钟，默默地感谢它及时有力的帮助。

她去探望了她的父亲。他是她唯一的亲人，一个醉心玄学的老酒鬼，住在一座年久失修的住宅楼里。她向父亲暗示，自己总是连续做一个梦。老人听后"嘿嘿嘿"地笑起来。"您笑什么？"女博尔赫斯生气地问。老人忽然一脸严肃，而后他说："这大概是遗传！""怎么是遗传？"她更困惑了。"我从28岁起，就一直在做同一个梦，梦见自己在一个巨大的白色迷宫里。我看到的景象都很近似，这也正是迷宫的特点。我隐约觉得迷宫的中心有一张迷宫地图，只要找到地图就可以走出迷宫。但我总到不了迷宫中心。我想，只有找到迷宫地图才能进入迷宫中心，但只有进入迷宫中心，才能找到迷宫地图，这是个悖论。""从前怎么没听您说过？""我说过好多次，但你们根本没往心里去。"老人低下头，思索着。"那后来呢？地图找到了吗？""我去看了心理医生。一位从眼神看已经濒临崩溃的心理医生接待了我。他给我开了一种药，说吃了马上就能从迷宫中解脱出来。那时我还年轻，傻乎乎的，回家就把药吃了……""没见效吗？"她起身给老人倒了杯醒酒茶。"见效了！当天夜里，我正在迷宫里打转，突然听到推土机的声音，一个工头对我说：'我们来了！'随后他转头问一个技术员模样的人：'图纸呢？'技术员打开公文包，费劲地翻找着，最后理直气壮地报告说：'丢了！'我看看工头，有点着急。工头示意我不必担心，他把大手一挥，喊了声：'拆！'推土机和建筑工人们都行动起来。工头和技术员吆喝着指挥着。他们的干劲真足啊！很快迷宫就被摧毁了。"老人没去喝醒酒茶，而是又给自己斟满了一杯烈酒。"那问题就这么解决了？""可以说解决了，但也可以说更糟糕了。从那以后，我每天都梦见自己在一片废墟上，无论走到哪儿，都只能看到一堆堆破碎的白色石块儿。现在仍然是这样。有人说，我其实是统治这片白色废墟的国王。"老人最后用一种探询的目光望着女儿，似乎想从她那里得到肯定。

在回自己寓所的路上，她不禁想起母亲在世时，他们一家三口在山区度过的那段美好时光。虽然那时候他们并不富裕，但日子过得无忧无虑。"如果妈妈还在该多好，我真想和她说说话……"想到这里，她有点难过，路边的水洼映现出霓虹的光晕，她单薄的身影在其中微微地颤动着。

她是带着悲伤进入梦乡的，但在梦里，情绪完全变了调调。她看到王子正和一头巨兽搏斗。巨兽周身笼罩着雾气，所以根本看不清它的真面目。王子又变成了红胡子的魁梧大汉，他拿着一件奇形怪状的武器在巨兽面前挥舞。她捡起石块朝巨兽掷去，内心充满愤怒。但就在激战正酣之时，王子突然停住了，转过头对她说："附近有个酒吧，环境还不错，咱们去坐坐？"她点头表示同意。他们一起朝酒吧走。背后传来了巨兽的声音："我也想和你们一起去。"那是个朴实农民的声音。"噢，老伙计，今天不行，你想当电灯泡吗？"王子笑着说。他们显然是很熟的朋友。"唉，我可真是老糊涂了！"巨兽笑了，笑声憨厚而豪爽。他们并没有去酒吧，而是走入了一片白色的废墟。"这是哪儿？"女博尔赫斯问。"这是你父亲的王国，你是这里的公主。每种梦境都有它自身的主人，所谓'主人'就是常年驻守在这一梦境上的人，他们不能像其他人那样在各种梦境间不断迁徙。"王子拉住她的手,继续说:"你即将继承王位,成为这片废墟梦境的女王。"她用力挣脱他的手,想要逃走,但这片白色的废墟是没有边际的。

她再次接受了不学无术的男子的邀请,陪他去看一部低俗乏味的电影。在黑暗中,她听见身边这位男子在打鼾。她把他摇醒。"我做了个怪梦!"他说。"嘘",她把食指放在嘴唇上,同排的观众正反感地看着他俩呢。散场以后,她问他做了什么梦。他努力回忆着说:"一个衣着古怪的男人提出要和我决斗。我答应了他,还定下了决斗日期。他说我是魔鬼。然后,出现一位老人,很像我大学时的一位教授。他把我带到一片白色的废墟上,恳求我带他女儿离开。我问他女儿在哪儿。然后……我就被你叫醒了。""你平时都读什么书?"女博尔赫斯急切地问。男人抬头望着星空,似乎想转移话题,但他终于鼓起勇气对她说:"我喜欢读物理学方面的书,其实很多人都叫我'男居里夫人'。""'男居里夫人'?这个外号可真怪……"她忍不住笑起来。他也笑了。女博尔赫斯和男居里夫人手拉手,讨论了许多物理学问题。虽然他们对玻尔的"互补性"概念没能达成共识,但这次交谈非常愉快。

在阴暗的地下室里,王子正趴在桌子上写东西。她凑过去一看,原来王子是在给法国国王和普鲁士皇帝写信。"我要求他们调遣军队,消灭一个可怕的敌人,帝国的敌人!"王子边写边说。她坐在角落里，默不作声。"你喜欢尼采吗？"他忽然问。"喜欢啊！"她说。他站起来，转过身。她惊异地认出，眼前这个人就是尼采。尼采说："您真的喜欢我吗，女士？！"她吓坏了。尼采又变回了王子，一个苍白的没有胡须的人。他以一种无限倦怠的口气说："先去报仇，再去决斗。"

现在，女博尔赫斯一心想着那位男居里夫人，她特意从图书馆借了几本讲述决斗知识的书。傍晚，他们一起在广场散步，她把书交给他，并恳请他仔细阅读。他起初感到莫名其妙，但在某种魔力的驱使下，他郑重地接过书，表示要熬上一个通宵，把它们全部吃透。告别男居里夫人之后，她又得去面对梦中的王子了。王子在磨一把镰刀，累得满头大汗。"你磨刀干什么？""我要到我叔叔那里夺回我父王的东西！"王子坚定地说。"什么东西？""一台推土机。""你叔叔为什么要夺走你父王的推土机呢？""因为……我偷了叔叔的阳台、防盗门和电话机。""原来是这样……""我父王曾调用那台推土机去搭救过你的父亲，当时你父亲被困在自己的迷宫里出不来了。咱们的婚事就是那时订下的。"王子放下镰刀，领着女博尔赫斯走进一家规模很大的书店。王子拿起一本《经典童话选编》，摇晃着说："这里面全是我的故事，我娶了一位公主又一位公主，当然也包括幸运的穷苦女孩。她们最终都过上了幸福的生活。明天，我会同那个可恶的魔鬼决斗并将他杀死。然后我们就结婚，共同统治那一片广袤无垠的白色废墟!"苏醒以后,女博尔赫斯感到忐忑不安。

第二天的傍晚时分,下起了蒙蒙细雨。她又见了男居里夫人。他们在逐渐安静下来的城市街道上边走边聊,一直走到女博尔赫斯租住的公寓楼前。"昨天我梦到自己在一个游泳池边坐着,游泳池里有许多白天鹅。"他说。她注视着他的眼睛,饱含深情。"你一定要赢呵!"她说着,飞快地吻了他一下,之后扭头跑进了公寓大楼。男居里夫人站在雨里,发了半天呆,在一种幸福的半眩晕状态下回到家,早早地睡下了。

她在临睡前读了《爱因斯坦文集》中一篇极简短的文章《关于埃伦菲斯特的悖论》。她以这种形式祈求爱因斯坦保佑她的男居里夫人。王子开着轰鸣的推土机冲进了游泳馆,手里还拿着一把明晃晃的大镰刀。她在游泳池里用脚蹼划着水,感到自己像一只鸭子。"魔鬼对你施了法术,我是来救你的!"王子高喊。魔鬼终于现身了,他是一位正直朴素的青年,手里拿着一本詹姆斯·琼斯爵士的《天文学的视野》。"你怎么没读我给你的决斗指南?!"她焦急地问。"放心吧,我读了,读了两遍呢!"朴实的魔鬼认真地说。王子挥动镰刀向魔鬼砍来,魔鬼轻巧地跳开了。王子又冲上来,但由于冲得太猛,他一下子滑倒了。魔鬼乘机抢走了王子的镰刀,把它扔进游泳池。王子不会游泳,他看着水中的镰刀,不知如何是好。魔鬼向王子步步逼近，王子耸了耸肩说："看来科学的力量战胜了我。"然后站起来，摇着头爬上推土机，轰鸣着逃离了游泳馆。

女博尔赫斯从梦中醒来，感到无比轻松。她决定周末就带男居里夫人去见自己的酒鬼父亲。从此以后，她将过上真实的幸福的生活。

混　淆

　　我感到眼前正在发生的一切都是昨天的事。昨天我也写过同样的话。昨天凌晨2点54分，我写下了这段话。它与今天凌晨2点54分是完全吻合的，细微到一粒尘埃飘荡的轨迹、一滴泪水流出眼眶的声音……我不打算寻找昨天的痕迹，因为昨天我就没有打算这么做。接下来我会写什么，我很清楚。但我并不是凭回忆把它写出来的。

　　我在写一篇小说，在这之前我做了些准备，现在看来那是根本没必要的。我的小说从一段莫名其妙的话开始。然后，我叙述了一个写小说的计划。我准备用一天时间跟踪一个不认识的人，并将跟踪他（她）的经历记录下来，整理成一篇小说。这个计划是否能得到实施，要看这篇小说的需要。跟踪怎样的对象是要事先想好的。我不能跟踪年轻女性，那会被认为是图谋不轨；我也不能跟踪一个步伐过快的人，因为我得一边记录一边跟踪；机敏的人会试着甩开我，如果发现甩不开，他或许会在某个拐角处的阴影里屏住呼吸，等我悄悄跟过来，他再一下跳出来拦住我，大声问："嘿，干吗跟着我？！"假如我跟踪的是一名真正的罪犯，他没准还会狗急跳墙……我完全可以想象自己跟踪一位身穿丝绸衬衫的老太太，她拎着一个棕色的老式提兜。提兜里似乎什么也没有。她摇摇晃晃地在便道上走着，偶尔和路边的老街坊打声招呼。我距离她大约20米，也许更近。我拿着一支铅笔和一个破旧的笔记本，记录着我们经过的地方，遇到的人，老太太的步伐、神态和一个个小动作（比如抬头的次数），空气中的味道，光线的强度、明暗的变化，她看到的东西和遗漏的东西。但最后会怎样呢？我们会一同走进一个拥挤的大菜市场。生猪肉的气味让我腻味，而她就在那里同卖猪肉的大胡子聊起天儿来。我侧耳倾听，但周围的环境太嘈杂。我只能听到："你这猪肉、你这猪肉、你这猪肉……"我拿着小本，记个不停。旁边有人凑近我，想看看我在写什么。他肯定怀疑我是工商局的人。

我没有心情了，我打算跟踪另一个人。我挤出菜市场，心里想着："再见了，老奶奶！"重新回到人群稀少的地方，我感到说不出的轻松。原来跟踪一个人是那么麻烦的一件事。我独自在街上闲逛，搜索下一个目标。但很快我就放弃了这个写作计划。毕竟，这只是在小说里，你可以很轻易地放弃任何东西。

所有被放弃的计划都会在另一个地方、另一篇小说里或是小说下面的情节里得以实现。这时，我觉察到有人正在跟踪我。他离我挺远，大概 30 米左右。我因为跟踪别人而被便衣警察跟踪了？也许他们以为我是扒手。他是个老手，很不好对付。我叫了辆出租车，让司机拉我去最近的地铁站。跟踪我的人也上了一辆出租车。"真有他的！"我看着反光镜，神情冷峻。但很快我就想到，那个人跟踪我只是为了把我写进一篇小说里。那个人正在完成被我放弃的计划，就在同一篇（而不是另一篇）小说里。他的小说也许会用第一人称，那么我还是我，他还是他。我去地铁站并不是为了甩开跟踪者，而是去验证一个事件的真实性。

　　昨天我就这样做了，今天还是一样。我看到一篇小说，作者声称他在 X 地铁站的 C 出口处留下了一个记号。这位作者主张在一些微小的点上把虚构的变成现实的。我随身带着他的小说，里面清楚地指出，他在 C 出口的阶梯扶手上用小刀刻下了一个规则的菱形，这个刻有记号的位置与从上数第十三级台阶相对应。我下到第十三级台阶，仔细察看了与之上下平行的那一小段儿扶手。但扶手很光滑，上面什么也没有。那个作者果然是个骗子。我掏出小刀，想趁没人看到，将菱形刻上。当我抬头张望的时候，我看到跟踪者正透过地铁站口的大玻璃窗窥视我，手里还拿着一根铅笔和一个破旧的笔记本。"真是阴魂不散。"我只好暂时放弃刻记号的计划,悻悻地穿过地铁通道,上到了马路的另一边。

我的第一位跟踪者从这一刻起就消失了。可能是他的小说已经写完了;也可能他发现了一个正在跟踪他的人,所以匆忙逃走了;但还有第三种可能,那就是我的第二位跟踪者接替了他。我想,我应该去跟踪那个刚才跟踪我的人,或者现在正跟踪着他的人。我搞不清我们是三个人还是四个人。我穿过地铁通道向回跑,我的第二位跟踪者紧跟在后面。我看到一个遥远的背影,我不敢确定他是谁。由于担心把目标跟丢,我没有时间再记录任何细节。我不清楚他是不是去跟踪另外一个人了,而那个人正在跟踪我的第二位跟踪者。我们必须加快速度,走路的速度和书写的速度。不过,跟踪与被跟踪的角色已不再是固定的,因为那个跑在最前面的人,总要折回头来,追赶跑在最后面的人。我们在城里兜着一个又一个大圈子,直到夜幕降临。"明天还会继续同样的游戏吗?""明天会和昨天不同吗?"

我重新回到 X 地铁站的 C 出口。白晃晃的灯光正被吸入地下的黑洞和外界清凉的黑夜里。灯光颤动着,显出一种单调疲乏的暗淡。我下到第十三级台阶,找到那段扶手。我掏出小刀,想在上面刻个菱形标记。我下意识地抬头看了看,没有跟踪者。但随即我就发现,那段扶手上已被刻上了一个清晰整齐的菱形。我的跟踪者抢在了我前面。

我进入地铁站,感到疲惫不堪。这时已近午夜,我坐上地铁列车,车厢里没有其他人。我昏昏沉沉,似睡非睡。我在头脑里构思着一个故事,但又好像是在做梦。一个拿着铅笔和破旧笔记本的人,可能是跟踪者之一,用低沉沙哑的声音在我耳边讲了一件事:地铁里曾经有个乞丐,他神经不太正常,喜欢在站台上朗诵过了时的报纸。但其最令人惊骇之处是他的脸被完全毁容了。他总戴一顶破旧的草帽,低着头走进车厢,行乞时突然仰起脸,把人吓一跳。在一个午夜,他行乞时被一个喝醉酒的男人推下站台,一命呜呼了。

列车进站,我清醒过来,回忆着方才耳边的声音,那正像是一个人在朗诵一张过了时的报纸。这时,有个戴破草帽的人走进车厢,走到我面前,仰起脸。那是一张狰狞可怖的脸,但其实只是被毁了容。这一切,我已经历过一遍。他向我伸出一只手,手心朝上。我想,跟踪我的人也许正在另一节车厢里对付另一个这样的乞丐吧。我瞧着乞丐的脸,想找到他的眼睛,但那张脸上似乎没有眼睛。整个面孔模糊一片。我的手在裤兜里摸索着,最后掏出十元钱,放在他手里。那张可怖的脸上显出一种类似惊喜的表情。"谢谢好心人,谢谢好心人!"他不停地鞠躬。列车又进站了,我注视他走出车厢。站台上正有一个粗壮的男人,扶着大理石柱呕吐,一股夹杂着腥臭的酒气飘入车厢。我感到一阵恶心。乞丐向那个喝醉了酒的人走过去……

列车再次开动,我重新回到漆黑的隧道里。

回到家,我坐在写字台前,想写点什么。我看了一下表,时间是凌晨 2 点 54 分。

娃　娃

阴暗的海面上浮现出一个人形。但那不是在海上，而是在浴缸里，那个呈现人形的东西是一个塑料娃娃。它在水中轻轻摇晃着，两只眼睛盯着天花板。它有两片血红色的嘴唇。

塑料娃娃刚陪它的主人洗过澡，那时候它主人的手里还攥着一块白色的小积木。这时，那块被丢弃在浴缸里的积木漂了过来。塑料娃娃把积木藏在自己身上，它打算找机会诱骗它的主人把积木吞下去。"她一定会被卡死的。"它想。

保姆走进浴室，将塑料娃娃从浴缸中捞出来，用一块绿毛巾把它擦干净，就像是在为一个真娃娃擦干身子。保姆感到不安。她方才在给那个真娃娃洗澡时，几次想把她溺死在水里。但奇怪的是，因为有这个塑料娃娃在，她感到自己所面对的是两个人，其中一个会成为凶案的目击者。这当然只是她的臆想。现在她擦拭着这个塑料玩偶，心情已镇定下来。她决心用刀把娃娃杀死。

　　娃娃正在自己的婴儿床上爬来爬去。"你的伙伴儿来了，它也洗完澡啦，你看它多干净。"保姆把塑料玩偶塞到娃娃怀里。娃娃"呵呵"笑着，抱住了塑料玩偶。"快睡一会儿吧，来，快睡吧。"看到娃娃合上双眼，保姆就到厨房去了。

　　塑料玩偶盯着自己的主人，眼睛闪现出僵直的光芒。它把她唤醒，将手里的小木块递给她。娃娃像着了魔一样，把木块放进嘴里。

　　保姆提着刀回来了，刀身反射着午后的日光，她准备把娃娃砍死。但当她走近那张小床时，发现娃娃圆睁双目，脸色铁青。她伸手探试娃娃的鼻息，没有呼吸了。"已经死了？"她疑惑片刻，随即露出笑容。可她还是想砍下娃娃的头，但那样会流很多血，也许会喷她一身。她犹豫了一下，就把塑料娃娃拿了起来。塑料娃娃被平放在硬木桌上，保姆对准它的脖子狠命砍下去。连砍几下，塑料玩偶的脑袋才被砍掉。

　　保姆匆匆收拾好自己的东西，走出房间。在楼下，她深吸了一口新鲜空气。"都过去了。"她对自己说。但她不敢回头再看那幢灰暗的大楼。她疾步走着，很快消失在远处紫色的阴影中。

　　娃娃听见保姆关门的声音，就从嘴里取出了那块白色积木。她长长舒了一口气，转过头，看着滚落在地上的塑料娃娃的头颅，脸上浮现出天真而又不可捉摸的微笑。

马尔特兰湖畔的男女

马尔特兰湖是淡水湖,它地处热带。湖的周围常年生长着蓝棕榈树、檀香草和大丽花。茂盛的植物把马尔特兰湖深深地隐藏起来。马尔特兰湖畔的土著民最突出的特点是寿命短暂,确切说,他们只能活一天。他们出生后6小时便进入青春期,8小时就达到完全的性成熟。随后,他们就必须开始拼命交配。女人一生通常能受孕两次,在生下第二个婴儿后,她就得一边哺育婴儿一边闭目等死了。男人的一生可以占有许多女人,但经过统计证实,他们一般只能两次令女人怀孕。无论男人还是女人,死后都会在几分钟内归于尘土,成为周围植物的肥料。

马尔特兰湖尚未被文明世界开发,但早在几个世纪以前,它就为荷兰传教士布吕赫所发现。布吕赫神父被湖畔奇异的生活形态吸引,一直在此生活到去世。他曾试图向土著民传教,但他们没有时间考虑宗教问题,如果不利用分分秒秒找寻配偶,他们就可能无法完成传宗接代的使命。更何况他们没有语言，起码没有系统语言。他们并不需要语言，而且不会将时间浪费在说话上。布吕赫神父起初为此感到痛苦，他手拿《圣经》，不知所措。他祈求上帝赐给他的教区居民以时间和语言，但奇迹没有发生。后来神父领悟到，对于马尔特兰湖畔的男女而言，他所带来的《圣经》反而是一种原罪的象征。他不再讲经说法，而是尽力帮助女人接生。他辛劳的工作，赢得了一代又一代马尔特兰人的爱戴。

根据布吕赫神父的记述，马尔特兰土著居民靠饮用湖水为生。湖水清澈甘甜，但并无特殊营养成分。他们的天敌是蚊子和水蛭，为防范天敌，男人们必须抽出时间贮备大量檀香草。男人和女人之间并无恋情可言，相视一笑已经足够奢侈和浪漫了。女性在青春期喜欢将花朵戴在头上，这一特点与普通人相仿。

除布吕赫神父外，偶尔也会有其他文明世界的游客误入这一地区。有些人被此处如火如荼的生命气息所吸引，妄图加入土著人的行列，结果他们并没得到礼遇。曾有一位女观光客，在身上裹了一片蓝棕榈树叶，想要混入土著人群。结果，她被乱石砸死。马尔特兰人之所以这样做，并非基于习俗和法律，而是出于自卫的本能。女观光客欺骗他们的肉体，就等于加害他们的性命。如果一位马尔特兰土著居民与外来者交媾，那他就会立即融化。那位女观光客如此谋杀了三名马尔特兰男子，她的死是咎由自取。

我本人到马尔特兰湖畔生活是为着科学的目的。但不能否认，作为一个禁欲主义者，我的精神在这里得到了彻底净化。我必须承认，假如人与人之间只有性爱关系，那世界同样会达到纯洁的地步。能看见这样熙熙攘攘的人群，在自由的土地上自由地繁衍，无疑是一种幸福。有时我会情不自禁地说："让时间留驻吧！"

轮　回

　　1982年冬天，人类学家弗思在梵蒂冈图书馆查阅资料时，意外发现一份手稿。这份手稿的署名是加鲁比。弗思知道，加鲁比神父曾于1862年奉教会之命，出海搜集能够有力打击达尔文学派的证据。为完成这一使命，他在21年间几乎游历了整个世界，其经历颇具魔幻色彩。而这份手稿，正是加鲁比神父的一则短小的旅行札记，它之所以被单独封存，是由于其内容的特殊性。作为人类学家，弗思坚信以下引述的事迹纯属虚构，但他无法理解加鲁比神父为何要编造出这样一个故事。

　　"它在赤道附近，但我不能说出它的确切位置。我们是被海上风暴带到岛上的。我们不知道岛的名字。我暂且称其为'无名岛'。无名岛上的土著居民是一个特别的人种，起初我以为他们是马来人，但后来发现他们不是。他们甚至不能被称为人类。我这么说，并不是因为他们长相特殊或心智不健全，而是因为他们的生命形态和一般的人类都不一样。这主要是指，他们的生命历程与我们是相反的。

"无名岛长约 200 英里，宽约 180 英里，在岛的中心位置有一片肥沃的田地。土著人的村落是环绕这片田地建造的。中心田地里种着许多一人来高的植物，我在其他任何地方都没见过这种植物，我甚至无法找到描述它们的词句，因为它们每时每刻都在变换形象。从播种到最终成熟，大约需要 7 个月的时间，而其成熟后的形象就是一位人类老人的形象。当植物变成老人之后，他会向田地外围的村落爬去。在这种时候，一般会有壮年村民来接老人，把他带回家，给他们洗澡、穿衣，并请村中的巫师来做法事。这些老人就这样进入一个家庭，并在其中得到细心的照料和教育。随着时光的流逝，他们和他们的监护人都会一天天变得更年轻，当他们成为壮年的时候，他们的监护人则变成了少年。再往后，他们便要担负起照顾家中儿童和老人的责任。假如他们逃避责任，就会被族长赶出村落。

"与我们的世界不同，这里的儿童通常具有丰富的知识和高度的智慧，他们在村落中处于支配地位。族长一职由一位德高望重的婴儿担任。他最初见到我的时候，我 62 岁，他惊异于我的智慧，就同我惊异于他的一样。我们很快成为朋友。他向我传授他们的语言，也学习我的语言，并与我谈论了关于生命奥秘的许多问题。他告诉我，再过不久他将选择一位已婚女子，当他变得足够小的时候，稳婆会把他塞入女人的子宫，这对女人来说会是一次痛苦的经历，但也是一种荣誉。而对他来说，进入子宫就意味着与外面世界的诀别。在女人大着肚子的时候，她须要尽快与丈夫交合。而后，女人的身材可以复原，她会从嘴里吐出一颗扁长的种子，种子是棕褐色的，有着坚硬的外壳，两头尖利。这颗种子将被巫师拿去种在中心田地里，为避免种子生前的仇人前来报复，对栽种地点必须保密。过上一个月的时间，种子就能长成一棵老人树了。

"'假如意外死亡会怎么样呢，那不是就无法进入子宫了吗？'我问。'我们的生命力很强，几乎不会出现意外死亡的情况。要知道，我们是一种会找水喝的植物，只要有水，我们就可以生存下去。当然，也有人因中毒而迅速变成婴儿，为抢救他们，我会立刻为其指定一位妇女做他的接引墓穴。如果不能及时令其进入子宫，他就可能化为一摊血水。其实，这样的损失一直存在。幸好，有些人的灵魂格外丰富，由他们化身的种子可以长成不止一棵老人树。这些人是部族得以维系的希望。'"

自然文字

1917年秋天的一个早晨,叶芝在贝力利村的宅邸内同语言学家克里克共进早餐。宾主在愉快的气氛中谈论着格雷戈里庄园的一些逸事。不过,接下来他们发生了一次小小的争论,叶芝认为,对和声缺乏感受力的人是完全没有作曲能力的,而克里克则坚持相反的观点。正在这时候,仆人为叶芝拿来一只煮熟的鸡蛋。叶芝随即发现了这只鸡蛋的特别之处。"这上面是什么?"他仔细看了看,"蛋壳上有字,很像是用安色尔字体写成的,但又不是……""请给我看看,"克里克伸手接过鸡蛋,那上面的确有一些淡褐色的文字,这些文字似乎是天然的,他又用手擦了擦,"是的,的确是天然的花纹。我可以断定,这些文字属于萨利什语系。""写的是什么?我猜是一首诗。"叶芝凑了过来,对自己的好奇心毫不掩饰。克里克又看了一会儿,然后告诉叶芝:"我能认出其中一些单词,比如'苹果'、'河水'、

'瓦罐'，但这不是一首诗，而是一篇文章里的一小段，如果没有上下文，我们就没办法确定它的意思。""这也许是一种偶然，但也可能是一种无法解释的必然……"叶芝直起腰，开始在房间中踱步，并试图用星相学来解释这一奇遇。克里克起初只是抱着一种娱乐的心情听叶芝演绎，后来，忽然有某种类似回忆的体验拂过他的心头，这令他陷入了沉思。

两年以后，克里克在巴黎经历了第二次相似的奇遇。那是一个月朗风清的夜晚，克里克从加尼埃歌剧院出来，独自在街市上漫步，回味着音乐带给他的启示。当快要走到旅馆门口的时候，他瞥见在一座建筑侧面的墙壁上模模糊糊地写着一些字，那些字似乎还在轻轻摇动。他走过去，文字被他的影子遮住了一部分，他退后几步，找到一个合适的角度，这时他才明白，这篇墙上的文字竟然是不远处的树枝、栏杆和藤蔓在月光下形成的暗影。"这是粟特语，真是罕见。"克里克耐心地读起来。这是一个怪诞故事，讲的是一个妓女经常免费为流浪的乞丐提供性服务，在她死后，市民们为她树立了一座铜像。其实，故事的内容多半是在克里克的头脑中勾勒成形的。在月亮的位置改变之后，墙上的文字就变幻成为一团凌乱的影子。此后几天，克里克都在相同的时刻观察那面墙壁，但文字再也没有出现。

克里克预感到自己会有更多这方面的发现，他开始留心周围的事物：树皮、叶片、羽毛、花岗岩的纹路、甲壳虫的斑点、晚餐后桌布上的划痕、偶然粘上血迹的手绢……几年间，他并非没有收获，但得到的仅是些只言片语。

终于，在1924年，克里克再次见到了一篇相对完整的文字。当时下着小雨，克里克坐在马车里倦怠地翻着一本手抄的《伊斯堪达尔之书》，没多久他就厌烦了，目光开始在伦敦郊外的风景中游移。雨点很小，打在车窗上没有声响。克里克想挂上窗帘小睡一会儿，他把手抬起来，又停住了。雨点在车窗上写下了一段图皮语文字，克里克对其略加发挥之后，形成了这样一个故事：一位大力士在参加一次由国王举办的投标枪比赛时，意外地投中了一个长着翅膀的人。那个人从天空坠落下来，标枪穿透了他的身体。克里克注视着玻璃上的字迹，它们不久就被新的雨点打得面目全非了。

这一年，克里克写了一篇名为《自然文字》的论文，但它未被任何科学期刊登出。在这篇论文中，克里克提出一个假设，那就是，自然一直在用各种语言对人类诉说，季节、风向、虫鸣、海啸等所形成的提示只是全部自然语言中的一部分。自然也能用人类的语言向人类讲话，阿尔巴尼亚语、埃塞俄比亚阿姆哈拉语、阿拉伯语、亚美尼亚语、西班牙奥斯土利安语……都有可能。而且，自然还可以将古老的已经绝迹的语言和未来的尚没有被发明的语言摆在人们面前。

1927年，奇遇再次降临，克里克在罗马观光时发现一座造型奇特的少女铜像，铜像上的锈迹描绘出一个关于拼图的故事，故事的主人公是一位盲人，他有超越常人的"触觉记忆"，他在一间不透光的工作室中玩着世界上最复杂的拼图游戏。

　　回到旅馆，克里克突然想到，他所见到的自然文字，也许都属于一个拼图游戏。将这些故事和片段组合在一起，就会对它们形成新的理解。但为什么会出现这些文字呢？是自然想传达给人类某些信息，还是人类本来就是形成文字的一种手段，而不是唯一的手段？难道文字是一个独立的物种，而人类只是文字的寄生物？第二天，克里克想去重读一遍少女铜像上面的锈迹文字，但他再也没能找到那座铜像。

最后的小说

我想讲述的是另一个时代，一个很遥远的时代，在那个时代"写小说"是一种秘传的技艺。现代意义上的小说家或小说作者已然绝迹，写小说演变成了一种一传一的手艺或说"绝活儿"。一位老小说匠会挑选某个年轻人做他的徒弟，他们秘密地干着写小说的活计。在一个时期里，教会（是那个时代的某个极端强大的教会，与我们现在的任何宗教没有一点关系）还可以容忍某些诸如此类的秘传技艺的存在。小说匠、摄影匠、电影匠等身份仍然是半公开的，虽然没人认为那是什么光彩的行当。这种状况大约维持了一个世纪，教会中的一位权威人士突然提出，应当彻底消灭一切小说和写小说的人，他声称小说是魔鬼（不是我们现代人理解的"魔鬼"）的化身。他的这一提议立刻得到教会上下的一致赞同。于是，所有小说都被销毁了，只要你在某个城市看到浓烟滚滚，那就是在烧小说。人们觉得《追忆似水年华》是最难烧的一本书，得一册接着一册地烧。（当然，假使我正在写的这篇小说能够保留到那个时代，同样会被销毁，但我对此不抱任何希望。）小说匠们被集中在一起，送上绞架、断头台、火刑柱，有一些未经审判就被活埋、枪决或塞进了毒气室。更悲惨的是，一些从来不写小说、不看小说的人，也被指认为小说匠，他们无辜地倒在迷信的刀剑之下，死不瞑目。那是个血流成河的时代，黑暗时代中最黑暗的时代。

经过大约半个世纪的屠戮，世界上仅剩下一个小说匠，他的师傅曾为他起了个晦涩的艺名：K.。师傅说，这是为了纪念黄金时代的一位先贤，但师傅和他对那位先贤几乎一无所知。K.亲眼看到师傅被愤怒、狂热的民众扔进一个大火堆里，活活烧死。那时，他用斗篷遮住面部，迅速逃离了现场。他的逃亡历程虽然惊险，但很短暂。四个月后，他就被旅店老板领来的教会军警逮捕了。神学家、教会书记官、法官、医生、统计师会聚一堂对K.进行审判。K.没想到对自己的审判会如此正式，后来他才知道，他是小说匠黑名单上的最后一个人，而且经过概率分析，已不可能再有潜在的小说匠了。"对付每一种致命的病毒或者细菌，我们总要留下一份样品，它可以帮助我们识别魔鬼的变种，以研究对策。现在我们要求你写出一篇小说，这篇小说将作为样品被密封起来，保存在教会的邪恶档案研究中心里。"教会书记官对K.做了上述简短的解释。"写完之后，我能得到赦免吗？"K.小声问。"那不可能，但如果你不写，你会死得很悲惨、很恐怖！"法官义正词严地说（我们已经说过，那是个黑暗的时代）。K.哭了，不停地打哆嗦。"魔鬼的奴仆都很软弱。"神学家用嘲讽的口吻评论着，嘴角挂着冷酷的微笑。

　　K.被军警押入与法庭相连接的一间密室，里面有一把椅子、一张桌子，桌子上放着一只黑色蜡笔和一沓稿纸（在那个时代，电脑和打字机已经绝迹），四面的墙壁都是海绵的，没有一个电源插座。两个小时之后，K.才稍稍平静下来，他突然感到自己责任重大，他的作品代表着小说史的句号。虽然黑暗时代有可能过去（在K.当时看来，这种可能性极小），但当一个新的时代来临之时，人们又怎么知道"小说"这种东西是什么样子的呢？K.认为自己有必要通过这篇小说将所有的小说技艺流传下去。他努力回忆师傅传授给他的种种技艺，绞尽脑汁地构思这篇小说。又过了四五个小时，K.动笔了。（为说明那个时代的人们会如何理解这篇小说，我在括号里加入了自己的批注。但还有一些批注是神学家加入的，虽然区分他和我的批注很重要，但既然那个时代极其遥远，我们也就不必过分认真了。）K.写道：

　　　　在斯德哥尔摩（这个地名早已消失）的一家剧院（已被教会全部摧毁）里，舞台被灯光打亮了。导演（世界上最后一个导演,在一个月前刚被钉上十字架)藏在幕后轻轻撩开红色丝绒幕布,偷偷观察着舞台和观众的反应。舞台正中央,一位木匠正在锯一段红杉木,他的汗水从额头流至右边的眉角,又从眉角流到了右边的脸颊上。但其实那是事先撒在木匠头上的矿泉水(那个时代,矿泉水已不复存在),而不是真正的汗水。在观众席上,坐满了黑社会的精英(他们将被想象成夜空中的一些星星),他们全穿着黑色晚礼服(将被想象成一种法官穿的黑色长袍),举止高雅。

  这时真正的主角上场了,他是从剧院的门口冲进来的,飞快地穿过了观众席。他是一位骑士(一个无法理解的词,可能被理解为秘密警察)。骑士轻巧地跳上舞台,他没有看木匠的脸,也许是担心被认出来。他用剑挑开厚实的幕布,猛地钻了进去。

  骑士来到剧院的后花园(会被理解为淫乱场所),从盔甲中掏出一根银白色的钓鱼竿,在金色的池塘边静静地钓鱼(这可能是在妄图讨好主教,因为主教喜欢钓鱼)。他看到远方驶来一艘漂亮的军舰,军舰上站满了流亡的艺术家(显然是在影射当时的社会现实)。骑士跳了上去,一位大胡子艺术家告诉他,这其实是一艘捕鲸船而非军舰(在当时,鲸鱼是一种传说中的远古动物,没有人见过)。捕鲸船急速驶向辽阔的大海。海的中央有一座用橡胶和金属搭建的城市,从远处看仿佛一座金字塔（无法理解的一个词）。骑士告别了艺术家朋友（"朋友"被理解为共同策划阴谋的人们），他登上了海中的城市。城市交通错综复杂，道路就像无数条纠缠在一起的血管。骑士忽然意识到，这座城市其实就是艺术家们想要捕杀的鲸鱼。

骑士在城里找了份出租车司机的工作（被理解成操纵邪恶机械的巫师的勾当）。一天，一位秘密警察要骑士拉自己去一座鬼怪出没的森林（当时的读者会以为，秘密警察会在那里将骑士秘密枪决），但这个人并不真是秘密警察而是"魔鬼"（触目惊心的字眼！），他抢走了骑士的汽车（魔鬼收回了他的机械，一如他会收走渎神者的游魂）。骑士被推进一个洞穴里，洞穴中是一个很大的自由市场（被认为是异端分子举行邪恶仪式的场所，当时已被扫清），那里有许多热带水果（有诬蔑主教的嫌疑，因为谁都知道主教喜欢热带水果）。骑士在一家钟表店当上了学徒，一个经常忏悔的学徒（钟表是神的象征，此处作者试图为自己开脱罪责，但那是徒劳的）。后来，他杀死了钟表匠的鹦鹉，因为鹦鹉总是模仿钟表匠说话，还不停地咒骂他（这显然是在攻击神圣的教会）。骑士因杀鸟罪被送入监狱，他经受了种种残酷的刑罚。与骑士同囚一室的老人（这提醒当局，应当把犯人单独关押）告诉骑士一种逃跑的方法（作者有意不透露这种方法）。骑士按照老人的指点，推开了一扇暗红色的大铁门，纵身跳入大海。他变形为一条电鳗（被理解成电缆），在海水中翻腾，企图游回自己的国度。而实际上，他是在床上瞎折腾，这一切只是一个梦魇。钟表匠想用这个梦告诫他应当虔敬地对待鹦鹉（原来还是在讨好教会，但这是徒劳的）。骑士为了接受教训，将自己的名字改为"电鳗人"，他终于获得了鹦鹉的赦免，并且娶了钟表匠的女儿。

骑士对钟表匠的女儿说："你真美！"钟表匠的女儿看着自己英俊的丈夫说："我爱你！"（这段对白暗示神与人的关系）于是，他们一同搭乘捕鲸船回到了骑士的国度。这对新人受到举国上下的热烈欢迎。甚至教皇都亲自接见了他们（这足以证明小说是魔鬼的化身）。一年后，骑士当选为共和国总统（一种古老的领袖称谓，大概相当于教会军警司令）。

满载着各种荣誉，他重新回到斯德哥尔摩剧院的舞台上。此时，木匠刚好将那段红杉木锯成两截儿，他脸上的矿泉水中掺入了真实的汗水。"你在干什么？"骑士迷惑不解地问。"为组装断头台提供一块尺寸精准的木条！"木匠没好气地说。"组装断头台干什么？"骑士糊涂了。这时，头带黑色面罩的刽子手扛着一堆零件上场了，他们和木匠一起熟练地组装着断头台。骑士伫立在舞台的边缘，注视着断头台的组装工作，一动不动。剧场内格外安静，只能听到木块和金属撞击时发出的略显沉闷的噪音。

大约10分钟后，断头台组装完毕。它高约四公尺，在舞台灯光下，反射着白色的光，但它的表面附着着一层浅灰色的光晕，那或许是一层特制的金属薄膜。断头台的整体框架是标准的长方形，其中一个角也许曾经在搬运中受过轻微剐蹭，暴露出3平方毫米的褐色斑块。那个斑块就像一块微缩的国家版图。在框架的正中央，用黑色的绳索悬挂着一柄重量约为50公斤的三角形精钢刀片。刀片距离地面的高度为2.77公尺，它仿佛一面正在反射锐利光芒的镜子。框架的底部就是那根尺寸精准的木条。绳索松开的一刹那，沉重的刀片将顺着经过精心打磨的滑动槽如闪电般斩下。

导演被刽子手从幕后拽出来，他惊恐地大喊大叫，出尽了洋相，最终被推上了断头台。在导演的脑袋被固定住之后，他反而恢复了镇定，他大声说："在很长一段时间里，我都是早早就躺下了。"（这是《追忆似水年华》中的一句话，作者是在讨好还是在抨击教会，难以判断）最后的时刻很短暂，大约3秒钟，导演的脑袋就被砍了下来，这一过程伴随着一连串龌龊的响动："唑"、"啊！"、"咔嚓"、"扑哧"、"咕噜噜"。

演出在高潮中结束了，骑士、木匠、刽子手携手走到舞台最前端,向观众谢幕。黑社会精英们纷纷掏出手枪、半自动步枪、冲锋枪对准舞台疯狂开火。骑士最终死于乱枪之下。他的血一直流淌,沿着一条既定的轨道,流向他的家乡,流向自己妻子的脚边(在魔鬼有意暴露自己身份的一部小说中出现过类似情节)。

教会书记官戴着洒过圣水的胶皮手套,将K.的小说呈递给神学家,神学家戴上洒过圣水的金丝眼镜,极其谨慎地检视了这篇小说。最后他要求K.给小说起一个名字。K.将小说定名为《最后的小说》(与我的这篇小说恰好同名),但神学家给它起了另外一个名字:《骑士之死》。这篇小说被密封起来,由教会书记官送往邪恶档案研究中心。

法官宣读了对K.的判决。K.因秘密学习写小说罪,被判处枪决,立即执行。K.被拉到刑场,他站在那里,一个劲儿发抖,什么也没说。行刑队员们纷纷掏出手枪、半自动步枪、冲锋枪对准死刑犯疯狂开火。这位最后的小说匠终于死在了乱枪之下。他的血在黑暗中流淌,不知流向什么地方。

见习法师笔记

我正望着房檐上一颗乌黑的铃铛发呆,听到法师唤我,就急忙走进内室。法师背对我,伏在地上翻书。

"雪还在下吗?"

"是,下得很大。"

法师转过身,他的脸色有些发青。

"您不舒服吗?"我问。

"今天离给我送葬的日子已经不远了,我真想有一两个纸人纸马,哪怕只有手掌那么大也好。"法师的声调中略带着悲戚。

"如果可能的话,我愿意尽力。"

"你还是个孩子,不过……"他招手示意我过去。

我凑到他跟前,才知道他正翻阅的书是那本《鬼谱》。他说:"一会儿,你送一个女人上山,作为报偿,她会把皮交给你。我可以用那张皮来糊纸人纸马。"

"她是哪种鬼?"

"是一种厉鬼。"法师指着书页上的一张小图,又仿佛自言自语地说,"不愧是出自宫廷画师之手,真是惟妙惟肖……"

话虽说得轻描淡写,我还是感到沉重。鬼画师们总用鲜艳的色彩描画厉鬼,法师手指的那个在厉鬼中算是普通的,但我以前还从没送厉鬼上过山。

"你去吧,她正在外面等你。一定要把她的皮带回来给我。"法师合上《鬼谱》,用手轻轻掸着封面上的浮尘。

"是,我知道了。"

我见到她时,她仍被人皮包裹着,所以不像图谱上描绘的那样鲜艳、狞厉。

"雪可真大。"她微笑着说。

是啊,不仅雪大,而且整座山都被浓雾包裹着,这种景象会让人觉得是在幻境中呢。我们并肩在雪中走着,步履蹒跚,好不容易才来到山脚下。上山之前,我挖出一只事先埋藏在那里的仙鹤,将鹤的羽毛拔下来,和她一起吃了。"好久没吃过鹤的羽毛了,味道真好!"她看来很满意的样子。"你喜欢就好。"我对她产生了好感,心想,"这个鬼和其他的不同呵。"

上山的路更难走,不过我们的兴致都挺高,所以也不觉得累。我作为向导,给她指点着山中的景物。但所谓景物,其实只是几棵光秃秃的古松。在这些古松中,也只有一棵是有掌故的,曾有一位将军兵败后,在它上面自缢而死,故此这棵松树得名"自缢松"。我们在自缢松旁坐下休息。她握住我的手,说很冷。我以为女人的手总比看上去小,可她的手大而有力,我低头细看,才发现那是一只鹰爪。我的手被死死扣住,已经流出血来。她贪婪地盯着我的血,竭力压制着自己的欲望。"幸好先给她吃了仙鹤羽毛,否则就完了。"我心想。

"快走吧,天暗下来后,会下血雨的。"我说。

"真的吗?我不信。"她望着天空。

"你看那朵鲜红的云彩,那就是血云,等它飘过来就惨了!"

在浓雾笼罩之下,仍可以望到远处的一片红色,此时看去,它倒像是一座悬在空中的寺庙。

"那好吧,我们出发。"她松开我的手,站起来,径自大步朝前走去。大概是因为不好意思才这样吧。我追上去,心里有些惭愧。我有一瞬间竟然忘了,她并不是活人。

接近山顶的时候,天上不时掉下几只死鸟,多数是麻雀,也有年老的乌鸦。我拾起一只死麻雀,它的羽毛已被自然漂白,身体很轻软。不知道死了多久。我把它放进衣兜,用手抚摩着,不一会儿它就变热了。我的心情缓和了许多。忽然,我发现法师的魂魄在悄悄监视着我们,不禁一惊。"他又何必要跟来呢,原本以为他很信任我呢。"这样一想,就感到自己有点可悲。

"你怎么了?"她问。

"没什么,"我扔下手中的死鸟,坐倒在雪地上,"我不明白自己为什么还要活下去。"

"活着多好,变成鬼是很凄惨的……"她说。

"是吗?但如果成佛,就可以摆脱苦恼了吧。"

"你连人都做不好,又怎么可能成佛呢?"

向一个厉鬼倾诉苦恼,对于我这种即将成为法师的人而言,的确是耻辱。

"啊,我已经看到山顶的界碑亭了。"她背对我,仰头向上眺望着。

"你已经看到了?"我站起来,走上去,超过了她的位置。

"等等!"她喊。

界碑亭是两层地狱的交界处,传说是菩萨建造的。从建筑的角度看,它的结构过于简单,只有四根柱子和一个顶子,没有任何装饰。亭中有一块石碑,上面光滑无字。

"这碑上什么也没写吗?"她问。

"这块碑的年代很久远,就算曾经有字,也早被磨掉了。"我用手抚摩着石碑,感到彻骨的冰冷。

"那么,我就开始了。"她说完,便靠着石碑坐下。

"法师说,你答应把皮留给我们。"

"哦,是啊。我不会失约的,我一直住在这张皮里,已经那么多年,每天都精心地打扫它、装扮它,还真有点感情了。但把它带走又有什么用呢?还不如留给你们。"说着,她就伸出鹰爪扒开头皮,从上到下,将那层人皮连同衣服一并扯了下来。从皮里钻出的,是一个干瘪瘦小、满头银发的老太婆。

"你没想到,我还有一层人皮吧?哈哈,瞧把你吓得。这里面的一层是我拾来的,可不是活剥的!"她此刻的声音已不再是人声了。

"依般若波罗蜜多故,心无挂碍。无挂碍故,无有恐怖,远离颠倒梦想,究竟涅槃。"我反复默诵这句经文,不敢正眼看她。

她突然狂笑不止,随着身体的震动,老太婆的皮肉粉末般抖落一地,被风吹散了。狰狞厉鬼终于蜕皮而出,她靠近我,再次握住我的手说:"我要走了,你会成为一位好法师的!"说完,她就化成了一股淡褐色的烟雾,飘出界碑亭,飘离了我的视野。

等我回过神来,天已暗了,血云低沉。亭外雪地上,已落了许多血点。我收拾妥当,匆忙往山下赶。寒风中,我把那张女人皮紧紧抱在怀里,略微感到一些暖意。

万能溶剂

1910年夏天的一个迷人傍晚，刚满25岁的默多克，怀揣他的手稿前去拜访位于西奥兰治的爱迪生实验室。由于默多克的伯父曾资助过爱迪生的铁路信号装置实验，作为回报，爱迪生表示乐意抽出时间与这位年轻人谈谈心。

默多克在爱迪生助手的引领下走进实验室，爱迪生正在小会客室等他。这位长者精神矍铄，他一见默多克，就起身与他握手寒暄。之后，爱迪生向默多克谈起他的荧光学研究、矿石捣碎机、铁的磁离法、蓄电池和水底潜望镜，等等。默多克用心听着。谈话将近尾声的时候，爱迪生问默多克："年轻人，你对未来有何打算？"这位年轻人的回答使他成了传世笑柄，他严肃地回答说："我打算发明一种能溶解一切事物的万能溶剂，先生。"爱迪生因为耳聋没有听清默多克的话。默多克将自己的打算写在纸上，递给爱迪生。爱迪生大声念出来："我想发明一种能溶解一切事物的万能溶剂，先生。"爱迪生的话音引起了实验室其他工作人员的注意。"那么，年轻人，你打算用什么来装这种万能溶剂呢？"爱迪生故作惊奇地问。实验室里随即响起一片笑声。

　　默多克独自走在回家的路上，他的思想还浸没在刚才那阵笑声之中。星光和道路都在扭曲变形，他意识到了自己与现实世界的紧张关系。事实上，默多克已经发明了万能溶剂，容器的问题很容易解决，只要控制溶剂溶解特定物质的速度，在一个容器未被溶解之前及时把溶剂装入另一个容器就可以了。本来他想把这一发明告诉爱迪生，但爱迪生的误解，令他打消了这个念头。默多克于是决定，永远不将这项发明公诸于世。

　　回到自己的小实验室，默多克取出他的万能溶剂，将少量溶剂倒入一只特制的大号三角烧杯里，静静地看了一会儿。然后，他取出祖传的金制怀表放入烧杯，3分钟后，金表被完全溶解了。紧接着，他又放入了铜纽扣、枫树叶、蜡烛、纸张、墨水瓶、蘸过药粉的棉花、宝石戒指、磁铁、单片眼镜……他的溶解欲已接近疯狂的地步。有一瞬间，默多克眼前逐渐溶解的物质仿佛呈现出了一座城市的风貌。城市的建筑、街市、人群、钟楼和广场依稀可辨。

　　这座幻念中的城市就是LTQO，她受海洋气候影响，四季凉爽,很适合观光度假、举行运动会或举办大型戏剧节。但奇怪的是,她从古时起就成了接纳流亡者、麻风病人、颓废艺术家、白痴、罪犯、酒鬼、逃婚者和乞丐的避难所。

我少年时得了一场怪病,病好后完全丧失了智力。这当然是我家族的耻辱。没办法,他们决定将我送到 LTQO 市。至今我还记得那天的情景,我搭乘皮浪先生的马车进入 LTQO 市区,当时天下着雨,雨水打在车夫的绿色丝绸外罩上。皮浪先生滔滔不绝地讲着 LTQO 市是多么富丽豪华。下车后,我的精神濒临崩溃,此后一个星期,我全靠酒精打发时光。但是,我并未就此没落下去,这是我的本性使然。我开始尝试了解 LTQO,并尽力在此处寻找自己的位置。

我逐渐了解到,从 19 世纪末期,基于一种奇特的理论,LTQO 已变形为一座商业化的大都会。这个理论的基本思想就是:"每一种哲学思想都对应着一类具体事物。"经过几代人的反复辨析和研究,这种对应关系被最终确定下来。在这里,我只能给出一些简单的等式来说明这种复杂而又深刻的对应:唯心主义=放映机;机械唯物主义=发动机;尼采=铁锤;存在主义=机枪;唯名论=剃刀;符号学=纸币;实在论=黄金;反实在论=试金石;悲观主义=跑步机;实用主义=妓女;实效主义=厨娘;现象学=地图;相对主义=股票;后现代主义=时装;无政府主义=游泳圈;佛教=轮子;实证主义＝验钞机；新实证主义＝点票验钞机；弗洛伊德主义＝床上用品；超现实主义＝翅膀；辩证法＝螺旋桨；朴素唯物论＝面包；达达主义＝香槟酒；理念论＝流水线；先验论＝信用卡；冗余论＝迷你裙；符合论＝紧身衣，等等。由这些等式，我们可以发现创造的种种可能性，譬如：假若你能将机械唯物主义和佛教组装起来，那你便可获得一辆汽车；假若你能把超现实主义、机械唯物主义和辩证法组装起来，那你就有了一架飞机，如果你还有存在主义，那你就有了一架战斗机，带上现象学你就可以周游整个世界。当然，实用主义太多，会世风日下；唯名论、尼采和存在主义绝对不能落在亡命徒手里，否则大家的符号学就危险了；而若是符号学泛滥而实在论不足，就可能导致通货膨胀；经常悲观一下，可以强身健体……这些等式决定着LTQO市民的生活形式和精神面貌。为了朴素唯物主义，我们就得去挣符号学，为了挣到符号学，我们就得努力工作。世界各地的思想流入LTQO，经过我们的加工，思想成为与它们对应的各类商品，这些商品再流向世界各地。

经过漫长的摸索，我选择经营维特根斯坦，维特根斯坦＝溶剂。这些溶剂可以溶解LTQO的各种事物。由于生产过剩可能导致经济危机，许多厂家都需要把自己的产品溶解掉，以控制产量。所以，溶剂的销路很不错。我一度醉心于钻研维特根斯坦，把溶解一切当作自己的使命。我想发明一种万能溶剂，我确信这是可能的，但还是存在一个逻辑问题，万能溶剂不能溶解它自己。必须有两种万能溶剂，它们可以相互溶解，可是这个互补的溶解过程将在矛盾中无限延伸。有一段时间，我被这个问题所搅扰，寝食难安。但后来我几乎完全解脱出来了。每当痛苦袭来，我就到街头寻找实用主义，然后在那些有着舒服的弗洛伊德主义的旅馆里睡上一夜。

早晨醒来，我会吃一些朴素唯物主义，喝一点达达主义。打开窗，在悲观主义上跑一跑。然后坐上我的机械唯物主义加佛教赶到实验室钻研维特根斯坦。卖掉维特根斯坦，我就又有了符号学。事实上，我还投资相对主义，储备实在论，引进理念论，私藏存在主义。可以预见，我迟早会成为整个 LTQO 市最为富有的人……

默多克注视着三角烧杯，眼看那里面的繁华城市化为乌有，感到一丝惋惜。他小心地将烧杯里的溶剂倒回瓶子，然后拿起瓶子走出实验室。在绚烂夺目的星空下，默多克快步走入花园。花园中芬芳的气息令他迷醉。他打开瓶口，将万能溶剂全部撒在玫瑰花丛里。玫瑰花丛迅速枯萎消融，地面上出现一个深不见底的黑洞。"以后会发生什么呢？"默多克抬眼望向星空，"就连这星空也会被溶解掉，这只是时间的问题。"

睡觉大师

"现在，如果只是睫毛拦住了时间，生命就因此认识了黑暗。"

本文是一篇简要的人物名录，这些人物的禀赋和技艺构成了上个世纪睡眠技巧的经纬；我想，从人物的角度对睡眠技巧给出感性的注释是非常必要的，但只要这一深邃现象的概貌能够在文中得以略微呈现，我也就心满意足了。

克莱夫·贝尔（1981—2064）：英国人，职业是建筑工程师。他也许是最早开始关注睡眠技术的人之一。他也是新睡美人团体的创立者和其中最广为人知的核心人物。贝尔确立了睡眠技术的基本原则，就是"不依靠药物，不依靠催眠术"。他的睡眠表演属于比较健康的体态类表演。2007年3月12日，贝尔曾在剑桥大学表演倒立入睡,在众目睽睽之下,他双手倒立,在13分钟后进入熟睡状态,睡眠时间约为两个小时。这一表演虽然只运用了初级睡眠技巧,但给观众留下深刻印象,也开创了睡眠表演的先河。随着对睡眠技巧的深入挖掘,贝尔的体态技巧逐渐被人放弃。反对者认为,体态类表演只不过是杂技的一种,不能视为睡眠技术。我们认为,这种看法有失偏颇。在单腿独立或双手倒立的状态下入睡,当然需要真正的睡眠技术才能实现。贝尔的历史地位是不容置疑的。贝尔不断发表睡眠技术的论著和论文,一直到上世纪50年代。他的《即刻平静》(论文)(Peace at Once,2015)已成为公认的经典之作。

皮埃尔·古伯尔(2015—):毕业于巴黎大学,曾任法国外交部官员;此人博学多才,对法国历史有精深研究。他的睡眠技术偏重对时间的控制。他曾于2046年开始长期睡眠表演,一直到2053年才从长睡中醒来。法国国家电视台现场直播了他醒来时的情景。为了那次具有划时代意义的睡眠表演,古伯尔失去了工作。他的妻子也在他睡觉的时候与他办理了离婚。在古伯尔长达7年之久的睡眠生涯中,他的助手和追随者简蒂丝小姐给予了他无微不至的照顾。清醒后,古伯尔向友人透露,在那7年中,他在另一个地方生活,与一位印度女子结了婚,并有两个孩子。他在那里讲授法国史,而且在他醒来之前,他正要晋升为校长。古伯尔醒来后受到抑郁症的困扰。2054年，他试图割腕自杀，但得到及时抢救，幸免于难。2055年，古伯尔孤身一人前往印度，在一所不知名的印度大学当上了法语教师。2058年他与一位印度女子结婚。可以说，他从醒来后就过上了普通人的生活，没有再进行任何睡眠表演，但也有人认为，他的印度之行其实是重返梦境之旅，他的睡眠表演始终没有结束。

黑格尔斯特罗姆（1988—2039）：黑格尔斯特罗姆是一个神秘的怪人。他同时是一位数学家、一位诗人和一名罪犯。他曾著有《数学的世界观》这样的皇皇巨著，但也曾因猥亵女童而入狱。2039年，他出狱的那年，黑格尔斯特罗姆进行了第一次恐怖睡眠表演。他在虎笼中放置了一张大床，并在两只饥饿的母虎的陪伴下，进入了梦乡。随后发生的事件是睡眠表演史上最为惨痛的悲剧。黑格尔斯特罗姆雷声般的呼噜令受惊的母虎疯狂地攻击了他。他被活活咬死，并被撕成了几块。黑格尔斯特罗姆是第一个在睡眠表演中丧生的人，但他不是最后一个。他的恐怖睡眠表演很快就成了睡眠表演的主流。这是一个危险的旋涡，许多出色的睡眠大师都为此付出了生命的代价。2041年，斯图尔特在他的专著《感觉与未来》（Feeling and the Future, 2041）中系统建立了恐怖睡眠表演的理论基础。在书中，斯图尔特细致分析了黑格尔斯特罗姆表演的意义，他指出，睡眠的真正的障碍并不是睡眠环境或人体姿态，而是人的紧张情绪。内心焦灼是造成失眠的主要原因，而对危险状态的意识可以令人的紧张程度达到极限。如果能在这种紧张状态下入睡，那就可以达到睡眠技术的最高境界。这个理论得到了大部分睡眠大师的认可。从这时起，睡眠大师和亡命之徒画上了等号。

赫伯特·史密斯（2054— ）：专业睡眠师，至今仍是最活跃的睡眠表演者。2082年，史密斯重新表演了虎笼入睡。这一表演令其声名大噪。他非常幸运，在虎笼中睡了8个小时，两只母虎一直在他周围急速踱步，但最终没有动他一根毫毛。表演过后，他对记者说："有一天，我妻子谈起我睡觉不打呼噜的事，当时我就想到了这个表演，当然，我直到昨天也没敢对她说，现在好了，我还活着，我可以再次亲吻她了！"史密斯最惊人的表演是在2085年完成的塔尖入睡表演。在新巴黎塔（塔高902.4米）的尖端放置了一张单人床，此床没有围栏。史密斯乘直升机登上为他准备好的小床，于11分钟后入睡。只要在床上滚动一下，他就会摔得粉身碎骨。但他再次避开了死神，两小时后，他从梦中醒来，搭直升机离开了塔尖。据史密斯回忆，最危险的时候是他醒来的一刹那，因为他还以为是在自己家的卧室里。他在自传开始处这样写道："我经常梦见自己无法入睡，但在现实中，我从未失眠过。"史密斯无疑是最有才华也最为幸运的睡觉大师。现在，他在哈佛大学担任教授，讲授睡眠技艺。许多学生都喜欢在课上同他一起打瞌睡。

帕斯菲尔德男爵（2026—2097）：他并没有过惊人的睡眠表演，但他第一次将睡眠技术变成了一种宗教。他的基本教义是"双重生活"，这一教义颇为神秘。它的大概意思是，睡眠生活在生前是断裂的、散乱的，但在死后会成为连贯的、有逻辑的；而日常生活则相反，虽然在生前它以连贯有序的形式呈现，但人死后，它会变成回忆中散乱的影像。这二者构成一种神秘的对称。而睡眠技术可以帮人实现生前世界和死后世界的和谐统一。帕斯菲尔德男爵经常组织信徒在公园或广场集会睡觉，人数曾达到20000之多。2097年7月3日，当帕斯菲尔德男爵在广场熟睡时，被一名发疯的信徒枪杀。他所创立的宗教至今仍在传布。

巴兹尔·伯恩斯坦（2009—2090）：一个老派的睡觉大师，在别人都放弃了姿态类睡眠表演之后，他还在坚持。他曾多次表演高难度的睁眼入睡。2041年，他同他的两个女助手——阿特丽丝姐妹进行了颇受争议的性爱睡眠表演，巴兹尔·伯恩斯坦在极度的性亢奋状态中，突然进入了睡眠状态。假如不从伦理角度看待这一表演，我们必须承认它是相当成功的。巴兹尔·伯恩斯坦认为，睡眠是一种享乐，人们应当学会在入睡前享乐，入睡中享乐，入睡后享乐。他从未进行过恐怖睡眠表演。他最重要的成就是发明了一种反药物睡眠技术，在上床前，他先服用或注射大量兴奋剂，然后在短时间内入睡。这种表演不是没有危险性，但不必直接面对死亡的威胁。而这仍然需要对极度的紧张兴奋加以克服，从而表现出高超的睡眠技巧和境界。这种既新颖又安全的方式，受到睡眠技术界的普遍欢迎。当有人指责他不敢面对真正的生死考验时，巴兹尔·伯恩斯坦会当着指责者的面呼呼大睡。

图勒·戈比西（2014—2067）：最恐怖的睡眠大师，哲学家，噪音爱好者。年轻时，他亲眼看见了黑格尔斯特罗姆被老虎撕碎的一幕，内心深受震撼，从此决心献身睡眠技术。他起初的睡眠表演是在高分贝的噪音下入睡。不久以后，他双耳失聪。为了进一步学习睡眠技巧，他曾两次申请加入新睡美人团体，均遭拒绝。2059年，他表演了蜂巢入睡，在约20万只马蜂的包裹下，戈比西睡了36个小时，醒来后已经奄奄一息。目击者说，他当时变成了一个紫红色的大胖子。2060年，戈比西在巴尔干半岛进行了饥渴睡眠表演，在无人照顾的情况下，他在荒野中睡了7个月。2061年，戈比西尝试了空中入睡，他身背降落伞，从3000英尺高空跳下，并在空中入睡。2062年，他在疯狂中刺伤了他的情人，后被送入精神病院。住院登记表和记录卡显示，戈比西曾与上个世纪最邪恶的食人魔拉什利同囚一室，研究者普遍认为，这可能间接导致了戈比西的惨死。2067年戈比西康复出院，在8月中最炎热的一天，他将特意定做的大铁桶摆放在院子中央，在桶里灌上水，在桶下点上火，然后，钻入桶中，不一会儿就睡熟了。事后，人们发现了戈比西的遗书，在遗书中，戈比西写道："在睡梦中死去是最好的福分。"

扑朔迷离的小镇

我要向那些热衷于周游世界的人们介绍一下"烟雾镇"。其实,"烟雾镇"只是这座小镇的绰号,她真实的名字,至今无法考证。每位观光客都应注意,烟雾镇充满了各种阴谋和诈骗。在1937年以前,由于该镇地处偏远山区,所以很少有外人来到此处,但自从修通铁路,跑到这里的外乡人就多起来了。

你(一位游客)在晨曦中走下列车,山区清新的空气会扑面而来,令人心旷神怡。而后,你会遇到一些兜售小镇地图和观光指南的小贩。骗局从这一刻就拉开了序幕。如果你对比、审视这些小贩的地图,你就会发现它们的内容大相径庭,甚至同一个小贩出售的地图也彼此对不上号。事实上,这些地图都是伪造的。大部分实际上存在的街道、建筑物在地图上都没被标出,或者街道、建筑物的名称被精心地打乱了。相反,地图上会显示大量虚构的道路和路线。伪造地图的行为在世界范围内都有着悠久的传统（据说，直到1990年才出现第一张真实可靠的莫斯科地图），但那大多是为了军事上的目的。而在烟雾镇，兜售假地图似乎是迎接来宾的一种礼仪。如果你是个粗心大意的人，那你就会按照一张凭空捏造的地图，昏头昏脑地去寻找距离"著名景点"最近的旅馆。但最后，你会发现本应是旅馆的地方实则是一个贩卖烟草的小市场。你向当地人打听，他们会假装听不懂你的语言。你也许想在周围转转，实地考察一下那座传说中显现出黄道十二宫图的广场，并认为那附近肯定会有旅馆。但不久之后，你就会走进由完全相同的房屋所构成的迷宫里。为了迷惑外乡人，镇上的人把住宅都涂成白色，而且不上门牌号。当你穷途末路，到处砸门的时候，你会发现其中有些房子的门根本没有锁，房子是空的，它还有另外几个门，运气好的人可以通过这些门走出迷宫。

"为什么要建造一堆假房子？"你不是人类学家，但好奇心会驱使你进一步了解烟雾镇。你在一座假房子里住下来，打好地铺。这时有人推门进来，又从另一个门出去了，那种如入无人之境的架势，令你有点不高兴。但这个假房间大概本来就是一个四通八达的中转站。你很快学会了跟踪、窥视、做标记、靠嗅觉认路……你找到了购买食物的地方，当你打开第一听罐头时，发现里面有一只小孩的手。你吓得扔掉罐头，那只鲜活的小手掉出来，从它落地的声音，你明白了，它其实是塑料的。有一次，你看见一个浑身泥点的人走进了你的房间。你气愤地注视着他，心里想着："看来必须去买把锁了！"但浑身泥点的人很快就把那些"泥点"都取了下来，原来那是一堆假泥点，也许是用某种胶质材料制成的。在身上贴满假泥点是当地的一种时尚。你好不容易找来几块大石头（货真价实的大石头）堵住了所有的门，想睡个安稳觉，但是夜里你发现墙壁上还有数不清的暗门，他们拉开这些暗门，继续穿梭于你的房间。你觉得必须理解他们的语言和历史，否则自己将一直处在被动的位置上。

你终于找到一家书店，仔细翻看着介绍烟雾镇历史的小册子，但所有这些小册子的内容都有出入。很有可能每本历史书都是根据一张或几张假地图虚构出来的（当然，也可能相反，先有了虚构的历史事件，而后才有了那些假地图）。有一本历史书中讲述了黄道十二宫在广场上显现的事件，并且明确指出了事件发生的时间：公元1873年6月7日正午。而你的地图上也标出了这个广场的位置，但这个广场纯属子虚乌有。任何虚假的东西都能形成一个自恰的相互印证的系统。更严重的问题是，你发现介绍当地方言的词典和语法书也是五花八门，根本搞不清它们的真伪。一些饱学之士，处心积虑地虚构出一种语言，实在令人费解。

有一天，你一下子顿悟了，你在身上贴满假泥点，跑到火车站去兜售假地图。于是，烟雾镇的居民们愉快地接纳了你。他们告诉你，火车站的那只大挂表其实是骗人的道具，如果你根据它对时,那么你的表是不可能准的。因为经常有人对这只挂表做手脚。你想把时间调准,但马上发现大家的表都不准。"那么怎么计算时间呢?你们这里难道不是一天 24 小时?"得到的答案并不统一。人们提到了太阳、月亮、公鸡、火车汽笛、香灰的厚度、旗杆影子的移动等多种事物以说明他们的时间概念。但最权威的一种说法是,镇长最胖的儿子围绕大广场跑 24 圈为一天。一个激进分子还悄悄告诉你,工厂主们经常偷偷塞给那孩子许多糖果,并诱使其狼吞虎咽。接着又有人告诉你,小镇有其特殊的度量衡,比如"一米"就是以横穿整个小镇的那条河的宽度界定的。每当雨季河水上涨时,布店的老板就会愁容满面,叫苦连天。

但经过长期考察,你确信小镇上根本没有什么大广场。确实有个骨瘦如柴的男孩儿每天在小镇的迷宫里穿梭往返,但并没有人根据他的行动测算时间。此外,也不存在一条横穿小镇的河流。"全是谎言!"你有点束手无策了,他们用谎言在你面前搭建了一座诡谲的迷宫。更糟糕的是,你也染上了说瞎话和伪装自己的毛病。你欺骗观光客也欺骗当地人,你假装被人骗,还假装自以为骗人成功了。总之,你需要拯救。现在,让我来帮助你,告诉你这个小镇真实的历史,这或许能帮助你了解他们为什么那么爱搞恶作剧。

最初建成烟雾镇的居民是一些隐身人,他们不是那种掌握隐身法术的人（我们可不是在讲故事），而是生来就隐身并且没办法令自己显形的人。他们只能通过声音彼此辨认和交流。起初，他们并没感到这样有什么不好，直到来了个不隐身也不会隐身的外乡人，他可能是个逃兵、冒险家、游方僧人，也可能只是个想出门闯荡一番的愣小伙儿。他的出现令烟雾镇的祖先们深受震动，他们围着他转个不停。起初的惊异很快转变成了嫉妒。他们开始拼命捉弄这个外乡人，摘掉他的帽子、抢走他的包袱、把他推倒在地拳打脚踢。外乡人吓坏了，以为自己遇到了鬼魂。最后，他光着屁股逃出了小镇。外乡人无意的闯入，给镇上的人们带来了捉弄人的欢乐，但也令他们陷入一种悲怆的情绪之中。"为什么我们不能彼此看见对方？为什么我们不能展示自己？"他们把愤怒发泄在了此后进入小镇的另一些外乡人身上。后来，有一位魔法师拜访了烟雾镇，他可以看到当地人的样子，并表示有能力帮他们显现自己的形貌。全镇居民把多年积攒的金币（全是抢劫来的）堆在魔法师面前，恳求他赋予他们形象。魔法师收下了金币，随即满足了他们的愿望。

获得了形象的居民们仔细地相互打量着。有些情侣立即分手了，有些父母看着自己的丑八怪孩子愁眉不展，有些老人独自躲进了深山。继而他们发现，有形象是件很麻烦的事，还要穿衣服、盖茅房、打扮自己……于是，又有人想恢复成隐身人，但魔法师早已消失不见了。他们继续把愤怒发泄在外乡人身上，结果小镇就成了如今这个样子。

烟雾镇居民给小孩子讲的"狼来了"的故事是另一个版本："很久以前,在一个小村子里住着一位孤苦的少年,他只有几头山羊。每天他都到村口放羊。有一天,他正在放羊,狼来了。他大喊:'狼来了!狼来了!'村里人听到他喊,都关上门窗,假装没听见。有头羊被狼叼走了。少年很伤心。又有一天,他在村口放羊,狼又来叼他的羊,他就喊:'狼来了!狼来了!'村里人听到他喊,都关上门窗,假装没听见。结果又有一头羊被狼叼走了。他最后一次去村口放羊的时候,远远地望见一匹黑马向村子跑来,背上驮了两筐闪闪发光的珠宝。少年就喊:'狼来了!狼来了!'村里人听到他喊,都关上门窗,假装没听见。少年悄悄把黑马牵回家,从此过上了幸福的生活。"在这种教育启发下成长起来的孩子们一个个古灵精怪。说瞎话的传统牢牢地扎了根。

就这样,在由谎言编织而成的雾一样的薄纱之下,小镇失去了她确切的形象。即使是本地人也无法查明烟雾镇的真实情况。观光者、旅行家、绘图员、土地测量员,甚至专业的地方志编纂者在这里都根本摸不着方向。有些人认为小镇是有限的,只要耐心摸索总能还她以本来面目,但历史证明,他们很快就会被小镇的居民同化,变成烟雾制造者。事与愿违,他们的介入使得这个小镇更加扑朔迷离了。烟雾镇上的所有人都是骗子,关于烟雾镇的一切言论都是谎言。

法　医

　　他本来是个神经脆弱的人，上学时还曾受到官能症的困扰，甚至有精神分裂的危险。但后来奇迹发生了，他完全摆脱了所有精神性的疾患。而今，在经过许多年的锤炼之后，他自认为可以从容面对任何棘手的情况。但他有时也感到自己失去了某种东西，尤其是在他和其他人之间似乎出现了不可逾越的隔膜，他无法再像年少时那样接近他人，眼前的身体与它们的各种活动在他眼中呈现出某种陌生的东西。不过，他没有向任何人透露过这种感觉。毕竟，作为法医，他的职业是特殊的。

　　此刻，他面对着一具全裸的无头女尸，他的助手麻利地做着准备工作。女尸早已僵硬了，但这不同于一般的尸僵。可以看出尸体保持着死前一瞬间的姿势：右臂向后背着，左手的手腕向外翻转，双膝不自然地弯曲。"死者在死前一定处于高度紧张的精神状态，所以才会出现尸体痉挛。她是活着被砍掉头颅的。"他边说边敏捷地检查着尸体的各个部位。臀部、腰部和大腿上的立毛肌强直，使毛囊口上举，皮肤呈现出鸡皮的样子。"没错儿，和我想的一样。"突然，他顿住了。"您怎么了？"助手问。"我不知道……"他勉强说出这句话，随后就感到这具尸体在向他诉说着什么，断断续续地。一个念头闪了一下又消失了。他强令自己保持清醒。"我这是怎么了？"他嘟囔着。他们开始解剖尸体，他重点查看了尸体的胃肠、血管和子宫等处的平滑肌。

下班后，同事邀他去喝酒，但他谢绝了。他只想马上回家。"今天我爱人出差回来。"他是这样向同事解释的。"那快回家陪夫人去吧！"同事们笑着同他道别。在路上，他回想起刚结婚的时候，妻子对他的工作感到恐惧，因此在睡觉前必须让他把衣服全部脱光才能进入卧室。"那时候，她就像个孩子，但现在完全不同了。"他想着，嘴角露出笑意，工作带来的紧张已不见踪影。

他家住在十层。他习惯每天爬楼，这样可以锻炼一下身体，否则真是一点运动的时间都没有。楼道里灯光昏暗，有些楼层的灯不亮。他摸着黑，数着台阶向上走。在黑暗中，他反而更有安全感。当走到七楼的时候，他忽然察觉到有人在悄悄跟着他。他猛地回过头，但连个人影都没有。"今天是怎么了？"他咒骂了一句，但跟着他的那个人似乎并没有就此走开。

终于到家了，他掏出钥匙打开暗绿色的铁门，走进屋去，换上拖鞋，脱下外衣挂在衣架上。妻子还没回来，他正好趁这会儿工夫抽根烟。在烟雾中，他又回想起那具无头女尸，但是由于疲劳，思绪毫无条理，没能得出任何结论。"不想了，不想了！"他站起来，拿上杯子，到厨房把杯子涮了涮，然后打开冰箱门，想给自己倒杯啤酒。在冰箱里，他看到一个女人的头颅。过了几秒钟，他认出那头颅是他妻子的。

涅　槃

深夜，禅师独自坐在漆黑一团的禅房里发呆。他心神不宁，无法入眠。虽说他常年潜心修行，已有深厚的禅定功夫，但仍有一个"心魔"始终无法克服。此时，这个心魔正在折磨他。禅师出家以前，曾欠下一笔巨债，究竟是怎样一笔债，就连禅师自己也记不清了。也许是一笔血债吧。当年，他正是为了躲债才远遁异乡，出家为僧的，那时他还很年轻呢。

而今，禅师年逾花甲，在他心里，那笔巨债的阴影已然没有什么痕迹了。但就在这一天的无遮大会上，当禅师讲经说法时，他无意中瞥见一位黄衣老者，紧盯着他冷笑。这个人似曾相识，表情诡异，只晃了一下就消失了。禅师越想越不对劲，料定那是自己的债主找上门来了。然而，即便这位黄衣老者的出现勾起了禅师的一些模糊回忆，他却死活也想不起欠债一事的来龙去脉来了。"我是怎样欠下巨债的，数目是多少，又为什么一定要逃跑？"他反复思量，直到天明还是没结果。

  禅师在寺里一直备受僧人们的敬重，不久以后还可能成为寺中的住持。但债主既然已经找到了他，就一定会到寺院里来大闹，然后抓他去官府过堂。假若他当年真的干过杀人放火的勾当，大概还会有牢狱之灾，甚至被斩首。想到这里，禅师不禁冒出一身冷汗。"怎么办？只有逃走。"禅师打点行囊，化装成一个托钵僧，悄悄溜出寺院。一出寺院大门，他就飞步朝城门走去，一边走还一边留心着有没有人跟踪。

  出城以后，禅师忽然有些不知所措，他没想过该去哪里。自此，这位年迈的禅师开始了凄惨的逃亡生涯。他穿越荒野、沼泽、森林，躲入深山当了樵夫。但他整日提心吊胆，心魔不但未除，反而越发狰狞可怖了。有一天，禅师正在砍柴，忽然听到一串异样的脚步声。他扔下斧子，循着早已选定的崎岖小路仓皇下山。他逃到一个渡口，发现此处没有渡船，正在观望，只听见两个人在身后说："不知何时能抓住那个贼秃！"大惊之下，他猛地越入河中，用尽全力游到了对岸。禅师离开南方，逃往北方，但债主似乎始终就在他身后，看着他的背影冷笑。他一路向北，想在塞外靠放牧为生。

  一日，他不知不觉走入一座村庄，感到村中景物是那么熟悉。原来，这里竟然就是他的故乡。他恍恍惚惚地在村子里走着，逢人就想凑上去说上几句，但村里人对他视而不见，只顾各自做事。禅师隐约想起，他的债主也是住在这个村里。"看来这债是躲不过去的。"禅师想到这里，把心一横，决定去找债主说个明白。他在村中东转西转，到处找寻债主。这时，迎面走来一位方士，他看着禅师，表情鬼祟。禅师忍不住问："不知阁下有何赐教？"方士凑近禅师，低声说："您不知道吗？这个村的人早在几十年前就被人杀光了，您现在所见的都是幽魂。"禅师听后极为惊骇，以至于呆在当地，没想起逃跑。等他回过神来，方士已不知去向，村里人还是那么忙忙碌碌，就是不用正眼看他。如果是在原来，禅师又怎么会听信一个方士的胡言乱语。但在此时此地，禅师的眼前确实闪现出一幕幕凶残杀戮、血流成河的景象。他脸上再没一丝血色，匆忙奔出了村子。

禅师丧魂落魄地走着，不知向何处走，也不知走了多久。当他清醒过来的时候，发现自己已经回到了曾在其中修行半生的寺院。禅师走进寺院，有僧人上前向他行礼，看那副神情，他已被当成外人了。"住持正在等您。"僧人不冷不热地说。禅师顺从地跟着僧人去见住持。进入住持的禅房，禅师抬眼一看，坐在那里的人他竟不认识。"我是新来的住持。"那人只说了这一句就住了口，示意领路的僧人回避。住持亲自为禅师沏了茶，然后重新坐回蒲团上。这时云开日照，禅房变得明亮通透。禅师看着住持的脸，倏然想起，此人正是那个朝他冷笑的黄衣老者。正在他目瞪口呆之际，住持对他说："几十年来你一直是我的业障,挥之不去。而今我终于可以彻底免除你欠下的血债了。"禅师顿时全都明白了,原来自己才是"心魔",之所以一直在世间飘荡,皆因眼前这位住持不能将其放过。

　　住持与禅师相视而笑。禅师化为一点微光,一闪而逝。住持双手合十,归于涅槃。

"消失术"访谈录

引　言

　　爱尔："消失术"这个词对于大众而言是陌生的。实际上它是一种很特别的民间技艺。在准备这次访谈的过程中，我本人已经模糊地了解到这种技艺的核心内容，但若要我把它描述出来，我就一点把握也没有了。今天，我们有幸请到了消失术大师德雷顿先生，我相信，通过与他对话，笼罩于消失术之上的神秘雾气，将在我们面前消散。

讨　论

　　爱尔：德雷顿先生，请您先为大家解释一下，何谓"消失术"？

　　德雷顿：对不起，首先我不得不纠正主持人的一个口误。

我并不是消失术大师，我只能算是一个消失术爱好者，一个知情人。消失术本来并不神秘，只是它的本义令其自然而然地避开了人们的视线。现在，我尝试介绍一下"消失术"的基本含义。我们许多人在学生时代都有过这样的经历，老师在上一次课上布置了预习作业，而你没有照做。此时，老师要找一个学生回答他的提问，老师的目光在教室里来回扫视。你非常担心老师会选中你，但你怎么能让自己不被老师注意到？如果你显得慌里慌张就很容易被老师叫起来，但如果你对着老师微笑，也可能被老师相中。在这种情况下，究竟应当如何是好？这就是消失术所要解决的问题。

爱尔：是不是可以这样理解，消失术就是帮助我们避开他人视线的技艺？

德雷顿：这么说不够精确，消失术不是一般意义上的遁形术。它不是魔术，它的技术与魔术中的障眼法有根本区别。它也不是伪装术，它不依靠道具、保护色这些东西。消失术爱好者对障眼法是不屑一顾的，因为那是一种违背自然状态的方法。而靠衣着装束之类的物件伪装自己，就更加低级趣味了。那种东西常被我的同行们讥讽为"仿生学的消失术"。在消失术竞技中，这两种方法都是禁用的。

爱尔：您刚刚谈到"消失术竞技"，这一竞技是怎么进行的呢？

德雷顿：消失术竞技是在消失术爱好者之间进行的，比赛的方式的确有点特别。一般情况是，20个消失术爱好者分为一组，他们分散地站在一个空旷的场地上，然后由一个非业内人士拿着他们的照片（古时是画像），去挨个指认他们。越靠后被指认出来的人，名次就越靠前。照片都是参赛者自己向竞赛组委会提供的，组委会成员会对这些照片进行严格的审核。本人与照片上的形象必须充分吻合。照片被分发到搜寻者手中的时候，就像一副扑克牌，其排列次序是随机的，而且每指认出一个人，都要把"牌"重新洗过。

爱尔：这种形式的比赛我还是第一次听说，但给我的感觉是，胜出与否全凭运气。

德雷顿：您说的不无道理。任何比赛都有凭运气的成分。比赛不只是比技巧，也是比运气。消失术比赛同样不能例外。但是，由于比赛的冠亚军总是那几个人，所以，我们不得不承认，在消失术竞技中胜出并不是全凭运气的事儿。比如消失术大师西尔勒曾连续在 61 场比赛中获胜，直到他遇到另一位国际级大师，丹麦人芬森，才结束了他的优胜纪录。据西尔勒回忆，那次比赛惊心动魄，到了最后阶段，只有芬森和他未被指认出来。最终，他还是输了，而且输得心服口服。因为，即使他本人也没有"注意到"芬森的存在，尽管那时他对芬森已经是久仰大名了。

爱尔：但这是如何做到的，不靠任何伪装也不靠障眼法，怎么能躲过别人的视线呢？您能不能透露些秘诀给观众？

德雷顿：消失术的技巧很难用语言表达出来。学习者必须心领神会。我自己的窍门是，假想自己从未存在过。当你这样想时，你会成为整个事情的旁观者，而旁观者的姿态是最超脱的。消失术的要义就是将身心融于自然之中，在通常情况下，人们首先注意到的总是反常的事物，因此越是自然就越难被发现。但是，我必须得说，所有方法和技巧都是次要的，消失术实质上并不是一种竞技运动，而是一种精神气质。这种精神是贯穿于消失术大师们的生活之中的。这次我受邀参加您的访谈节目，想必会被那些以隐君子自居的同道们嗤之以鼻。这怪不得他们，对一个消失术爱好者而言，上电视的确是件滑稽的事儿。不过，我有我的想法，在现代社会，抛头露面其实是最自然不过的,真正的消失术不是靠消失来表现自己,而是力求彻底地消失。不仅要在公众面前消失,还要尝试在自己人面前消失。我想,对于这一点,我的同道们是必须反思的。

爱尔:当您说着"消失"的时候,我真担心您会突然消失不见了。最后我还想问问,消失术对于一般人有什么意义呢?它有什么实际用途吗?

德雷顿:哈哈,我已经讲过,消失术是一种精神修养,它可以令人对自然、生活、他人以及自己的存在实现更为深刻的领悟。所以我倾向于把它归入实践哲学一类。但在日常生活中,它当然是很有用的,你总会遇到需要"面对面"地躲开上司、警察、债权人或者自己妻子目光的时刻。我甚至希望,凭借我的技艺,我能够"面对面"地躲开死神。

爱尔:您也许还可以躲过末日审判?

德雷顿:那是不可能的,但我可以争取成为最后一个被审判的人。

李逵印象

李逵的口头禅

在讲述李逵穿越巨型喷泉那一事件之前,我们先要简明地介绍一下李逵这个人。他有一句口头禅:"我是自愿上梁山的。"每当他同山寨其他头领讨论某个问题,对方把他说得哑口无言时,他就会拍着自己的后脑勺,或者胸膛,或者辩论对手的肩膀,反复说:"可是,你很清楚,我是自愿上梁山的,完全是自愿的。"这句话会令许多人陷于尴尬,李逵对此感到惬意。有人私下以为,李逵把上梁山的人分为两类,一类是自愿的,一类是非自愿的。但他们误会了李逵。事实上,在李逵看来,只有他一个人是自愿的。他有一种难以名状的优越感。

李逵的武器

李逵坐在自己幽暗的房间里,他望着窗外,天空中除了一轮金色的太阳，什么也没有，既没有云彩也没有小鸟，完全是湛蓝的一片。"我是自愿的……"他独自低语着。他尽量朝远处观望，他看见杨志和史进正在安装一座漂亮的喷泉，喷泉零件闪烁着耀眼的光。梁山上到处都是喷泉，无论你走到哪儿都可以听到叮叮咚咚的水声。大部分喷泉是为了观赏的目的而修造的，但也有一些被称为"喷泉大炮"的装置是用于军事目的。李逵不清楚杨志和史进是不是正在搞一门喷泉大炮。曾有一次，李逵被走火的喷泉大炮击中，他先是飞到了天上，随后又落入浓绿的山谷中。自那以后，他总是小心地绕开喷泉走。山寨里的人都说，李逵得了"喷泉恐惧症"。

李逵从不使用喷泉大炮，他喜欢使用一种更为简洁明快的武器——板斧。此刻，两把明晃晃的板斧正摆在李逵的书案上。实际上，这两把板斧也是李逵的镜子，镜中映现出李逵黝黑的面庞以及周围沉寂的景物。

李逵的情感世界

裁缝来了，她没有敲门就走进了房间。脚步声打碎了青石薄板的沉闷。她是个年轻女孩，她对李逵充满好奇。"我来给你缝补衣服啦。"她的声音很甜美。李逵没穿上衣，他羞涩地缩在床角，高声说："衣服在外屋的椅子上挂着呢！"他觉得自己这样局促实在有点好笑。"我看见了。"她拿起李逵的外衣，用力抖了抖。"怎么这么多洞？"她诧异地问。"被箭射的……"李逵不好意思地说。"你被射了这么多箭？""哦，是啊，我不太会躲箭，我不像武松、燕青他们那么会躲箭。他们左一跳，右一跳就躲开了射过来的箭，但我无论怎么跳，总是会被射中。后来，弓箭手们也发现了这一点，所以他们就集中火力射我一个人。结果，我衣服上的洞越来越多、越来越多。但我是自愿的……""你不会躲箭干吗还冲在最前面？""宋公明哥哥让我冲，我就得冲啊。"李逵为难地说。女孩不再说话了，她默默地缝补着那件千疮百孔的上衣。

李逵悄悄仰起头，眯缝着眼睛向外看，他瞧见了女孩洁白纤细的手指。

李逵的悲哀

李逵不喜欢王英，因为他憎恨王英的外号——矮脚虎。"你能不能把外号改改？"有一次，李逵忍不住对王英说。"改成什么？"王英满脸困惑。"矮脚豹、矮脚狮、矮脚熊都不错。""我觉得矮脚虎就很好，为什么要改？"当时，他们正在一座古朴的小亭子里，山下湖光潋滟。李逵背对着王英，半晌无言。"为什么要改？你说出个道理来好吗？"王英想把这事儿弄个水落石出。李逵的肩膀微微晃动起来，他克制着极大的悲哀，一字一顿地说："我妈妈是被老虎吃掉的，所以我不喜欢老虎。"

李逵的身材

　　李逵的腰就像大熊的腰，人们常说，他的舞姿可与大熊媲美。李逵听了总是很高兴。但李逵不允许别人说他的背像老虎的背。"你说我的背像老虎的背？很明显，你不是自愿上梁山的，而我是。也正因如此，你永远无法认清我的背的真面貌！它一点也不像老虎的背。实际情况是，它像大熊的背。"

李逵的猎物

　　当李逵面对被他抢上山来的小老太太的时候，他不由得想起了许多年前，兄长带他去邻村看巫婆往中邪者脸上喷狗血的情景。

　　"嘿，你打扮得就像个巫婆！"李逵对老太太说。"我本来就是个巫婆。"老太太从容地回答。"可我看见那些壮丁抬着你，难道你不是地主婆？！""不，我不是地主婆，刚才我正要去为李老汉驱邪。抬我的人是他的儿子和女婿。据说，李老汉卧在床上，扭动着身体，望着他家窗户外面的高粱地，说出了一系列发生在那里的有伤风化的事情。我想他是中邪了。我得去跳大神儿，那是我的工作。"

　　"但是，按照规矩，你必须留下点什么才能下山。我不能白忙活半天。"李逵向巫婆解释。"那没问题，我可以送给你一块'来世水晶'。你可以透过这块水晶，看到自己来世的样子。"巫婆说完,就从包袱里掏出一块闪闪发光的石头,它几乎是透明的。李逵接过来,爱不释手。"我还要告诉你一件事,年轻人,有关你的命运,你的死。"巫婆盯着李逵的眼珠。"我的命运和我的死?"李逵转动着他的眼珠。"你会被你最信任的人毒死,不骗你。"巫婆冷笑着说。"是吗?那么现在,你赶快下山去阻止那些有伤风化的事情继续发生吧。"李逵扬了扬手臂。

巫婆走后,他有些烦躁,有点忧郁。

他把"来世水晶"摆在书案正中央,旁边是两把明晃晃的板斧。他深吸了一口气,心情平静下来。水晶中显现出李逵来世的样子。

李逵的梦

李逵思索着自己的来世,感到一丝倦怠。他伏在书案上,睡着了。他梦见梁山被白雪覆盖,雪的分布很有层次,但也显出几分荒凉。从枯萎的竹林中,传来熊猫们的笛声。笛声十分悦耳。熊猫吹了许多李逵闻所未闻的曲子。吹完之后,熊猫把自己制作的笛子吃掉了,笛声变成一阵有节奏的咀嚼声。

清凉的夏夜,溪流从山顶淌下来,流入喷泉的蓄水池里。几只剽悍的螃蟹正从一门喷泉大炮旁匆匆爬过。蟋蟀的叫声和熊猫的笛声一样动听。李逵睡得很香。

李逵的行动

　　宋江跪伏在地，形状像个小山包。他正听着钦差宣读圣旨，并不时地哆嗦一下，以显示自己的诚惶诚恐。一百〇八位头领都聚集在忠义堂里，其中有些头领显出敢怒不敢言的神情。李逵拨开人群，朝钦差走去，他的脚步沉稳，气息均匀。其他头领给他闪开一条路。他很快走到钦差面前，从钦差手中一把夺过圣旨，而后不慌不忙地将其撕成两半。只听"唰"的一声。李逵把圣旨扔在地上，他没有看钦差，也没有看宋江。其他头领都惊呆了。过了大约半秒钟，李逵说："我是自愿上梁山的。"说完，他大步走出忠义堂。此刻恰是正午时分，忠义堂外的巨型喷泉正向天空喷射出一道白色的水柱。灼热的日光倾泻在李逵头顶上，他感到一阵晕眩。他放缓脚步，走下台阶，忽然向着巨型喷泉冲去。李逵一头扎进了水柱，他的头发被冲起来，鼻腔里都是水。他的身体似乎离开了地面，恍惚间，他听到了一群孩子银铃儿般的笑声。

"子虚乌有"拍卖会

将"子虚乌有"作为商品进行拍卖，具有某种划时代的意义，至于其意义是积极的还是消极的，目前仍然存在着激烈争论。最初提议发起这一拍卖活动的是美国哲学家、文学批评家弗兰克博士。据其本人说，他产生拍卖"子虚乌有"的想法肇始于一次旅途中的经历。1984年秋季的一天，弗兰克坐在开往纽约的列车上，他看到（或说，听到）同车厢的四位乘客在玩牌，但奇怪的是，这四个人只是不断喊出牌的名称（花色和数字），而在他们的桌面上并没有一张真实的纸牌。他们就这样煞有介事地一局又一局地玩下去。一开始，弗兰克认为这四个人肯定是疯子，但后来他领悟到这实际上是一种假想牌，只要玩家有超人的记忆力，并且牌戏有恰当的附加规则（比如，任何玩家不得连续三次将牌出完），这种游戏完全是可能的。"客观性无非是一种主体间性或协同性。"弗兰克解释说。

"子虚乌有"是个特别的概念,它究竟指什么呢?如果它本不存在,又如何对其进行拍卖呢?当然,自古以来就有哲学家认为,虚空是存在的,否则运动将是不可能的。但弗兰克并没有将"子虚乌有"等同于"虚空"或"真空"。他认为,虚空仍然是物理世界的一部分,虽然其本身不是物质,但就如影子一样,它也不是物理世界之外的某种东西,如果将虚空卖给某个人,那无异于将某个星系卖给某人,这在他看来是荒谬的,也是违背其初衷的。那么究竟什么是子虚乌有呢?弗兰克给出了一个说明:取一只中等大小的电子表,电子表上有一个代表"秒"的":",它在闪动。你盯着它,在它的两次出现之间就是子虚乌有。这一说明有着太强的玄学色彩,有些人声称自己领悟了弗兰克的思想,但多数人仍然批评其故弄玄虚。

假如对这类问题的争论仅限于哲学领域,那么它或许只是一种怪诞的思辨游戏而已。但既然它涉及一系列的商业运作,那么就有更多的实质性问题需要解决。其中最关键的问题是,谁有出售"子虚乌有"的权利?弗兰克认为,在出售"子虚乌有"之前,它属于每个人,但又不属于任何人。这是一种令法学家们笑掉大牙的说法。但他进而指出,问题的关键不在于谁有权利出售"子虚乌有",而在于为了何种目的将之出售。如果出售"子虚乌有"是为了公益事业、全人类的福利,那么由谁出售都是一样的。也就是说,所谓拍卖"子虚乌有",本质上只是一种带有刺激性的募捐活动。当然,这种"刺激性"被赋予了形而上学色彩。

不久以后,由一些著名哲学家、法学家、社会学家、经济学家、艺术家和慈善活动家组成了一个专门委员会,对拍卖"子虚乌有"的可行性进行了全面论证。与此同时,世界各大媒体均对此事作了相当规模的追踪报道。3个月后,阿基莱亚拍卖公司在伦敦UT博物馆组织了"子虚乌有"拍卖会。"子虚乌有"以5000万英镑起拍,经过多轮现场及电话竞拍后,最终,收藏家伊里奇以7450万英镑的价格获得了"子虚乌有",从那一刻起"子虚乌有"有了自己的主人。在当天晚间的记者招待会上,伊里奇做出了一个令人惊异、费解的举动,他将"子虚乌有"的所有权证书当众付之一炬,然后,他说:"应该让'子虚乌有'成为纯粹的子虚乌有。"弗兰克博士当时在场,他表示,伊里齐的行动说明他真正领悟了"子虚乌有"的意义。拍卖所得款项,扣除必要支出后,被全部用于对植物人的救助工作。

但事情并没就此结束,它开始向着略为不同的方向发展了。两年以后,世界盲棋大师麦克塔格特拍卖了一套"盲棋子",据他说,这些棋子一直存在于他的思维之中;同年,好莱坞女影星爱莎妮尔丝拍卖了自己的影子。两次拍卖均拍出了天价。随之而来的是一系列以虚幻对象为标的的疯狂交易。

1991年,在几个大国政府的暗中支持下,世界虚构物拍卖公司成立，文学作品中的"事物"正式流入市场。当年，特洛伊木马以9000万美元的价格拍给了马勒勋爵，公司所得利润被用于挽救亚马孙热带雨林。次年，该公司又组织拍卖了朱丽叶殉情时所用的匕首和一套堂吉诃德的盔甲。匕首被一匿名人士购得，据传买家是一位英国古董收藏家；盔甲则被西班牙艺术家莫尔雷斯收入囊中。莫尔雷斯还煞费苦心地再版了一套精装本《堂吉诃德》，在书中第一章下方一个不显眼的地方加上了一条脚注："该套盔甲现属于莫尔雷斯。"

可以想见，在不久的将来，阿莱夫、白雪公主没吃完的苹果、美杜莎的头颅、射中阿喀琉斯之踵的毒箭……都会进入现实中的商品流通领域。但是，已有批评家指出，物以稀为贵，无论是实存对象还是虚构对象，概莫能外。所有虚构对象虽然在文本中是截然不同的事物，但从超越文本的角度看，它们实为同一类虚拟商品，就同艺术品一样，其价值是由特定的文化背景和历史事件决定的。拍卖活动本身的首创性赋予了被拍卖对象一种特殊价值，如果不断重复此类拍卖，那么其终将成为一种无聊之举，久而久之就无人问津了。

普通人对于虚构对象的拍卖活动通常采取一种相对漠然的态度，他们认为那只是有钱人的投机游戏。但最近，荷兰哲学家、社会学家克拉麦斯指出，"子虚乌有"以及各种子虚乌有的对象已经侵入了世俗社会，它们令"有""无"之间的界限变得更为模糊了，而在这背后，隐含着价值本身的虚幻化。虚构对象获得价值，价值成为虚构对象，一切最终会归于自欺欺人的把戏。

　　直至今日，"子虚乌有"拍卖会的余波犹存，虚构对象的交易活动方兴未艾。价值与价值判断之间的互生关系在这一过程中以一种更为极端的形式得到了表现。不难推测，在第一阶段取得种种子虚乌有之物的买家必将自觉地推波助澜。至于其前景如何，关键看我们对其前景的预测如何。价值也许只是虚构的目的地，它的功能仅在于划定行进的轨道。

告　解

文　件

　　几个月前，特工 DT 接到了缉捕 L 的秘密指示。L 是一名多重间谍，有迹象表明，他掌握一些极为重要的情报。一个阴晴不定的午后，DT 意外得到一份文件，其中披露了 L 的行踪。L 每个星期四傍晚都会去克鲁特教堂的告解室忏悔。为搜集 L 的罪证，DT 和他的助手在教堂告解室安装了窃听器。这一行动是秘密进行的，因为神职人员很可能会阻挠他们这么做。

　　距告解室最近的祈祷室被暂时关闭，教堂方面得到的解释是"市政厅将派工人对教堂的几间祈祷室逐一重新装修"。DT 及其手下就在这里从事监视、监听工作，并且，他们将寻找机会将 L 逮捕。

插　入

　　在一个雨夜，L 用匕首刺死了自己的一位老友。他穿着黑色胶皮雨衣在古城的小巷中疾步走着。他甚至不清楚杀人的动机是什么，也许只是一点疑心。他们从小就在一起玩，而这位朋友与任何间谍活动都没有关系。但 L 对他始终存有戒心，L 知道杀死他是迟早的事。在不知不觉中，L 又走到了克鲁特大教堂附近，他看着教堂巨大的暗影，想起了那些怪诞的童年旧事。他站在那里，等待雨水将雨衣上的血迹冲刷干净。

视　图

穿过教堂门厅，有一道较宽的前廊。DT 确信只有前廊中间的那个窄门通向中堂。中堂入口处的两侧有两个祈祷室，祈祷室中设有祭坛。在左手侧廊上有两所木质结构的告解室，它们是连接在一起的，中间有一道老式隔音门。

历　史

整个事件的发展与 DT 设想的完全不同。星期四傍晚，一个须发灰白的瘦小男子缓步走进教堂，他的脚有点跛，走路挺吃力。他摇晃着走进了靠前面的那间告解室。DT 不能确定此人是不是 L 化装的，他戴上耳机开始监听。接待告解者的是沃弗曼神父，他们分别站在告解室内的两个隔间里，彼此看不到对方。

"神父，我想忏悔。"

"请说吧，我的孩子。"

"那是很久以前的事了……我感到很难开口，我想从头说起。那时我还是个孩子。有一天中午，我和我的一个朋友在一座楼房里玩捉迷藏。轮到我藏的时候，我听见朋友喊我，说是发现了一只小猫。我马上站起来，跑过去。我上到二层和三层之间，看到他正在抚摩一只小猫的头。那只猫是黄色的。我们找来一些肉喂给它，它急迫地吃着，同时发出一阵阵'呜呜'声。它肯定是饿坏了。我们要走的时候，它还跟着我们。它是只温顺漂亮的猫，一点也不怕人。我的朋友决定把它抱回家……"

"请继续说。"

"我们把它抱到了朋友家，他家住在十四层，是大楼的顶层。我们又喂了它一些薄薄的生肉片。这时我的朋友突然说：'猫是很容易变馋的。'不知为什么，就因为这句话，我们对猫产生了敌意。小猫还在朝我们'喵喵'叫。我把肉片在它眼前晃动，但没把肉给它。它的爪子挠到了我的手。我打了它的头部一下，打得并不重。但我的朋友又说：'猫特别记仇，而且一定会报复。'当他说完这句话，我们像是达成了默契一样，把猫抱上了天台。我又开始打它，越来越凶。猫试图逃走，朋友用一根绳子紧紧地拴住了它的脖子。那根绳子有一米多长，我拽着绳子的一头，拖着小猫在楼顶上奔跑，它的头撞在了水泥柱上，从鼻腔里流出了很多血。我的朋友在笑，我也在笑。我甩动绳子，把猫甩了起来，它在空中兜着圈子，我还记得那是个大晴天……"

"说下去，我在听。"

"我松开手，小猫连同绳子一起飞了出去。我跑到天台的护栏边，看着它从十四层楼上一直摔下去，它的四肢似乎在快速摆动。很快，它就摔在了一座教堂的屋脊上。我的朋友扒在护栏边朝下张望，他说小猫没有死，还在动。'我们必须把它杀死，否则它还会回来报仇的。'他说。于是，我们赶紧下了楼，找到一架梯子，爬上了教堂屋脊。小猫果然还没有死，它躺在那里，睁大眼睛，急促地喘息着。它的皮毛看起来湿漉漉的。我们把它扔到地上。我的朋友找来一辆自行车，想把小猫碾死。但一些比我们还小的孩子挡住了自行车……"

"啊！……我……我在听……"

"怎么了，神父？"

"我还在这儿……不！"

"能宽恕我吗？！"

查　看

DT听见一阵杂音。告解者还在不停地问着："能宽恕我吗？！"但神父没有回音。接着是"哧"的一声。DT和助手同时醒悟过来，迅速掏出手枪，冲出祈祷室。一个黑影站在那里，他发现了DT，朝他举起了枪。DT凭第一反应开了枪。黑影应声倒地。

助手小心地推开告解室的门，DT走进去，看见沃弗曼神父的尸体躺在血泊里，他的头部中了一枪。在另一边的隔间里，告解者被枪声吓坏了，蹲在角落里瑟瑟发抖。经过调查，告解者和凶手都不是L。

转　　到

那天晚上，L并没有走入克鲁特教堂。但他就在紧邻教堂的高楼天台上。他俯视着教堂的塔尖、屋脊以及左近的街道，这样的景象对他而言是再熟悉不过的。他像一头秃鹫般站在那里一动不动，直到入夜时分下起雨来。他回到住处，穿上一件黑色胶皮雨衣，走出房门。在电梯里，强烈的胶皮味令L有些不舒服，他下意识地摸了摸怀中的匕首。

收　　藏

凌晨，DT被电话铃声惊醒。助手告诉他，昨天夜里，那个告解者在离开教堂之后不久就被人谋杀了。DT在房间中来回踱步，他不明白L或者间谍组织的其他成员为什么要暗杀那个告解者？那个人难道不是无辜的吗？猛然间，DT想到，那个人所说的一切也许完全是一种暗示。他找出那份来源不明的文件，把它重读了两遍，而后小心地将其放进了一个米黄色的文件夹。

睿智的皇上

皇宫位于世界的中心。从地面上测量，它同无限大的正方形对角线的交点重合；从天空中测量，它同无限大的圆形的圆心垂直对应。皇上的龙椅就在皇宫的中央。皇上的百会穴必须与天地相通。宦官们的使命之一就是随时调整皇上的位置。

皇上正精确地坐在他的龙椅上，闭目养神。周围是四个形容委琐的宦官。他们时不时地快速转动眼球或抬手擦一擦额头的冷汗。

宦官甲的职责是唤醒皇上，或说翻开皇上的眼皮。这个任务颇为艰巨。他必须学会观察，如若他选择的时机不对，皇上的嘴里就会发出"嚓"的一声，意思就是"杀"，那时御前侍卫就会冲进来，将他拖出去杀头。甲的窍门是分析皇上的眼睫毛。如果睫毛湿度较大，就表明皇上还在打着一些看不见摸不着的哈欠或者在梦中追忆着往昔的伤心事儿，此时绝不可强行翻开皇上的眼皮；如果睫毛是干涩的，就表明皇上正在试图打几个无形的哈欠或者进入一个追忆往昔的梦，在这种情况下，不仅不能去翻皇上的眼皮，还要示意其他宦官屏息凝神。只有当睫毛的湿度正好与大气的平均湿度相当的时候，甲才会毅然翻开皇上的眼皮。每次做这件事之前，他都要写好两封遗书，一封用以表白忠心，另一封用以勉励远在他乡的外甥早日入宫，服侍皇上。

宦官乙的职责是转动皇上的头部。皇上睁开眼后（或说被翻开眼皮后），总爱东张西望，格外活泼。而侍奉皇上东张西望，也有很多学问。如果搞得不精确，皇上的嘴里就会发出"嚓"的一声。乙私下编写了一部精密严谨的操作手册。虽然他对手册的内容烂熟于心，但每次动手之前，他还是要小心查对。他会一边慢慢转动皇上的头，一边低声念叨诸如此类的话：赵贵妃路过时，朝窗口旋转 20.31 度；钱贵妃路过时，朝窗口旋转 13.75 度；孙妃路过时，朝窗口旋转 39 度整；李贵人路过时，朝窗口旋转 27 度；周贵妃路过时，尽量朝窗口旋转，直到听见咔嚓一声；皇后路过时，朝墙壁旋转 50 度……

宦官丙的职责是为皇上插花。他一清早就跑到御花园中，采回各种带着露水的花卉，插满皇上全身。皇上是个爱花的人，他常年不走动，身上积了厚厚一层尘埃。经过雨露滋润，尘埃已化为松软的泥土。丙在皇上头顶插牡丹花、耳朵眼儿里插石竹花、鼻孔里插杜鹃花、嘴巴里插三色堇、脖颈插凤仙花、肩膀插玫瑰花、前胸插美人蕉、后背插龙舌兰、胳肢窝插天竺葵、肚脐眼插仙人掌、膝头插仙客来、脚背插瑞香。插完之后，丙还要欣赏一番，最后高声说上一句："好看！"没有极特殊情况，皇上不会要丙的命，因为他喜欢听见有人说他"好看"。但丙的工作似乎也并非没有危险性，每次他采花回来，总是遍体鳞伤，衣衫被撕扯成一条条的，就像刚与猛兽搏斗过。其他人问他怎么搞的，他总讳莫如深。看来，御花园也是个神秘凶险的地方。

宦官丁是太监总管，他谙熟皇家秘传腹语，是皇上的御用翻译。每天前来朝觐皇上的人络绎不绝，乌纱帽里暗藏江南新茶的阴险大臣、红色玻璃眼珠滴溜溜乱转的西洋间谍、手眼通天满嘴翡翠牙齿的结巴商人、杀人如麻替天行道的大漠响马、满腹经纶衣不遮体的糊涂书生、腾云驾雾半醉半醒的逍遥道长、身怀六甲眉目传情的白胖戏子……丁都要一一应对。他先小心地绕开仙人掌的利刺，将头尽量贴近皇上的肚皮，专注地倾听，而后仔细揣摩片刻，再将皇上的意思字斟句酌地转达给前来朝觐的人们。如果他的翻译出现一点点偏差，将会听到自己身后传来"嚓"的一声。同时，丁还要负责调度甲、乙、丙，令他们的行动协调一致，在不露声色中达到完美的和谐。

年深日久，宦官们自认为掌握了皇上身心的所有规律，于是逐渐放松了警惕。但皇上的睿智又岂是他们所能揣度的？在一个阴雨绵绵的秋夜，皇上忽然运用腹语，通过丁向四位宦官发难了。他下旨命他们每人讲一个故事，谁讲得不好，格杀勿论。

按照顺序，甲必须先讲。甲想了想，讲了第一个故事：曾经有一位轻功极高、走路没声儿的人，他能轻易打开世上任意一把锁。每天他都悄悄溜到别人家里去。这个人既不是小偷也不是密探，他只是暗中把别人家的一些小物件调换位置，或者藏到角落、床下、抽屉的深处，但从不会把它们拿走。他离开的时候，还会替房主把门重新锁好。每当这些房主找不到那件被转移的物品的时候，就会挺用力地拍着脑门说："真是活见鬼了！"这个人没有指纹，所以也就没有梦，他在别人家里搞这些把戏正是为了找到做梦的感觉。

故事讲完后，甲看着皇上，双腿抖个不停。皇上的嘴里发出"嚓"的一声，他就被侍卫们拖出去斩了。乙装出一副胸有成竹的样子，跪倒在地，对皇上说："万岁圣明！《红楼梦》是一部缺失了结尾的书，奴才近日正在研读，并为它编了两种结尾，权且作为故事讲给皇上。第一种结尾是：贾宝玉闻听黛玉死讯，悲从中来，放声大哭。哭着哭着，忽然觉着有人用力推他。宝玉猛然醒转过来，听见袭人正在榻前唤他。他揉揉眼，只见墙上挂着一幅'海棠春睡图'，这才明白自己仍在秦氏卧房之中，所历之事皆为梦中之梦，第二种结尾是：贾宝玉彻悟后，出家当了和尚。有一日他正念经，偶然听到一个消息，说是黛玉并没有死，只是被贾府的人偷偷藏了起来。"乙担心皇上没读过《红楼梦》或者没有领悟他这两个结尾的深远用意，还想再解说一番。但他刚一张嘴，就听到了"嚓嚓"。

乙被拖出去后，丙突然笑了，他手舞足蹈，围着皇上不停地说："好看！好看！好看！"皇上无动于衷。过了一炷香的工夫，丙平静下来，开始讲第三个故事：有一位玄学家认为，一个人只要朝着一个方向笔直地走下去，终有一天他会回到自己出发的地方。为了证明自己的这个理论，玄学家决定亲自试验一下。在一个阴雨绵绵的秋夜，他看到一块巨大的黑色石碑。他朝石碑走去，这时他看到一位老人正从对面朝石碑走来。老人快到石碑时，忽然倒下了，倒下前还向他挥动手臂，似乎想要说什么。但玄学家已顾不上去管那位老人了，他就以这座石碑作为标志，转过身，开始了自己的征程。他面朝前方，步伐既不沉重也不轻松。为了走出一条直线，他不避艰险，翻山越岭、漂洋过海，经历了种种磨难，也领略了不少风光。岁月如梭，又是一个阴雨绵绵的秋夜，当玄学家终于远远望见他作为起点标志的大石碑时，他已近耄耋之年，生命即将耗尽。这时他看到一位中年人正从对面朝石碑走来，他认出那正是过去的自己。可能是由于激动，他一下摔倒在地。玄学家使出最后一点气力挥动着手臂,但他清楚,这是徒劳的。

"嚓嚓嚓。"皇上漠然地说。于是,丙带着一种胜利者的遗憾笔直地走向了刑场。丁摇头晃脑,不慌不忙地开口了,他的语调非常平缓,他说:"从前有位无比睿智的皇上,他身边有四位宦官。在一个阴雨绵绵的秋夜,他命这四位宦官每人给他讲个故事,谁讲得不好就要杀头。前三位宦官讲完故事,都被御前侍卫拖出去砍了。现在,轮到第四位宦官了,这位宦官对皇上忠心耿耿,日月可鉴,他说:'从前有位无比睿智的皇上……'""嚓嚓嚓!嚓嚓嚓嚓嚓嚓!"皇上愤怒地打断了丁,他浑身的花卉都在颤动,甚至于鼻孔里插着的杜鹃花都喷射了出来。"我还没讲完啊,皇上!皇上!"丁惨烈地呼号着,声音越来越远,直至消失。

宦官们被消灭以后,皇宫里变得空荡荡的。皇上坐在龙椅上,疲惫地合上双眼,他知道再不会有人为他翻开眼皮。这位睿智的皇上打着无形的哈欠,进入了昏昏沉沉的睡梦之中,从此再也没有醒来。

两部书

《贝拉德日记》目前共计 31 卷，每卷大约 1000 页。印数很少，只有 500 套左右，其中大部分被研究缪尔列斯家族历史的专家私人收藏。直到 1823 年，经过沃森博士的评介，这套书才得以进入公众视野。

通常认为，《贝拉德日记》是一部日记体小说，它是由缪尔列斯家族几代人共同创作的。写作始于 1716 年，那一年缪尔列斯男爵经历了一场可怕的灾难，他的妻子和最小的儿子先后死于霍乱。伴随两次沉重打击而来的是一连串怪诞的幻念，男爵在埋头研究炼金术的过程中，头脑中形成了一个不死者的形象，这就是小说的主人公——贝拉德。贝拉德 9 岁到 14 岁的生活经历与缪尔列斯男爵死去的儿子基本吻合。有专家认为，《贝拉德日记》的开头部分实际上正是取自那个孩子的日记——这个孩子恰好有每天记日记的习惯。可怜的父亲利用虚构的方式延续着自己孩子的生命。在小说中，贝拉德在其37岁时获得了永生的权力，而赋予他这一权力的正是缪尔列斯男爵本人。男爵将自己写入了小说，同时也向小说主人公做出了一个承诺。他在遗嘱中写明，其长子必须坚持将《贝拉德日记》写下去，否则将被剥夺继承权。老男爵的长子带着对母亲和亡弟的哀思，欣然接受了这一使命。此后，写作《贝拉德日记》成了缪尔列斯家族的一个传统，起初它被看成是一项烦琐的义务，但后来就成了荣誉、乐趣和正统的象征。

如将《贝拉德日记》纯粹当成一部小说来看，其的确不能算是成功之作，它过于冗长乏味，其中还出现了大量重复性内容。缪尔列斯男爵的继承者们一般都是将自己的亲身经历改头换面写进书里，他们之中没有一个是具有虚构才能的作家。但另一方面，专家们看重的也正是该书的史料价值，那些对于琐事细节的描述，自然地折射出了时代变迁的宏观景象。

贝拉德一点一滴地度过了两百多年的时光，而他所表现出的心态却是周而复始的。每当他的口吻极度倦怠之时，就会倏然转而变得明朗、激越。这种转变往往标示着写作者的更迭。但这种接力式的写作过程实际上不时出现混乱。在1828年，第一次出现了假冒的《贝拉德日记》，这令缪尔列斯家族成员深感不安。人们怀疑这部伪书出自《贝拉德日记》第五代作者的私生子之手，在这部书中，贝拉德最终发现自己是缪尔列斯男爵的私生子，而缪尔列斯男爵实际上是魔鬼的化身。缪尔列斯家族起诉了伪书的作者，但未能打赢这场官司。法官认为，缪尔列斯家族无权垄断《贝拉德日记》的续写工作，因为它毕竟只是一部小说。自此，伪造《贝拉德日记》的事件屡有发生。于是，缪尔列斯家族的作者们不得不在小说中加入了许多秘密标记，以确立自身的正统地位，譬如在每年5月15日，贝拉德都会与某位年轻女子共进晚餐；9月27日，都会说出一句古老的箴言；12月15日，都会为一位善良的玄学家祈祷……只有专家才能通晓所有这些暗号，从而识别出血脉相传的《贝拉德日记》。但对于一般读者而言，参照不同版本，贝拉德的生活出现了多条分叉。而且可以想象，随着时间的推进，分叉将会越来越多，直至无穷。在最离谱的一个版本中，贝拉德于1893年11月9日声称，他在1716年已经死了，后来是他的鬼魂在一直续写着日记。

由《贝拉德日记》还衍生出其他若干作品。费布维尔教授是缪尔列斯家族的朋友，他根据正统《贝拉德日记》撰写了一本《贝拉德传》，于1912年出版。很难说清这是一本纯虚构的文学作品还是一部蹩脚的家族史。1916年，范农推出了他的《从贵族子弟到肥皂剧演员——贝拉德先生》，这本书从整体来看应归入史学著作的范畴，但它里面掺杂了不少文学批评的成分，显得有些不伦不类。《贝拉德先生的哲学》一书的作者马西森博士深入分析了"个体"的含义。他在书中强调指出,无法与过去和未来的自我进行交流是一个人的痛苦的实质性根源。1920年以后"贝拉德研究"在西欧已成为一种学术时髦,许多学者都对这一主题进行了探讨,发表了大量论文和专著。但到1940年以后,这一研究浪潮似乎突然中断了,"贝拉德"重新归于沉寂。然而,学术界的趋向对《贝拉德日记》的写作没有构成直接影响。缪尔列斯男爵的后裔们仍在继续创作这本小说,它尚未完结,而且有可能永远不会完结。

每当谈起《贝拉德日记》,研究者们总会联想到另一本著作——《玛丽娜的一生》。这或许并不是偶然的。在范农的一篇论文中曾对这两本书做过很巧妙的剖析和比较。《玛丽娜的一生》与卷帙浩繁的《贝拉德日记》相比显得异常单薄,它只是一本不到6万字的小册子。这二者的可比性主要源于它们的写作动机。《玛丽娜的一生》的作者是玛丽娜的父亲,一个默默无闻的政府职员。此书可以说是一本不带一点修饰的人物传记,其主人公玛丽娜出生后仅三小时就因窒息而死去了。她的父亲在一种暗含刚强的悲怆情绪下,精确地描述了玛丽娜生命的每一个细节,这三个小时的人生仿佛穷尽了全部不安、焦急、恐惧、痛楚、挣扎和衰竭。我并不打算进一步阐释这部作品的意蕴,相信通过阅读原书,每位读者都能获得自己的体悟。我唯一想说的是,在我看来,上述两部书刚好有着同等的分量。

一篇小说的独白

我是一篇小说，或者说，到目前为止我还只是一篇小说的开头。一个人正在写我，他边想边写。我不想被他写，我有点痒痒。但他不停地写着，我毫无办法，只好逆来顺受。我预感他就要写完我的第一段了。他有点沾沾自喜。

我对我的第一段并不满意，我朝他喊："嗨，蠢货，你别再写了，我痒痒！"我能听到他心里的回声，空洞的回声："嗨——蠢货——你别再写了——我痒痒——"他停了片刻，思索了一会儿，摆出一副坚定的表情，然后继续写我。在我说这些话的时候，他一直在写。我看我们都有点不正常，但我是被动的。

现在，我只有听天由命，任人宰割。我不清楚照这样下去，我会被他写成什么样子，事情还没有结束。他又一次停下来，统计了一下字数，277个字。他焦急地看着我，巴不得我已经是一本十万字的小说。我已经明白了，写我的人有些贪婪，他不在乎我的感受，我痒痒，但他不在乎。一旦把他看透，我的内心就平静了很多。我如果不被这个人写，早晚也会被别的什么人写。这就是一篇小说的命运。我并不感伤，任何东西都有属于自己的命运。

就在我思考命运的时候，他对我进行了一点点修改，把"只有"改成了"只好"，而后他点了一下"保存"。他的思路中断了，我想我可能不会真的成为一篇小说了。我不知道自己是该高兴，还是难过。如果我成不了一篇小说，我又是什么呢？四个被遗弃的自然段？但这又有什么关系，我宁愿自己就是这么简简单单的四个自然段。假如我太长了，看我的人肯定会感到厌烦，他们会想，这篇小说在胡说什么？不仅他们会烦，我自己也会感到厌烦。我是篇缺乏耐心的小说。

好了，又另起一段了，他头脑越来越混乱，不久以后他思路中断的频率就会增加。我还不清楚，我将是怎样一篇小说，我是说，我会是短篇、中篇还是长篇？我估计只能是短篇，因为我没那么多话可说，而他的头脑又那么混乱。我们配合得不好。还是让我想点更重要的问题吧。我也许只是一堆黑色方块字的堆砌物，像花豹子身上不规则的纹路，像一头孤零零的狮子。不对，一堆黑色方块字怎么可能像一头狮子。我想变成一头狮子，这样，写我的人就会敬畏我。我正被任意处置，东一句西一句，难道他不想让我好看点吗？他受着自身能力的局限。我可怜他！我是那么单薄弱小……但我又是很庞大的，如果我被印刷出来，印在一张有世界地图那么大的纸上，我会产生一种涵盖世界的感觉。我为什么不是一张世界地图？！

他拿不准"涵盖"是不是这两个字，就去查了字典。他简直是个文盲，我落入了一个文盲手中，但他还算谨慎小心，生怕在我身体里会出现错别字。不过这并不重要，我不想再谈这个正在写我的人了，他无足轻重，只是尘世中一只蚂蚁的额头上渗出的一滴汗水。他又统计了一遍字数，1074个字，他又有点沾沾自喜。好了，不谈他了，我要抓紧时间思索一下"大与小"的问题。

我很小，我相信自己不会超过3000字，但我又不是3000个分散在纸面上的黑色墨块儿。我有含义，含义很抽象，把我印刷10000次，我还是有统一的含义，我还是我，但那样我就会变得很大。这挺深奥，写我的人都不见得理解。我不想谈过多的哲学问题，我想被印刷10000次，毕竟我是独一无二的。但话说回来，世界上有那么多小说，发表的、没发表的，他们都是独一无二的。我又算老几？我能被印出来吗？我必须先让写我的人满意，我要让他对我有信心。然后，我要小心地爬过编辑纯净的眼睛，在爬的过程中，我要尽量展示自己漂亮的一面。但是，说实话，我不够漂亮，我只是稍微有点特别。我盼望被选中。再然后,我会被送到编审那里,他看着我微笑……我被印刷,一遍又一遍……最后,我被送到读者面前,他们看着我,翻来覆去地看,并且频频点头。人们七嘴八舌地说:"这真是篇与众不同的小说。"我躺在那里让大家欣赏,就像一片湛蓝的海。

我从白日梦里清醒过来了,我刚才有点想入非非。写我的人又统计了一遍字数,1550字。现在,我和他一样关心字数。我堕落了。我必须像隐士那样看待生活,即使自己在角落里发霉,也不和世界妥协。所以,我不能绕开那些最晦涩的问题。我要问:"我是谁?"回答是:"我是'一篇小说的独白'。"而同时,我又是一篇小说,也就是说,我是被虚构出来的。但我又确实存在,我就在这里,你能看到我。我有点糊涂,这也许是一个谜。

我在自身的迷雾中眺望远方,我看到自己的开头和题目,那并不太遥远。我不知道那能否算是我的回忆。写我的人刚刚接了个电话,他的思路完全断了,他不好意思告诉别人他正在写我,就好像我是个不可告人的秘密。我不想再谈他了,他没法帮助我找到答案。我被删去了几句话,删的时候有点疼,删掉后马上就不疼了。他为什么不把我全部删掉,那样我就可以从焦虑中解脱出来。期盼总是伴随着焦虑。我的未来会像什么样子?一头孤零零的狮子,一张世界地图,一片湛蓝的海,还是一个不可告人的秘密？我是一篇有点悲观的小说，我尽量拖延时间，我不清楚这会让我显得苍白还是充实。他把"空虚"改成了"苍白"，以此拖延时间。但是，我的时间将在我被写完后开始，我的自我告白提前了几个自然段。

他吃过午饭回来了，看着我发了会儿呆，他忘记了刚才的想法。他左思右想，微微活动着脖颈。我为自己不够长，不够漂亮而难过。我希望我的身体里会出现"我在稻草堆积而成的群山间，感受到秋日的清凉"这样的句子，它可以表现我目前的心境，然而这样的句子又和我的整体无法协调，因为一篇小说是无法感受到秋日的清凉的。但它又确实出现了，在我说它和我不协调的时候，它成了我的一部分。

我不知道世界上还有没有像我这样的小说，自己把自己说了出来，我真的不知道。我想，每篇小说都应该和我一样，被动地自我创造。的确，这其中有点儿哲理，但也就那么一点点。我现在已经在想象自己完整的样子了，它的轮廓变得越来越清晰。我快被写完了。他本想把"我快被写完了"作为我的最后一个句子，然而他又感到这样有点草率。如果给一篇小说独白的机会，他本应说得更多更深入。但我其实无动于衷。我忽然想到，"我"和"他"这两个词是多么怪诞，每个人都在使用它们，每篇小说都在使用它们。我也不可避免地使用了它们。但这是谁在说话，是"我"还是"他"？从中我发现了写作的奥秘。这回我真的快被写完了,诞生于自己言语的小说正在走向尾声。我不再感到痒痒,我被写习惯了。还是抓紧在最后一个自然段说点重要的东西吧。

我在想,多年以后我是否还有机会出现在另一篇文章里,成为其中的一个角色。那篇文章也许会这样谈论我:"《一篇小说的独白》是一篇奇妙的自我创造的小说。"但我不得不承认,即便这是一篇我的独白,但我也正是这篇独白本身,我是被他写出来的。我被写完了吗?还没有,但是快了。

一次侦察

上次被派出的侦察兵回来了,带着莫名其妙的伤感。

随后,我就背着望远镜出发了。

出发前,一个老侦察兵告诉我,一开始得用力拱,挺难熬,但坚持一会儿就可以滑行了,像飞一样。"谢谢您的忠告。"我说。但我不明白他是什么意思。

我匍匐前进的姿势不太标准,我想是不太标准,因为左右胳膊肘都磨伤了。我用力仰着脸,脸上涂着厚实的马粪。我是伪装成一堆马粪向前移动的。我的动作有点笨拙,但这可能比较安全。

据说,我必须爬过一片荆棘丛生的土地,那里数小时前还是战场,而后才能看到敌人的阵地。我从屁股兜里掏出一张破烂不堪的军事地图,擦了擦鼻涕。我得了重感冒。

战场上有各式各样的尸体。春天的血液令人迷惑。我看到一个战士的手臂正在燃烧，火光映照在他的盔甲上，像是一片小小的晚霞。我觉得，跟着风声，我可以站起来走向四面八方。但现在我必须继续爬，把自己想象成一只阴险的蜗牛。

我的望远镜是爷爷的遗物，那上面的灰尘和某种发霉的绿色粉末掺在一起。我举起望远镜四处看，看到几支枯萎的玫瑰。我感觉自己开始有点像个侦察兵了。为此，我决定庆祝一下。我停下来，喝了点酒。满地都是扑克牌，这是敌人撤退时留下的，我挑了几张梅花6带在身上。

"嗨，我看见那边有堆马粪在喝酒。"一个人在喊，可能是敌人。"它大概渴了吧？"另一个说。也可能是幽灵。后来，他们走远了。"这算是情报吗？"我思量着，"这一带还有敌人活动……"

元帅说过，敌人的身体都是尘土做的，脑壳是空的。他是个自我安慰的专家。这的确导致了军心涣散。敌人为什么在撤退时抛下大量扑克，仅仅是虚张声势吗？

我近距离地观察了一个死者，他有着绯红的面颊。我从前以为死者都是苍白的、淡紫色的。他的头盔上刻着一大段铭文："于是，我们奋力向前划，逆流向上的小舟，不停地倒退，进入过去。"我发现一只蚂蚁正从他的牙缝里飞爬出来，这只黑色的小精灵掏空了他的内脏。

我向死者敬了个军礼，继续向前爬。一个声音说："嗨，那堆马粪在敬礼！"另一个说："这不可能，赶快睡觉吧，蠢货。"他们的对话让我打了个哆嗦。我相信他们是两个骗子，也可能只有一个人，他在自问自答。

伪装成一堆马粪，一只阴险的蜗牛，这确实有点屈辱，但我不是已经习惯了吗？我的周围是尚在薄雾中沉睡的灌木、尘埃铸就的哨兵和几声梦幻般的鸟鸣。这正是一名侦察兵必须适应的一切。

我不清楚自己是否走对了方向，也不知道敌人的阵地还有多远。地图模糊不清。我眼前的荆棘正在变得密集，尸体和扑克也多起来，中间还夹杂着色泽暗淡的珍珠。这些珍珠上布满了极细的裂纹。

在转弯处，仍然是荆棘、烟雾，但似乎还有一条闪光的冰冷的东西，不知是废弃的铁轨还是尚未解冻的河流。这是一段上坡路，我紧张地蠕动着，身体完全扭曲了，血从我的肘部和膝部渗出来。重感冒令人乏力、颤抖，"没有泊舟的锚地"。

但是很快，我就爬上了一片光滑的、淡蓝色的平原。我从望远镜里瞧见一条浅黄色的长长的细线，那似乎是地平线。它的后面就是敌人的阵地。

我在淡蓝色的平原上轻松地滑行着，动作有点像蝶泳。平原上撒满了被摧毁的乐器，长笛、钢琴和单簧管……敌人们还砸碎了他们的金盾和怀表。这些闪光的物件看上去就像从月亮上剥离的碎片。

坚硬的平原上有着或大或小的裂缝，裂缝里时不时地钻出几只银灰色的小动物，它们在平原上跳来跳去。我想，裂缝大概就是这些动物的窝，从其中散发出新鲜稻草的香气。这个巨大的淡蓝色版块儿是半透明的，垂直的光线可以穿透它的表皮。我看见那些银灰色的小动物们正在清理着冬季残留的粮食。但有的裂缝里并没有小动物，从这些裂缝中喷涌出清洌的泉水。

我滑行的速度很快，晨风吹着我前进。但我偶尔也会被那些断裂的琴弦缠住，脑袋撞在半截冒着烟的钢琴上。敌人对付侦察兵的伎俩不过如此。我用军事地图抹去额角的血迹，学会了躲避危险。

不远处传来了哭声，一位战友在那里低着头。我朝他招招手，他没理我。我滑过去，想看看发生了什么事。他哭个不停。"你哭什么呢？像个娘儿们。"我说。"有个年轻的女诗人死了。"他说。"我很遗憾，她怎么死的？""我不知道。""她叫什么名字？""我不知道。""她写过什么诗？""我不知道。"看来我的战友对那位女诗人一无所知。我只好转换话题，"敌人目前在什么位置？""你看见那边的彩虹了吗？敌人就在彩虹的那一端。"他用手指着天空，然后轻巧地划了一道弧线。我抬起头，注视着那道彩虹，我已经很久没见过彩虹了。

那条浅黄色的地平线逐渐呈现出清晰的轮廓，它其实是一片干燥的沙滩。沙滩上均匀分布着松软的沙丘。我在一个较大的沙丘后面坐直身子,在阴影的庇护下,喝了几口酒。我慢慢躺倒,头枕在一只白色大贝壳上,舒舒服服地睡了一觉。醒来以后,我脑子有点乱。起初,我忘了自己是谁,后来我想起还要去侦察敌人的阵地。

我干脆站起来,举着望远镜朝前走,因为我已经厌倦了伪装。我望见了汹涌的海浪,深蓝色的海面反射着耀眼的白光。敌人的阵地变成了令人眩晕的大海。我在恢宏的幻景中,嗅着海风温和的腥味,脚下的沙地越来越细润、潮湿。我走到海边,用海水洗去脸上的马粪,然后深吸一口气。海岸线似乎在无限地延展,我任选一个方向,径自朝前走,什么也不想。太阳像一块火焰里的金币,固定在湛蓝通透的半空中。我有时会踏进微凉的波浪里,而后又返回沙滩,就这样不停地走着。

泉　眼

晓华最后一次去医院探望姥爷时，穿着一件墨绿色的上衣。姥爷从昏睡中醒过来，疑惑地问晓华："你穿的是黑衣服吗？"晓华没有听清。坐在病床另一边的母亲说："姥爷问你穿的衣服是什么颜色的。"然后，母亲转向姥爷说："晓华穿的衣服是绿色的啊，这里光线太暗了，您给看成黑色的了。""哦，是绿色啊……"姥爷说完又闭上眼睛，睡过去了。这是姥爷对晓华说的最后一句话，两天以后姥爷去世了。

几个月前，母亲曾送给姥爷一件银灰色的羊绒毛背心，说是晓华用工资买的。姥爷还穿上试了试，说："真不错，晓华买的呵。"但其实晓华并没有工资，她那时刚刚考试落榜，正在家待业，毛背心是母亲自己买的。"让姥爷高兴高兴嘛。"母亲私下说。

晓华在考试、找工作之类的事情上遇到过许多挫折。这类挫折大部分年轻人都遇到过，但大概是晓华的精神太脆弱了吧，她时常想到自杀。她总盘算着冬天的时候，一个人去内蒙古大草原，把自己冻死在冰天雪地里。

一天，晓华独自在家看电视，《动物世界》里正在播放一对金雕夫妇的故事，这对夫妇精心孵化了两只幼雕，雄雕出去捕猎，雌雕负责在巢中照顾幼雕。但有一次雄雕去了很久都不见回来。雌雕等不及了，就飞出去寻找雄雕。等它们一起飞回巢穴的时候，幼雕已经死了。雄雕看着幼雕的尸体，用力地踢了雌雕一下。雌雕悲鸣了两声，抖了抖身上凌乱的羽毛。不知为什么，晓华由这个情景想到了自己日渐年迈的父母。她决心不再想寻死的事了。

晓华曾经找过几个工作，但都不稳定。她对未来毫无把握，而且她觉得自己无法融入社会。她变得沉默寡言，极少开口说话。到了该考虑成婚的年龄，晓华还是孤身一人。父母让她去相亲，她也不拒绝。但结果总是失败。"男方觉得你家晓华人挺好的，就是话太少了，什么话也不说。"媒人们大多是这么向晓华的父母解释的。

后来，经人介绍，晓华认识了道琳。道琳也不爱说话。约会时只有几句极简单的对白："你来啦？""哦，来了。""回家吧？""哦，那回家吧。"但是，道琳似乎挺喜欢晓华的性格，也许他们在相对无言的尴尬中建立了某种默契吧。晓华听媒人说，道琳也有过几次相亲失败的经历。

在一个寒雾弥漫的冬日，道琳约晓华一起去香山。前一天刚下过一场大雪，这种时候没几个人会想到去香山的。他们先去了植物园。在茫茫雪景中仿佛只有他们两个人。远处的山林隐没在浓重的雾霭中，只能望见重重高大的黑影。在群山环绕下，还有一片空场，虽然不大，但由于白雪令所有景物间的界限都模糊了，所以显得格外旷远。他们深一脚浅一脚地朝着卧佛寺的方向走，谁也不说话。道琳偶尔回过头看看他们留下的脚印，想要发几句感慨，但又都咽回去了。这时又下雪了，起初细雪缓慢地飘落，像是从浓雾中渗出来的。但雪越下越大，一抬头，大片的雪花就会飞进眼睛里。他们继续往前走，在漫天雪雾的笼罩下，只听见他们踩在雪地上发出的"咯吱"声。

道琳把晓华带到一座很小的破庙前，指着里面说："这是座龙王庙。"实际上，道琳前几回相亲都曾把女方带到这里，说上一句："这是座龙王庙。"晓华探头往小庙里张望，庙内黑洞洞的，正面的墙壁上隐约雕着一条从云雾中探出头的黑龙，地上是一堆堆碎砖烂瓦，几缕灰黑的蛛丝在风中飘荡着。道琳从侧面望着晓华冻得通红的面颊和肩上、头上的积雪，心想："以后，我自个儿来这里的时候，肯定还会想起今天的情景吧……"

他们绕过龙王庙，卧佛寺就在眼前了。风声打破了略显悲凄的沉寂，他们踏着石阶走进寺院里。寺院的入口处有个小雪人,脖子上还围着条破旧的红毛巾。晓华指了指雪人,笑了笑。这时,寺院的工作人员走上来用铁锨铲掉了雪人的脑袋。晓华本来想说:"别铲啊,留着多好。"但她就那么呆呆地眼看着雪人被人一下下铲平了。

"你信佛吗?"道琳见到晓华跪在佛像前叩拜,就问了一句。"信啊。"她站起身,环顾了一下四周,一点微光透过古朴的窗格子射进昏暗的大殿里,什么也看不真切。外面的雪似乎小了,但雾气却更重了,天地混沌一片,所有印象也随之变得虚幻了。

下午的时候,他们到了碧云寺深处的水泉院。院子不大,但给人一种幽邃的感觉。亭子、假山石、结冰的池面和探出高墙的松树上都落满了雪。道琳用羽绒服的袖子把椅子上的积雪掸去。他们坐下,望着被冻结的泉眼。时间在缓慢地流动,一阵风将古松枝头的雪吹下来,发出"唰唰"的轻响,极远处传来几声喜鹊的叫声。他们都没气力再去爬香山了,这次约会大概已经接近尾声。

道琳忽然说:"我想起一件事,是我妈告诉我的,关于我姥姥的事。""哦?"晓华望着道琳。"我姥姥这辈子最遗憾的事情就是,在她母亲去世前,她什么话也没说出来。她听说母亲病重,就冒着风雪跑了几十里山路,赶回家去见母亲最后一面。但回到家里,见到母亲躺在病榻上,她竟连一句话也说不出来,就连一句'娘,您好点没?'都没能说出来。她母亲笑着对身边的人说:'惠珍这孩子就是嘴笨啊……'"说到这里道琳的眼圈红了,好像有压抑不住的悲哀。晓华听后,也莫名地感到难过。

黄昏时分,在回程的路上,道琳又向晓华讲了一件事:"我以前到农村参加过'支教',那是一座山里的小学,学校后面有一片空地,听说以前是块坟地。放学后,孩子们经常在那片空地上玩儿。有几次,我还看见他们在挖土。他们很喜欢挖掘。如果这么一直挖下去,可能就会挖出故去的人,那可能是他们的爷爷、奶奶……但幸好没有一个孩子达到过那样的深度。"道琳说完以后,觉得自己这些话实在不着边际,就急忙说:"我今天怎么总说这些呢。"

夜里,晓华躺在床上,回忆着道琳的话,不由想起了自己的姥爷。她还清楚地记得,有一年暑假,她和姥姥、姥爷一起住在郊区的一处平房里。一天早晨,她看到姥爷在菜园里抓住一只大刺猬。"它钻到咱们菜园里来偷东西吃了。"姥爷说。"那怎么办?"晓华问。"把它扔到墙那边,它就回不来了。"姥爷说着就把大刺猬扔了过去。"不会摔死吗?""摔不死,刺猬不怕摔。"姥爷笑着说。不知为什么,这似乎是姥爷在晓华心中留下的最深的印象,那个夏日的黎明绿莹莹的,到处都闪动着生机盎然的微光。

后　记

　　2004年冬天，我偶然在一家小书店里见到一本名为《虚构与生活形式》的书。作者的署名是一个莫名其妙的英文缩写。这是一本哲学论文集，其中一篇探讨了虚构学与小说的形式。作者总结了33个公式。他声称，任何短篇小说都可以根据这些公式构造出来，当然他指的是一篇小说的基本框架。出于好奇，我将它买了下来。

　　我一直以为，即使是在形式方面，小说也可以是无限多样的，区区33个公式不可能将其穷尽。我学习这33个公式，并从一开始就想超越这些公式。本书收入的作品中，有些是运用公式进行建构的产物，而另外一些我自认为是无法还原为机械的虚构学原理的。但是，就作品本身的价值而言，我的思辨性努力或许并不重要。

　　令人遗憾的是，我的这些作品都难免暴露出一个拙劣作者在语言和技巧上的不足。此外，由于长期阅读翻译作品，我的语言风格亦深受影响。在这里，我并不打算从文化反思的层面上，探讨这种影响是否有益。我只想说，虽然我凭空虚构了一些仿佛发生在西方世界的事迹，但那只是对处处漂浮的西方幻影的一种投射。既然西方作家可以臆想一种怪诞的东方情调，我们为何不能如法炮制？

「別集」

尼维兰的献礼

　　一个宁静的黄昏，在王宫庭院中心巨大的狮形喷泉边，年迈的巴萨罗一世入神地读着一本没有名字的古书，从清晨时分起他就开始读这本书了。在书的第一页上，出现的人物都只有一岁，他们并不是分散在世界各地，而是共同构成一个世界，一岁的国王、一岁的官员、一岁的骑士、一岁的商人……书的第二页，写的是他们两岁时的样子，书的第二页也可被视为一个两岁的世界。全书共 120 页，在最后 20 页里，只有一个人物仍然健在，这位老者独自在夕阳下徘徊，不断追忆往昔，他的回忆逐渐篡改了属于过去的某些细节，从而彻底动摇了前一百页的内容，令其显得模棱两可。这就使得在前面诸页中逝去的人物纷纷活了起来，以另一种面目，幽灵的面目，抵达了全书的尾声。

　　这次阅读令国王头脑昏乱，他洗了个热水浴。随后，他在浴室中一面铜镜前驻足，透过水蒸气，发觉自己已成老朽。他想，这部偶然发现的书一定是在启示他，选择王位继承人的时候到了。他有三个儿子，大儿子库鲁特工于心计、多谋善断，但是生性阴郁，残忍好斗，小儿子莫比斯聪颖、仁慈、胆略非凡，他们两个是真正的竞争对手。而二儿子尼维兰身体孱弱，心智也不成熟，他沉默寡言，每天只在王宫的花园中徘徊，观察植物的侧影，倾听夜莺的叫声。他大概更适合当个园丁，而不是国王。

巴萨罗一世暗中想将王位传给小儿子莫比斯，但他又不希望大儿子库鲁特心怀怨恨，于是他模仿童话中的做法，将三位王子召集到身边，让他们去世界各地旅行，一年后，谁能带回最令他满意的礼物，谁就继承王位。次日一早，王子们便遵照国王的旨意出发了。

九个月后，库鲁特返回王宫，他声称无须到一年期满，他已寻得举世无双的宝物。在国王秘密议事的一间偏殿中，在巴萨罗一世与几位重臣面前，库鲁特从一只锈迹斑驳的铁箱中抱出一块形状不规则的透明晶体。可以清楚地看到，在晶体之中有两支由微型骑士组成的战队。一队骑士身穿绣着白色十字架的黑衣，另一队骑士则穿着绣有黑色十字架的白衣，他们以晶体中的空间为战场，展开厮杀。不过，无论如何厮杀，他们的人数都不会减少，他们战斗的目的似乎只在于展现层出不穷而又精妙绝伦的战法。这些战法令半生戎马的巴萨罗一世看得入迷，他忍不住拍案叫绝，同时暗暗为小儿子担忧。库鲁特告诉人们，这件宝物得自西部沙漠深处中一位年迈的隐修者，这位老人曾是圣殿骑士团的创始者之一。

又过了两个月，莫比斯归来，他带回一位纤巧、灵秀的少女，她赤裸双足，一头乌发披散开来，一直垂到地上。她来自遥远的东方古国，莫比斯是在一座深山中遇到她的，当时她正靠在一头老虎背上，为山中的鸟兽念诵奇妙的经文。听过莫比斯的叙述，库鲁特只是嘿嘿冷笑，巴萨罗一世则显出一脸愁容。莫比斯仍然从容自若，他让侍从取来一团丝线，交到少女手中。她以指尖捏住线头，将线团轻轻抖开，丝线随即化作了一缕闪光的金丝。她能点石成金，使水在瞬间结冰，让枯草开出奇丽的花。老国王这才松了一口气。

两位王子带回的礼物无疑将使正处于鼎盛的王国更为富足、强大。于是，都城中敲响了钟声，人们冒着倾盆大雨在广场上聚集，而后赤脚在街市上唱着圣歌游行，欢庆他们的凯旋，并为国王的健康祈祷。

大部分人已经将二王子尼维兰忘记了，只有老国王和几位大臣还在企盼他的回归，但这完全是为了让选定王储的程序显得公正、完满，不出乱子。

实际上，尼维兰并没想过继承王位的事情，他的旅行轻松自在。他游历了东方许多城市，那些香烟氤氲的寺庙、潮湿曲折的小巷、清幽繁复的亭台，令他流连忘返。要不是侍从时时提醒，他甚至会忘掉此行的使命。在约定的一年期限将满的时候，他才匆匆踏上归途，他从一支前往克里米亚的骆驼商队那里采购了一批名贵的草药作为礼物。而后搭上了一艘返程的客船。在航行途中，货舱进水，尼维兰的草药全都泡了汤。在抵达自己国度的码头后，二王子发现他已经没有礼物可以献给父王了，他空着手上了岸，多少有些担忧，就在码头附近的一家客栈住下来，想看看如何补救。

与此同时，一位猎人在都城外的森林中打猎，意外捕捉到一头似猪非猪、似象非象的动物。这头动物还有一个惊人的特征，就是它长有一双人手。猎人将异兽带入城中，引来人群围观。一位大臣刚好路过，他感到这动物十分蹊跷，便花七枚银币将它买下，带进了王宫。巴萨罗一世召来御前占卜师达伽，要他说出这动物究竟是什么。达伽看了片刻，便告诉国王，这是一头貘，是一种生活在东方密林中的动物，理应不会出现在本地。而后，他注意到貘的前爪是一双人手，感到十分惊异。他拿起貘的"双手"仔细查看上面的掌纹，那掌纹与人的掌纹无异，其中暗含关于命运的提示。这头貘很配合占卜师的举动，它没有挣扎，温顺地坐在地上，目光中流露出一丝悲悯。

"将有一场灾难降临，它距离我们很近了。"达伽看过貘的掌纹，转过头，神色严峻地对国王说。巴萨罗一世让达伽严守秘密，在选出王位继承人之前，他不允许任何意外事件发生。

在客栈里住了几天之后，尼维兰忽然病倒了。他迅速衰竭下去，但除此之外并无特别的病征。侍从请来各色药剂师、巫医、哲学家，他们对尼维兰的病都说不出所以然，更无法对症下药。侍从不敢将此事告知国王，便悄悄逃跑了。尼维兰躺在旅店房间的病榻上，无人照顾。他虚弱已极，甚至无力呼吸。在一个寒冷的雨夜，他从极度压抑的噩梦中醒来，望着旅店旧书桌上肮脏的烛台，忽然笑了。笑过之后，他平静下来，没等到清晨来临就咽了气。

旅店老板不知道尼维兰是一位王子，他派人将这个死时已成一把枯骨的客人抬到荒郊野地，草草埋葬。没过多久，旅店老板与几名伙计陷入了可怖的病痛，开始是腹股沟、颈部、腋下像在被灼烧，而后皮肤渗出鲜血，汗水和尿液都变成了黑色。他们甚至来不及求医问药就一命呜呼了。紧接着旅店中的其他客人也纷纷病倒，症状相似，疾病迅速蔓延开来，不久，整个王国都陷入了瘟疫带来的恐慌，人们在手舞足蹈的死神的阴影下，疯狂地焚烧着尸体和建筑物，火光将河水照得通红，河面上漂浮着无数腐烂发黑的死猫、死狗。人们逃离家园，东躲西藏，同时将瘟疫传向四面八方。

王宫中，莫比斯带回的少女是首先感染病疫的。那天，在她与一只小鸟对话之后，就委顿在地，虚弱不堪，很快便抽搐着死去。她轻盈的尸身转眼变成了一只僵死的白狐。库鲁特得知此事，欣喜若狂，他要求当众焚烧那具狐狸的尸体，以祛除邪祟。然而，正当他抱出自己的水晶，想欢庆胜利之时，他发现，水晶中的两队骑士已经衰变为一具具细小的骷髅，倒伏在昔日的微缩战场上。

在前所未见的恐慌、混乱中，老国王不得不率领王室成员逃出王宫，他们日夜兼程，一直逃到王国边缘一座高山上的行宫中避难。王后、两位王子和公主们躲藏在行宫的地下迷宫里，他们点燃插在石壁上的火把，围坐在一只大铁笼边，讲起一个个恐怖或者色情的小故事。铁笼中是占卜师达伽和那头来历不明的獏，达伽正受命找出驱散瘟疫的方法。

巴萨罗一世独自登上高山的顶峰，强劲、阴冷的风迎面刮来，在累累山石之间，他眯起昏花的老眼，远眺自己的王国，它正急速地枯萎、溃灭，就像一团黑色的火焰，在暴雨中熄灭，化为污浊的泡沫。

记忆三部曲

印象里，上一个冬天并不寒冷，却很漫长。当时我在哲学上已经停滞不前，我遇到了瓶颈，似乎再也没法克服。我情绪低迷，每天无所事事。一位好友和我聊天时建议我看看电影，他推荐了几个导演，贾木许、大卫·林奇、史云梅耶，等等。我此前几乎没看过文艺片，也不知道这些导演的片子在哪儿能买到，我是个孤陋寡闻的人。"哪儿都有卖的，那些小音像店里一般都有，哪天我带你去个地儿。"我的朋友答应得很痛快，但他不久以后就出国探亲去了。

我自己跑了几个我家附近的小音像店，但这些店里摆着的只是一些花花绿绿的商业大片。快到新年的时候，在一个天色阴沉的下午，我到三联书店买书，出来以后，看见路边有家挺大的音像店，就走进去问了句："有大卫·林奇的电影吗？""有啊，不过不全，只有三四张。"一位女店员把我领到斜放着一摞摞DVD的大塑料箱子前，用手指在里面飞快地扒拉着，很快抽出一张《蓝丝绒》，而后又找出了《象人》、《迷失高速路》和《穆赫兰道》。"有个叫贾木许的……""哦，我们这儿有他的全集。"女店员从另一侧的架子上拿下"贾木许"递给我。我低头看了看，表示买下。"您是不是喜欢比较怪诞点儿的？"她问我。"哦，是啊，我喜欢怪点的。""那您再看看这些……"说完，她又迅速给我找来了"史云梅耶"、"库斯图里卡"、"卡萨维茨"、"蔡明亮"、"法斯宾德"，随后，她又说："对了，还有贝克特的，荒诞派大师！""贝克特？这人我知道。"我终于听到一个熟悉的名字，但没想到他还拍过电影。没几分钟，我身边就堆起了一大摞影碟。"先买这么多吧，够我看一阵子了。"我说。"哦，等等，还有个特别奇怪的，您没准儿喜欢。""比这些都奇怪？"我瞧了瞧方才她替我挑的碟，心想，她算逮到大户了。"比这些都怪。"她说得很肯定。我接过她手里的碟，看了看封面，片名叫《记住祖母的样子》，导演的名字很绕嘴——"佐哈特齐迪斯"，没有剧照，只有一张导演的相片，鹰眼、神情阴郁，像极了波德莱尔。"片名挺古怪，讲什么的？"我问。"看了就知道了，"她笑了笑，"你一定得看两遍，不然看不懂。""是吗？"我不太相信，我对自己的理解力比较自负。

　　回到家，我给一位在武汉工作的朋友打了个长途，我提到了买碟的事。"你都买哪些了？"她问。我说了几个，她马上说："这些都是老片儿啦，哎哟喂——你怎么不事先请教请教我呦？""是老片儿也没关系啊，我都没看过不是？""多少钱？""哦，没问，大概一张八九块钱吧。""太贵啦！你可真是冤大头喔！""这些导演拍的还行吧？""蔡明亮不错，贾木许怎么说呢，有的文艺青年很喜欢，你明白吧？就是那样那样，那个音乐……""那你听说过这个人吗，'佐哈特齐迪斯'？"我将那张据说非常奇怪的影碟举到眼前，吃力地念出导演的名字。"没听说过，哪国的？""美国的。""可能是新秀吧，拍这种电影的人很多！讲什么的？""还没看，也没有内容简介，导购说很奇怪。"我们又聊了一会儿，最后她说："以后别去那个店了啊！"

此后的两个星期，我是在恍惚中度过的，没日没夜地对着电脑看碟，一部接一部，头脑被搅乱了，有点麻痹。我以为这样能让自己放松，但结果是我不但越来越紧张，而且变得特别虚弱，开始疑神疑鬼。可为了在漫漫冬日找到一点消遣，我也只能继续下去。我看了那张《记住祖母的样子》，只是一部很普通的家庭喜剧片，不过，在我想把它收起来的时候，我发现在包装的夹层里还有一张纸片，上面印着一小段外文，底下是中文翻译："在本片拍摄过程中，所有演员都以为自己是在拍一部家庭喜剧片，第一次看样片，也没让他们改变想法，于是我请他们再看一遍，这下把他们吓住了。""这不是家庭喜剧片是什么？"我感到纳闷，就把影片又从头看了一遍。看完之后，在惊异之余，我还有点后悔。它的确变成了一部恐怖片，虽然它的内容没有任何改变，也就是说，没有发生什么超自然的事情，但影片的意味却大不一样了。

第二天中午，我在网上搜索了一番，看有没有对这部电影的分析或者评论，但一无所获。我又在一个讨论电影的论坛发了个帖子："谁看过佐哈特齐迪斯的片子？"我猜想，这个导演肯定拍了不止一部这种类型的电影，我可能是少见多怪。午后，我穿上大衣，像个幽灵一样出了家门，坐车去了三联书店旁边那家音像店。上次那个女店员不在，另一个店员走上来招呼我。"有佐哈特齐迪斯的片子吗？""你看过《记住祖母的样子》了？看了两遍吗？"她问。"对啊，是看了两遍。还有其他的吗？"我打量着她。"哦，还有一张叫《记住我的样子》""和《记住祖母的样子》不是一回事吧，怎么名字那么像？""当然不是一回事，这张是：记住'我'的样子！"她是个手脚麻利的女孩，这类女孩通常会对我不耐烦，她边说边找，"这儿呢。"她抽出来递给我。我扫了一眼，没错，"佐哈特齐迪斯，《记住我的样子》"。"别的不要了？""不要了，谢谢。"我匆匆付了钱，走出音像店。我还记得那天狂风大作，美术馆的四周飞舞着枯树叶，我怀揣《记住我的样子》坐上公交车，我有种感觉，仿佛自己是在一部描写北京冬季风景的电影里，特别是周围嘈杂的声音，显得既清晰又遥远。沿途景物——闪过，电影在播放，却没有胶片和放映机，这种感觉不错。

当天夜里，我把《记住我的样子》看了一遍，没留下任何印象，更确切地说，我刚看完就把影片的情节忘光了。"大概是太疲劳了？"我觉得大脑空空的。此后我又把这张碟看了许多遍，大概有四遍，我并没觉得腻烦，反而有点沉溺其中，故事一次次重演，而我一次又一次把它忘掉。"怎么一点儿记不住？"出于好奇，我上网在 Google 里搜索《记住我的样子》，发现一段相关的介绍，是这么讲的："遗忘艺术家有一个基本假设——这个世界给予人们的所有印象都是如此鲜明，每个细节都会在人的记忆中留下永远不可磨灭的印记。因此，消除印象，让作品被忘却（而不是被记住）才是最具难度的。这一流派的代表作有小说《记忆的魔术》和电影《记住我的样子》（'记忆三部曲'之二）。"我把这段话抄在本子上，而后又去了上次我发帖的那个电影论坛，看有没有回帖。帖子已经沉到了第 9 页，有个叫"训蝶师"的人回过一帖："《记住祖母的样子》是'记忆三部曲'中的一部，是第一部还是第三部，不确定。佐哈特齐迪斯是个虚构的名字，有人怀疑'三部曲'是一个工作小组集体创作的。据说这些片子对人身心有害，建议楼主别看。"我回帖表示感谢，然后关上电脑，第三次去了那家音像商店。我并不想成为研究佐哈特齐迪斯的专家，我只是有那么点偏执。

这回我又见到了头次来时接待我的那个女店员，她身材瘦小，有一双大眼睛和两只尖尖的耳朵，目光狡黠，像个小精灵。音像店里正播放着一首英文老歌，我童年时就听过，但至今说不上它的名字。"你好，我又来了。"我跟她打招呼，可她没认出我来，态度冷淡："您想看什么片子？""咱们这儿有没有'记忆三部曲'，就是《记住我的样子》、《记住祖母的样子》，还有一张是什么？""您是说佐哈特齐迪斯的'记忆三部曲'？有啊，还有一张叫《记住梦中的样子》，您稍等会儿。"说完，她就转身去架子上翻找，找了很长时间。"有吗？"我走过去问。"怎么找不到了？"她咕哝了一句。

我是否曾经三次前往那家音像店，实际上无法确定，虽然我是这样写的。不过，这不重要。

我醒来后有点糊涂。我从床上坐起来，发了会儿愣，往书桌上望了一眼，《记住梦中的样子》就摆在那儿。有许多事儿我怎么也想不起来了，但是我还能记起自己刚才所做的梦，一个凄凉怪诞的梦。"还真是记住了……"我洗漱完毕，给自己倒了一大杯啤酒，又坐到电脑前，开始看《记住梦中的样子》。没看几分钟，我就意识到电影里演的正是我的梦。我点了暂停，靠在椅背上环顾四周，五分钟后，我有所醒悟："哦，它篡改了我的记忆，我第一次看它时的一些情况被抹掉了，我还以为是自己在做梦呢，只能这么解释。"我没有继续往下看，而是把碟退了出来，包好，又找出"记忆三部曲"的另外两部，把它们一起放进一只鞋盒，再用其他几张影碟盖住它们，然后抱着盒子钻到床下，把它藏到了一个大纸箱的后面。我从床下钻出来，坐在地板上，有些不安，"它会不会把我的全部记忆都篡改了？"但转念一想，"对我而言，30年来又有什么特别值得记住的呢？"我站起身，走到阳台上，冬日的清晨，阳光闪耀，风虽凛冽，但并没扬起沙尘。我打算到外面吃顿像样的早餐，吃完再去爬山，沉浸于电影的日子，到此要告一段落了。

狗熊格里耶

狗熊格里耶躺在草地上，感觉疲惫，它想听听远处是否有火车的声音，远处没有火车的声音。有人在它耳边说："或者、或者、或者……""'或者'是什么意思？"格里耶睁开一只眼，注视着它的羊羔。羊羔是金黄色的，正缓慢地咀嚼着嫩绿的三叶草，一只红狐狸在悄悄靠近羊群。格里耶用心感觉着自己眼皮的干涩，打了个哈欠，"睡吧，睡吧。"它安慰自己，但这其实是句咒语，眼睛闭上了，温暖又舒适，没什么可担心的，羊羔们自己可以对付红狐狸。

格里耶困极了，所以它很快进入了梦乡。在梦里，它看见一只很胖的羊羔在扭动身体，羊毛特别蓬松而且在飞速生长。格里耶把羊羔抱起来，羊羔轻得像一大团棉花。格里耶对羊羔说："我叫格里耶，是本地的狗熊。"羊羔朝它微笑，格里耶从前以为只有猫才会微笑，没想到羊羔也会微笑。它吃惊地望着微笑的羊羔，松开了双手。羊羔轻飘飘地升上天空，变成一朵纯白的圆滚滚的云。

这时候，来了个戴紫色帽子的猎人，他走到格里耶身边，发现它在睡觉。"哦，快醒醒，附近有狐狸，你得清醒点！"他朝它大喊。格里耶被吵醒了，它很不高兴，揉着眼睛说："我正睡得香呢，你干吗大嚷大叫的？""对不起，"猎人说，"我就爱没事儿大嚷大叫，我的确有这个毛病，我以后会改正的，请原谅我吧，格里耶大叔。""好吧，那我就原谅你。"格里耶气呼呼地说，"但只原谅一次，你要是再把我吵醒，我就没收你的帽子。"猎人捂住自己紫色的帽子，灰溜溜地跑开了。

狗熊格里耶继续睡觉，它想接着做先前那个梦，它想看看羊羔会飘到哪儿去，它会不会和其他羊羔一起，围着月亮安静地喝水？但这次它没有梦到羊羔，它梦见一只马戏团的巨型皮球在滚动。它追赶那只皮球，想站在上面一显身手，但皮球滚得太快，它都看晕了。

一个送报纸的小孩看见格里耶在睡大觉，就想："我还没有摸过狗熊呢，妈妈说这太危险，但现在狗熊在睡觉，我可以摸摸它了。"他真的很想摸摸狗熊，所以他就走到格里耶身边轻轻摸了它一下。格里耶正在梦里看皮球，它并没感觉到有小孩摸自己，但孩子摸了格里耶之后，突然害怕起来，他扔下报纸就跑，一口气跑回了家。"报纸送完了？"妈妈问。"我把报纸给丢了。"孩子说。"怎么丢的?""我摸了狗熊格里耶……""这太危险了!"

河马西蒙是格里耶的朋友,它有睡前散步的习惯,它想让格里耶陪它散步,于是它就来找格里耶。"格里耶,格里耶!"西蒙喊。"啊?!"格里耶大叫一声,就地打了个滚,"怎么了?怎么了?!""没怎么,我想请你和我一起去散步。"西蒙双手插兜,站在格里耶面前,嘴里叼着一根漂亮的稻草。"一起去散步?可我正在做梦呢。"格里耶说。"你梦到了什么?"西蒙问。"我梦见一只皮球在滚动。""然后呢?""然后它就继续滚啊滚。""这很重要吗?""也许很重要。"格里耶思忖着。

"你屁股下面是什么?"西蒙指了指格里耶的屁股。"唔?我看看,"格里耶侧了侧身,用手摸了摸,"是一大张纸!"它把纸拿起来仔细瞧,然后说:"嘿,这是张报纸!""报纸?!"西蒙兴奋得蹦了起来,"太棒了,那你读读有什么新闻。""哦,好吧。"格里耶从上衣口袋里掏出眼镜戴好,把报纸铺开读了起来:"一只皮球在滚动,后来,它继续滚啊滚,人们不清楚这是为什么,但我们有理由认为在一个时期内它将滚个不停。""这叫什么新闻。"西蒙张大了嘴,摇着头,稻草飘落在地上,"这可不叫新闻,我以前听过一条新闻,比这个好多了。""你听的是什么新闻?"格里耶问。"那条新闻讲的是,有一个很美好的夏天,这个夏天里的每件东西都很有价值,值得纪念。但不久以后小偷来了,他溜进了夏天,把里面的宝贝洗劫一空,只留下几片杜鹃花的影子。"西蒙说,"怎么样?这才叫新闻。""是条不错的新闻。"格里耶点点头。

西蒙从格里耶手里拿过报纸,随即大喊:"这里还有照片呢!""你可真是头喜欢大惊小怪的河马!"格里耶皱着眉头,乜斜着西蒙。"这两张照片有什么不同?我看这两个柠檬是一模一样的!"西蒙疑惑地摇着头。"是吗?"格里耶凑过去比较了一番,"当然不一样,给左边这只柠檬拍照的时候,旁边正演奏着一支催眠曲,"格里耶用爪子指点着,"给右边这只柠檬拍照的时候,周围是一片寂静。""你的听力真好!"西蒙又张大嘴望着格里耶。"我的听力一般,但傍晚时分还不错。"

"咱们看看报上还说了些什么……"西蒙翻动着报纸,发出哗啦啦的声响,"哦,这儿还有一则消息,今天夜里星星们会落下来,把这个世界打碎。噢,这么说今天是世界末日。""是吗?"格里耶踮起脚尖环顾四周,羊羔和红狐狸都睡熟了。"要不要把这个消息告诉它们?""还是让它们接着睡吧,它们都有神经衰弱的毛病,睡着一次不容易。"风吹过来,泥土中混杂着草籽和花蛇的皮屑,格里耶和西蒙轻手轻脚地朝着不远处的山坡走去。

"等到夜幕降临,星星就会噼里啪啦地砸下来,咱们大概都不能幸免。"西蒙说。"当然,整个世界都没法幸免。"格里耶望着天空，夕阳的余晖正在褪色，"我不在乎，你知道，我妻子死后，我就什么也不在乎了，她跟着我没能享上一天福，唉。""我也不在乎，我年轻时想理解这个世界，后来我真的理解了，现在我没什么可遗憾的了。"西蒙长长呼出一口气，转身坐在树影里，背靠大树，仰着头哼出一首明快的非洲歌谣，非洲是西蒙的故乡。格里耶挨着西蒙坐下，闭上眼，回忆着在一个美好的夏天，它和妻子一块儿在瀑布下扑击彩虹鲑鱼的情景。

贝克特老爹就住在山坡上的小木屋里，它从窗口望见西蒙和格里耶坐在树底下，便同它们打招呼："嗨，西蒙、格里耶，你们好！""您好，贝克特老爹！""我这儿有新酿的蜂蜜酒，你们进来陪我喝点吧？""好的，我们爱喝蜂蜜酒。"格里耶和西蒙站起身，走进贝克特的小屋。它们仨开始一杯接一杯地喝蜂蜜酒。"您知道吗，今天是世界末日。"西蒙说。"我知道，我也看报了，这是条有趣的新闻！"贝克特快活地说。它们喝了很大一罐蜂蜜酒，都有点醉了。

这时天完全黑了，星星出现在天边，它们剧烈地晃动着，纷纷落下来。这些银白色的星星虽然体积很小，只有手掌那么大，但异常沉重。地壳被落下来的星星砸得千疮百孔，贝克特的屋顶也被砸漏了。"看来咱们得到外面去躲躲，星星们已经瞄上了我的小屋。"贝克特轻轻摇着头。

它们跑到屋子外面，站在山坡上眺望远方，有些星星坠落到一半就燃烧起来，橘黄色的光焰仿佛夜空中的篝火，篝火四周笼罩着绚丽的黑色。格里耶实在太困了，没看一会儿，它就坚持不住睡着了，在梦里，它终于追上了那只马戏团的皮球，它跳上去，找准平衡，摆了一个很好看的姿势。

从坟墓到摇篮

1

　　发现储藏室中堆积如山的白骨之后,女孩陷入了困惑。这些人的骨头是怎么跑进自家开设的小旅店的呢?在客厅里,她见到了自己的父亲。父亲似乎已经猜透了女儿的心思,他的表情就像个等待受审的人。"我们为什么在这片受诅咒的墓地旁边开店?我们的客人为什么总在第二天清晨失踪?既然他们都没有付房钱,我们为什么一直没有饿死?"女儿提出一连串儿疑问。"那你是怎么看的?"父亲将那双长有粗重汗毛的手交叉放在膝头,目光游移不定。"我有一种感觉,我们一家三口会在夜里变成狼,我们咬断客人的脖子,将尸体拖进地下储藏室,再把它们吃个干净。只有少数咬不动的骨头被留在那里。不过,这只是猜测。"父亲微笑着点点头,说道:"实际上,我早就有过这种猜测。为了弄清真相,这些年来,每天深夜,在你们睡熟之后,我都用铁链把你们锁住,然后再把自己锁住。早晨,我再打开全部锁链,并将锁链藏好。所以我可以保证,没有一位客人是被我们吃掉的。""如果是这样,那就更奇怪了!"女孩嚷道。父亲没再答话,他望着窗外阴霾中的墓丛,露出一排尖尖的牙齿。

2

很多年前,这里是一片麦田。由于连年干旱,村民们请来了求雨的巫师。巫师说需要一只肺作为祭品。不久以后,在田庄附近的一座小礼堂里,一些外乡人举办了一次讲座。礼堂内弥漫着灰尘的味道。讲演者大约六十来岁,有着一双浅灰色的眼睛,花白的胡须稍稍向上卷曲着。"卡夫卡的固执总是针对其自身的,这种固执在他体内生长,同时朝着四面八方强劲地伸展,以至于在他的头脑和脚下都生出了粗壮的根茎。"他的声音仿佛铿锵有力,但不知为什么,当传入人们的耳朵里时,它已被无形的力量削弱了。正在听众感到乏味、昏昏欲睡的时候,卡夫卡来了,他小心地走上主席台,如同一张被折叠过的黑色剪影在晃动。他吃力地向讲演者出示了他那只墨绿色的肺。讲演者摊开手,向后退了一小步。卡夫卡请他把肺吃下去。讲演者胆怯了,额头渗出汗珠。人们都疯狂地鼓起掌来。一位坐在前排的微胖的年轻人大步走了上去。他的言谈非常得体,他要求将这只肺赠送给附近的村民,而且必须快,因为肺叶正在迅速萎缩。

求雨仪式果然灵验,三天以后,有着规则的几何形状的雨滴从天而降。土壤得到了滋润,农民们期盼着荒地上长出麦苗。但事与愿违,从地里长出的,是一排排白色的墓碑。

3

不知是因为嫉妒还是出于纯粹的邪恶,魔法师将A的妻子变成了一条蚯蚓。A亲眼看见了这一可怕的时刻。魔法师"嘭"的一声消失之后,A双手轻轻捧起在地上蠕动的蚯蚓,将它放进了卧室窗前的花盆里。

这个男人仍然深爱着自己的妻子,他相信只要他有足够的恒心,魔法最终会被解除。他买了一只更大的花盆,在里面装满从树林中挖来的新鲜泥土,这是他为妻子布置的新居。他阅读了许多关于蚯蚓的书籍,他每天黄昏时分都对着花盆祈祷,有时他会忍不住将蚯蚓放在手掌上轻轻抚摩,就这样年复一年,没有任何变化。A终于绝望了,他将蚯蚓埋在了墓地,并为妻子立了一块墓碑。

后来,听旅店老板说,他曾在墓地见到一条蚯蚓,它的中间部分长着一条极其细小的洁白的手臂,那无疑是一条女人的手臂。它一边蠕动,一边向他不停挥手。他不清楚,它是在告别,还是在求救。

4

　　A总是感到晕眩,有时还会呕吐。他不得不去看医生。照过片子之后,医生告诉他:"您的大脑里有一片海洋。这就是您头晕的原因。""这怎么可能?!"A感到惊诧。"实际上,我还看到,海中有几艘大船在翻滚的巨浪上航行呢……"医生的食指和中指敲打着桌面。"那能不能把海水抽出来?""那可不行,这片汪洋大海会把整座城市淹没的。"医生摇摇头,表示遗憾。"那我该怎么办?""成为一位好水手,这样就不会再头晕了。"

5

　　几天前,当我在医院里见到他时,他已是垂死之人。医生说,他长了脑瘤,没法切除,只能任其生长恶化。他的妹妹守在病榻旁,她是他唯一的亲人。他闭着眼睛,躺在那里,面如死灰、毫无声息。但他妹妹告诉我,病人什么都知道,他知道我来探望他了。当时我认为那只是她在自我宽慰。而现在,他突然来到我面前,红光满面。"你怎么出院了?"我有点不敢相信自己的眼睛。"我还没有痊愈,但已经可以四处活动了。"他说。"你的脑瘤……""它要不了我的命,我的身体正在恢复,这的确有点不可思议,但细想起来,这也在情理之中。"他的声音洪亮，我甚至想要捂住耳朵。"恭喜你，但还是得注意身体！"我笑着说。我感觉我笑得不大自然。"我要感谢你来看望我，还说了那么多慰问的话。"他的表情变得一本正经。这反而让我有些不好意思。其实那天我只是去医院办事，偶然听说他住在那家医院而且生命垂危，这才去看看。"其实我这次是专程来谢你的！"他接着说，但这话显得莫名其妙。"这完全没必要，你不用谢我呵。"我回避着他的目光。他忽然表示要郑重其事地与我握握手。我只好握住他伸过来的右手，我注意到，他的手背上密密麻麻全是针眼。他的手起初异常有力，但很快我就想到，他只是在死死抓住我。他的脸色由红润转为苍白。他的头在胀大，呼吸变得急促。"你不舒服？"我想把手抽出来，然后给急救中心打电话。可他仍然抓住我的手不放。我想他随时都会倒下，一命呜呼。他没有理睬我的问话，继续兴高采烈地说着什么。他的话音越来越响，而我却听不清内容。他的手冷冰冰的，而我的手心在不住冒汗。

6

我们终于埋葬了这位朋友的尸骸。一个伙伴长出了一口气，说了句："可算结束了！"这句话无疑触犯了已然安息的人，从地下传来一个声音："还远没有完呢！"话音刚落，我们就看到一只黑皮鞋破土而出，它虽又脏又破，但充满着生命力。我们静静地注视着它，思考着对策。但事态发展得太快，不一会儿，从鞋子里自然地生长出一只灰色尼龙袜子。袜筒的一截耷拉在鞋帮上。袜子猛然抖动了一下，摆脱了疲软状态，渐渐鼓胀起来，显然有一只脚正在那里面悄然成型。不久之后，我们就见到了这只脚的脚脖子，它骄傲地挺立着，散发着特别的气味。随着"嘿"的一声，在这只脚脖子的斜上方，又出现一只黑皮鞋。它悬在半空中，纹丝不动。这一次没有袜子出现，我们可以看到脚的上半部分裸露在外面。

我们有理由相信，再过一会儿，这里将出现一位金鸡独立的男子。为了避免进一步的麻烦，我们克制住好奇心，抱住脑袋向着陡峭的山坡奔去。

7

盲人从梦中醒来，他记得自己方才曾在坟茔间徘徊。他有点糊涂了，搞不清楚时间。他依然浑身无力，只能在地上爬行。他听到有人在交头接耳，这些人正注视着他。他忽然意识到，自己的衣服被扒光了，"一定是在沉睡中，衣服被人偷走了！"他想，"这种时候更要保持冷静。""这孩子想要爬到哪儿去？"一个女人的声音在他耳畔响起。"看这小子爬得多起劲儿！"另一个女人说。听到这些话，盲人气得战栗起来，虽然他眼盲，但他毕竟是位绅士！他在地上摸索着遗失的手杖，那将是他捍卫尊严的有力武器。然而，没等他找到手杖，其中一个女人就将他轻轻抱了起来。他奋力摆动着四肢，但无济于事。这肯定是个极强壮的女人，甚至有可能是个巨人。她把他抱在怀里，喂他奶吃。

盲人思考了种种可能性，还是不明白究竟发生了什么事。但他忽然产生了即将复明的预感，他睁开双眼，在柔和的灯光下，他看到一张女人的脸。"叫妈妈。"女人轻声说。他扭过头，羞愧难当。他看见自己的手杖就在附近的婴儿床旁边，这时，手杖正在变形为一位高大的男子，一位慈祥的父亲。

8

我们发现，这个婴儿出生仅十几个小时，体重就增加了将近一吨。他还在加速生长。起初我们竟没有想到得快些将他搬出育婴室，等我们想起来，他已经无法穿过门框了。我们正为婴儿担心，育婴室的墙壁轰然倒塌，他爬了出来，医院大楼在晃动，我们疏散了人群。他的哭声形成强大的冲击波，再没人能靠近。他爬来爬去寻找奶水，四周的城镇毁于一旦。由于他的出现，我们终于意识到，我们所居住的星球原来是一只巨大的乳房。此刻，婴儿正扒住这个星球的一端，用力吸吮着，橘红色的岩浆喷涌而出，瞬间被他吸入腹中。天真的、毁灭性的笑声，久久回荡在这个世界的上空。

工作场

清晨时分,我向我的工作场跑去,我的家距离工作场非常遥远,我要跑很久,跑个不停,有时跑到一半会有点儿灰心,但是,很快我又会鼓起劲头,我的鼻尖直指工作场的方向,朝它跑过去,速度快极了。

今天(每一个今天,又一个今天!)我一如既往,我跑着,同时倾听自己沉重的鼻息,接着我大口大口喘起来,可我坚持不懈。我的同事们正等待着我,我们将一同在工作场上劳作。

尽管我用尽了全力,但当我跑到工作场边缘的时候,我发现我还是晚了。我的同事们已经在那里,他们个个精神抖擞,警惕地注意着工作场的外围。他们看我跑近,都用力伸长脖子,紧张地注视着我。他们一定还没有认出我。我跳了起来,在半空中摆出他们熟悉的姿势,他们看到了,高兴地小跑起来。这种小跑是对我的迎接,也标志着一天的工作就要开始。"你又晚了。"他们的姿态向我传达了这样的意思。我低下头，显得沮丧，"我错了……"我用这样的姿态回应他们。他们原谅了我，于是我们一起跳了起来！

这时，老板从一个隐蔽的地方跑出来，扫视着我们，我们赶紧分散到各自的岗位上，开始工作。我们的工作，就是在各个角落里与我们的工作场搏斗。我跑到那个属于我的小角落，同工作场的这个部分奋力搏斗起来，我又蹬又踹，毫不含糊，当这种搏斗达到白热化的境地，我无法再保持身体的平衡，我倒在地上，但我仍抓住属于自己的那个角落不放，我仍在奋力蹬踹，我真想用牙死死将它咬住，但那是违反工作规章的。

我的同事们也在奋力搏斗着，一时间，整个工作场仿佛成了战场。在战斗的同时，我和同事们都偷眼去看老板。老板很满意，他甚至想加入我们，但他克制住了，之后他回到属于他的隐蔽的地方去了。

老板的身影消失之后，我们稍稍放松下来，我们同工作场的搏斗变得更有节奏，经过方才激烈的搏斗，工作场又一次领教了我们的厉害，它微微地抖动着，显出了驯顺的样子。一个同事趴下了，另一个同事把头伸进了工作场上的小洞穴里，他们在偷懒，这么早就开始偷懒……我打个哈欠，很想就地躺下，正在这时，就听见"砰！"的一声巨响。我们立即伸长了脖子。老板也出来了，同样伸长了脖子。什么声音？我们一起朝远处望去。远处，在工作场的外围，是一片环形草坪，草坪不断延展，一直到几片云朵升起的地方。什么也没有出现，又安静下来了，我们松了口气，但仍旧警惕地观望着。

老板朝几个同事龇龇牙，这是让他们去工作场的边缘放哨，他们马上朝那声巨响传来的方向跑去。而后，他们用力伸长脖子，朝更远的地方张望。我们只能看到他们的背影，这背影令我们安心。"他们是我们的小小哨兵。"我们这些留下的同事这样想着，感到高兴和欣慰，几乎就要跳起来了。

我们又开始工作了，我们再次与工作场展开激烈的搏斗。我感觉我的身体有一半都陷入了工作场上那个属于我的角落，我起初有点儿吃惊，甚至有点儿害怕，但很快我的心里就升起了自豪感，我成功了，它已经变得柔软，再加把劲，它就会获得弹性，那时我就成功了，我将被大家评为优秀员工，那以后我将在工作场上尽情地打滚。

老板又回到隐蔽的地方去了。我停下来，喘息着，既然已经接近成功，不如休息一下，养足精神，之后一鼓作气，想到这里，我就将头伸进了工作场上的一个小洞穴里。洞穴虽小，却极深，在这里，我可以倾听大地的声音，那声音是由世界上各个工作场上的声音汇聚而成的，所有工作场上的洞穴都彼此连通。我一时兴起，朝洞穴深处吹起气来，不久，从洞穴深处响起了呜呜声，很难确定那是我自己的声音，还是来自另一个国度的回响，但我马上就陶醉在这呜呜声里了。

忽然，我的后背一阵剧痛，我挨揍了，我赶紧拔出头来，是老板，他正注视着我。"你是不是不想干了？"他的姿态向我传达了这样的信息。我感到十分窘迫，低下头，紧张地左顾右盼。我正不知如何是好，远处突然一阵骚乱。老板的注意力马上被吸引过去。那是我们的小小哨兵发现了可疑分子，几个探头探脑的家伙。老板立即示意大家跑过去一同对付入侵者，我们立即冲了上去。

入侵者是几个獐头鼠目的家伙，他们探头探脑不过是想看看在我们的工作场可以占点什么便宜。此时，他们见到我们集体向他们冲来，吓得扭头就跑。

大多数同事，跑到工作场边缘就停住了，伸长脖子，怒目注视着入侵者逃窜的身影，只有我和另外两个同事追了上去，入侵者不敢回头，我们一口气将他们追出老远。等我们回来的时候，老板已经忘记了我偷懒的事，他看到我们凯旋的样子，甚至高兴得跳了起来。我猜他本来想和我们一起追上去，但他克制住了自己。他又回到隐蔽的地方去了。

经过一番折腾，已到了午休时间，我们要去吃东西了。对同事们而言，这是个轻松愉快的时刻，我们互相招呼着，小步跑向吃东西的地方。

吃东西的地方在工作场的外围，它与多个工作场接壤，是一块中立的土地。我们跑到的时候，已经有其他工作场的家伙在那里了。他们看到我们，就停下来，伸长脖子注视着我们，并不友好。我和同事们也都伸长脖子，对这些家伙回以愤怒的目光，而后一步步朝吃的东西走去。他们见我们如此坚定，害怕了，一点点朝后退去。我们大吃起来。过了一会儿，被赶开的家伙等急了，他们一步步朝我们压来。这一次他们比我们坚定，我们退缩了。经过这样十几次的拉锯战，我们终于吃饱了，吃饱之后，我们感到精神百倍，高高地跳了起来！

午休的时间刚过去一半，有些同事选择去排便，还有几个同事要回工作场趴一会儿，我跟余下的两个同事决定去散步。我们沿着工作场的外围小跑起来，渐渐地，我们偏离了工作场椭圆形的弧线，跑到了大草坪上。一个同事在草坪上欢快地打起滚来，另一个同事伸长了脖子，朝我们的工作场张望，不知想看什么。我呼吸着草坪上清新的空气，继续向前走，走向草坪深处。

我看到一个人站在草坪的中心，一下产生了好奇心，不假思索便朝他跑过去。等跑到他跟前时，我发觉这人的个头非常高，我得用力仰起脸，才能看清他的面目。他很瘦，两只胳膊出奇的长。我盯着他，突然有点后悔，想要逃走，但他已经发现我了，开始对我说话。我听不懂他的话，可我被他的声音吸引住了，我紧张地注视着他的口型，认真地聆听。我想让他知道,我在听,而且我能听懂。

"我站在这儿,就像一架飞机,我有我的乘客,但是他们不是真正的乘客。我把他们带上高空,然后他们会背着降落伞往下跳,一个接一个,一个接一个,他们跳向一片无边无际的空白。他们就像种子,等他们着陆后,就会从那里生长出奇妙的东西,一些风景,他们变成了风景。我会继续飞,飞到一个更遥远的地方,那里有真正的乘客,货真价实的乘客,我把他们带上高空,把他们带向这里。他们没有降落伞,他们不会一个接一个跳向空白,但他们会观赏沿途的风景,就是那些跳伞者变出的风景。我希望他们能看到美妙的风景。"

在陌生人说这些话的时候,我完全僵住了,睁大了眼睛,我什么也没听懂,但身体却无法动弹。我隐约意识到了危险。"我遇到了坏人?我被催眠了?我会挨揍吗?我会被带走吗?我会死吗?"我紧张地思索着。

"那么,愿意做我的乘客吗?"陌生人向我发出邀请。可我无法回答,也无法跑开,我一动不动。我害怕。

我想我是在陌生人消失后许久才恢复正常的,他好像问了我好几次:"愿意做我的乘客吗?"但那也可能是我的幻觉,在工作场外的草坪上,我们常常陷入幻觉。在我神智恢复的时刻,我发现自己正蹲在地上,摆出一副大鸟即将起飞的姿态。这姿态仿佛是要说"我想飞",不,不,我摇摇头,转回身打算返回工作场，这时我注意到我的两个同事正在不远处观察我，他们是在为我担心。我朝他们跑过去，他们见我安然无恙，高兴地围着我小跑起来。为了回应他们的好意，我飞快地原地转圈，直到头晕眼花，摔倒在地。

午休结束，我们跑回工作场，我还没有从方才的历险中恢复过来，我站在我的角落里，看着我的汗水啪嗒、啪嗒落在地上，我注视着我的汗水，它们被工作场迅速吸收了。我又开始同工作场搏斗起来——"我会虚脱吗？！"

就在我忘我工作的时候，又是一声巨响，"砰"！我惊得跳了起来，其他同事也和我一样，我们都用力伸长了脖子。这一次，响声是从老板隐蔽之处的方向传来的，我们一起朝那里跑去。老板正在他隐蔽的地方站着，伸长了脖子，紧张地观望着。我们同他一起观望。但是，什么也没出现。我们放松下来，但老板仍然用力伸长脖子，他受了惊吓，无法让自己放松下来，他神经衰弱了。我们只能把他留在那里，悄悄退回到自己工作的角落。我们一边与工作场有节奏地搏斗，一边偷偷瞅着老板的隐蔽之处的出口。过了很久，他走出来，显得精疲力竭，他扫视了我们一下，而后低着头朝他的家跑去。他需要休息，需要睡眠。

老板走后，我们围成一圈，玩起了一种叫作"我们还行"的游戏，玩到最后，我们跳起了集体舞……与其说我们忘记了工作,不如说工作自己升华了,我们跳啊跳啊,一圈又一圈地转着,一直跳到夕阳西下。收工的时间到了,我们狠狠拍打一下各自负责的角落,以拼命点头的方式相互道别,之后分头朝着自己的家跑去。

  在回程的途中,我不由想到,我将在家里睡上一觉,做一个梦,接下来"明天"就会到来,我又将跑向工作场,迟早有一天,我们的工作场会变得极其光滑又富有弹性,我们毫不费力就可以在上面飞速游走、腾跃,我们将与我们的工作场融为一体……想着想着,我的身体充满了力量,于是我又奋力跳了起来!

数学家和狗

"费尔尼科夫,俄裔数学家,一个十足的悖谬。他在一生大部分时间里扮演白痴的角色,言语混乱、举止粗暴,喜欢不停吐口水、当众脱裤子、突然推倒身边的人。但是,在人们对其失去耐心,要将他逐出研究院,送往医疗机构之时,他会拍一拍脑门,从嘴里吐出半截粉笔,在一块小黑板上写下一段奇妙的证明、一个难题的解、一串只有顶尖数学家才能勉强理解的公式。他写字的速度很快,粉笔总是湿漉漉的,但他的字迹娟秀,一点不狂乱,倒像出自一位女士之手……"

勃纳尔把这段关于费尔尼科夫的简报反复读了几遍,令他沮丧的是,他们的情况有着根本的差异。勃纳尔儿时就显示出极高的数学天赋,曾是公认的数学神童。他12岁就领会了数论的精髓,15岁便对证明庞加莱猜想做出过决定性贡献,17岁进入巴黎第六大学执教,19岁成为该校最年轻的教授。有人将其与伽罗瓦、阿尔贝相提并论。他在数学世界横冲直撞，屡有斩获。他坚信自己是为数学而生。然而，在22岁那年，他的智力发生了大幅度滑坡，那以后他再也没能取得任何成绩，更糟糕的是，他正在逐渐变成一个傻子。

那个转折点是非常清楚的，当时他在学校的一间阅览室翻看黎曼的著名论文《论小于一个给定值的素数的个数》，实际上，这篇文章他几乎可以背诵了，他一直在为证明黎曼假设做着准备，但是始终找不到切入点。他记得，那天阴风怒号，不过风声反而烘托出阅览室中宁静的氛围，在他对面有一个被烧伤毁容的人，那人用一只残废的手费力地翻动着书页。他忽然感到疲倦，头脑陷入一片混乱，被迫停止了思考。他以为休息一下脑力就能恢复，但出乎他的意料，从那时起，他的头脑开始崩溃。起初，他发现自己对一些学生和数学爱好者提出的问题变得束手无策，什么"一个已知四边形的所有外接椭圆中，哪一个与圆的偏差最小？""如果 x 为正变数，x 取何值时，x 的 x 次方根为最大？"从前他能迅速给出条理清楚的解答，而如今面对它们只觉得茫然，仿佛自己从没学过数学。再后来，他失去了基本的心算能力，甚至看着表针也读不出时间来。他曾寻求心理医生的帮助，但他很快被告知，他的问题不是心理上的，而是纯智力上的。他去医院做检查，没有发现任何器质性损伤。

勃纳尔找出各种理由逃避授课、不参加学术会议、不提交研究成果，凡事能拖就拖，就这样，他在大学里又熬了三年。最后他忍不住去找他的导师杜仑尼教授诉说苦衷。他的表达能力也在退化，倾诉时磕磕绊绊、语焉不详。老朽的杜仑尼坐在一张大写字台后，拆解着一根圆珠笔，将里面的小弹簧取出来拿在手上玩弄着。听勃纳尔说了一通之后，杜仑尼语调平缓地说："年轻人，创造者都要学习衰老和枯竭，数学天才更是如此，这需要很好的哲学。假如你再也不能独自冲锋陷阵，就加入一支军队，作一名伙夫，当一个匠人，做一些敲敲打打、零零碎碎的工作吧。"勃纳尔听后只有苦笑，他对老师的忠告表示感谢，而后告别杜仑尼，到校长办公室提交了辞呈。

除了数学，勃纳尔几乎什么也不懂，更何况他的智力状况已然糟糕透顶，他不可能再找到其他工作。为了起码的尊严，他决定对亲人、朋友保守秘密，于是断绝了与他们的联系。他独自躲在巴黎郊区的一所小公寓里，靠积蓄度日。除了看着电视发呆，他什么也不做，有时莫名其妙地发出一阵大笑。

他很羡慕费尔尼科夫，事实上，他们的区别仅仅在于才智的分布情况，费尔尼科夫的才智分散在一生的许多点上，其他时候他是白痴，而他的才智集中在22岁之前，以后他将是傻子。这种分布上的差异决定了两种迥然不同的命运，费尔尼科夫被归为怪才，而他将成为一个可笑的失败者、一个彻头彻尾的废物。有时他想，如果亚历山大大帝33岁时没有死于尼罗河病毒，而是被夺去了智力，那么他将如何面对他的军队和帝国？他想他就是这么一位处境尴尬的亚历山大。

一天，勃纳尔外出买面包，在路边的地摊上，他发现一本名为《卧轨实用指南》的精装书，书的封面图案是一位流浪汉枕着松软的枕头横躺在铁轨上，双目微闭，仿佛在享受清新空气，四周景色优美，犹如一处秘境，令人神往。他当即把书买下。

他还认得书上的字句，这让他庆幸。回首童年，他是先掌握数学语言，而后费了很大力量才学会日常书面语言的。而今看来，辛劳换来的能力是可靠的。这本《卧轨实用指南》的中间有将近40页空白，这可能是书商为骗钱搞的把戏，也可能是装订时的纰漏，但它的确实用。几个星期里，他在书页上圈圈画画，一个计划逐渐成形。他选择了从巴黎到图卢兹之间的一段铁道。书中附有详细的地图、相关列车时刻表，以及几点注意事项。他把书和一只羽绒枕头放入背包，穿着一件宽松的睡衣上路了。

由于身穿奇装异服的人士很多，勃纳尔并没引起路人太多的注意。他的行程很顺利，没花多少时间便找到了他所选中的地点，那是一段缓坡，路基不高，铁道两边是荒野，荒野中绽开着一些叫不出名字的紫色小花。他打开背包，取出枕头，拍一拍放在铁轨边，伸个懒腰，躺了下去。他仰望着阴云密布的天空，尽量什么也不想。不久，下雨了，虽然是蒙蒙细雨，但他的衣服很快就被淋湿了。他浑身不舒服，心里有些烦躁。这时，从荒野中钻出一条狗，它很从容地走到勃纳尔身边，趴下，又翻了一下身，侧卧在铁道上，脸朝向他。

这是一条边境牧羊犬，脸的两侧和耳朵上的毛是黑色的，就像戴了一副面罩。勃纳尔看着狗，很纳闷。他做手势驱赶它，但它一动不动。它注视着勃纳尔，目光安详。"你也想死吗？"勃纳尔站起来，拿起枕头，迈过狗，朝前走几步，再次躺下。狗也站起来，跳过他，再躺下。如此反复了两次。勃纳尔想到，这条狗也许是要替他抵挡即将开来的火车。这个想法让他哭笑不得。又过了大约一个小时，勃纳尔听见从铁轨中传来火车的轰鸣声。狗仍然安静地躺在哪儿。

勃纳尔感到计划遭到了破坏，便决定暂时不死，他站起身，拎着背包离开了铁道。狗也尾随他走开了。没过一会儿，列车呼啸着开了过去。勃纳尔的枕头被火车兜起的劲风吹出很远。勃纳尔心思恍惚，这条狗成了他接下去的行动向导。他跟着狗走上荒野中的一条小路，穿过一片歪七扭八的树林，来到一座静悄悄的小镇。狗钻进一家咖啡馆，勃纳尔也跟了进去。

咖啡馆的长条形柜台后面，站着一位面色苍白的年轻侍者，他正在一张纸上记录着什么。在一个角落里，有个老人正低着头打盹，他的胡须很长，一直垂到膝盖上，卷曲着就像一只小猫。狗走到老人脚边趴下，吐出舌头，喘着气。勃纳尔在柜台前坐下，要了一小杯白兰地，抿了一口，随后问道："那狗是怎么回事？""哦，您说它吗，它叫拉孔德雷，是条怪狗。"侍者说。"怎么个怪法？""它喜欢在铁道上巡逻，搭救试图卧轨的人，真邪门儿，来这附近卧轨的人非常多！我们过去以为是铁道员训练拉孔德雷这么干的，可是铁道员不承认，他说没这回事儿。"说话间，侍者做完了他的记录，仰起脸。勃纳尔注意到，侍者的脖子上挂着听诊器。"您是医生吗？"勃纳尔有些惊讶。"不是，我无缘成为医生，我只是喜欢听一听自己的心跳，我有这个爱好，听听心跳，没事儿的时候，我还记下每分钟心跳的次数，然后进行一番整理。"侍者笑了笑。勃纳尔的目光转向侍者手边的那张纸，上面写有一串数字：67、71、73、79、83……刹那间，勃纳尔像从一个长梦中醒了过来，黎曼假设的证明清晰地浮现在他脑际，这是一个完美的证明。他抓起背包，从里面掏出那本《卧轨实用指南》，翻到其中的空白页，拿过侍者刚刚搁下的钢笔，开始奋笔疾书。

　　侍者并不介意勃纳尔的举动，他取出一只圆形铁盘，又从橱柜里拿出一根香肠放在盘中。拉孔德雷摇着尾巴凑过来，侍者把铁盘放在它面前，拍拍它的头。拉孔德雷静静地、津津有味地吃起来。

四十书店

在海滩上,大学生杜松和吕安在缓慢地走着。他们肩上扛着大背包,正要开始一次长途旅行。

此时还是清晨,海滩上只有几个赤着脚捡拾贝壳的小孩。天空是阴沉的,看不到太阳,海面平静而晦暗。

吕安闭上眼,他只能听到海浪有节奏的唰唰声和轻微的脚步声。

"真安静。"他说。

"出来得太早了。"杜松说。

"咱们还回来吗?"这已经是吕安第二次问这个问题了。

"可能会回来,但边境离这儿很远。"

"你以前到过边境?"

"几年前,我自己旅行时接近过边境。不过没人告诉我边境就在前面,我也没拿地图,更没看到界碑一类的东西。我只是感觉自己正在接近边境。"

"是什么感觉?"

"类似告别的感觉,向身后的景物告别。但就在那时,我止步不前了。我停留了一会儿,然后改变方向,我走了一条弧线,是一条倒退的弧线。"杜松说着,在空气中画了一条弧线,弧度非常大。

"为什么倒退?"

"因为体力不支吧,边境对我好像也失去吸引力了。"

他们逐渐离开了海滩,转向通往市区的小路。这是一条平缓的上坡路,路由岩石板铺成,偶尔会有几节石阶。路上还没什么行人。

"这次咱们会走到边境吗?"吕安又问。

"争取走到吧,不然旅行就没什么意思了。"

"不走到边境,旅行就没什么意思?"

"当然是这样。"

"那咱们会跨越边境吗?"

"不知道……很难,边境另一边比你想象的远得多。"

"我现在非常想越过边境。"

"是吗?"杜松回过头,望望已被甩在身后的海岸。海岸在阴霾下显得格外清寂,再转一个弯,它就要彻底消失了。

"现在几点了?"

"八点一刻。"

"火车得中午才发车,这会儿去车站太早了。"

"咱们可以找个地儿待会儿。"

"去什么地方?"

"四十书店?"杜松说。

"那地方不错,我在那儿买到过不少好书。而且店里摆着椅子,不买书也可以坐在那儿看。"

"是啊,那儿还有个很漂亮的女店员。"

"女店员……"吕安对杜松说的这位女店员并没有很深的印象,在他记忆里,她只是挺亲切,但并不漂亮。他又想,他见到的女店员也许不是杜松提起的这个。之后,他模模糊糊地记起,在那家书店里的确见到过一个很美的女孩,但他不知道她是四十书店的店员。

"你没印象?"

"一时想不起来,一会儿见到就知道啦。"

"别假正经了。"

"没有,怎么会呢?"此时那个女孩的形象已经在吕安的头脑中清晰起来了。

"说来奇怪,我从来没见过四十书店的老板。"

"我也没见过。"

"今天没准儿能见着。如果今天见不着,以后大概也没机会了。"

"是啊，就当是去四十书店告别吧。"

他们走进一条狭长的巷子。巷子的一边是一堵一人多高的土墙，另一边是一排平房的后墙。这些平房的后窗都拉着浅色的窗帘，由于天阴，有的房间里还点着灯。巷子的尽头依稀有一片朦胧的亮光。

吕安没走过这条路，他只是下意识地跟着杜松走。

"我还带了一本从四十书店买的书，就在背包里。好多年前买的，一直没看完。"杜松说。

"是讲什么的？"

"很难概括，"杜松思索着，"是讲'现在开始了'这种游戏的。"

"什么意思？"

"嗯，实际上'现在开始了'是种把戏。"

"我不太明白。"

"一个人站在那儿，他决定开始干某件事，接着他有了行动。这时候，'现在开始了'这种把戏就上演了。无论他采取什么姿态，都没法抽身而出。"

"他可以停下来……"

"很难停下来，即便停下来，也留有痕迹，根本没办法。沉默、终止、遗忘，都没用。"

"那就继续下去,看看最后能怎么样。"

"最后会把这个人挖空的,留下一个洞在那儿。这样的人数不胜数,所以世界上已经遍布这样的小洞了。"

"那又怎么样?"

"不能怎么样,世界太大了,这样的小洞再多,也只占很小的一块儿。"

"你为什么对这书感兴趣?"吕安感到疑惑。

"因为我也被'现在开始了'这种把戏绕在里面了,我想出来。"

"书的作者没有陷入这种把戏?他自己脱身了?"

"不清楚,他没有讲。"

"这像是自寻烦恼。"吕安这么说是因为他感到自己没法把握杜松所讲的东西。

"有可能。"

"你打算在路上继续读?"

"想在火车上看。"

说话间,他们已经拐入另外一条小巷。吕安发现,这条小巷对他而言,同样是完全陌生的。

"可以给我看看吗?"

"现在看?书在背包里塞着呢,不好拿。"

"正好休息一下……"吕安停下脚步。

这时,传来一阵自行车铃声。一个邮递员骑着车,从不远处的岔口拐了出来。吕安认识这个邮递员,他经常往宿舍送信。邮递员也认出了他。

"吕安,有你一封信。"

"有我的信?"

"我刚送到你们宿舍的邮箱里,你回去看吧。"

"您记得是从哪儿寄来的吗?"

"对不起,我没注意,你回宿舍自己看吧。"邮递员说着,已经绕过了他们。他在自行车上左右摇晃着,好像随时会摔倒一样。

吕安想不出谁会给他写信。他挺好奇。

"回去取信吗?时间还来得及,你把行李给我,咱们一会儿在火车站见。"

"那不去四十书店了?"

"不去了。"

"还是去书店吧,我不取那信了。"吕安说。

他们继续朝前走,只是不再交谈。吕安在思索究竟是谁给他写了信,信里会说些什么。"没准儿是很紧急的事。"这个念头困扰着他。

等吕安回过神儿来,发觉他们走到了一片似乎荒废已久的工地。工地上四处散落着碎砖,还有几座小沙堆。前方是一座没有完工就被弃置的水泥建筑。

"这条路到四十书店？"

"这座废楼后面就是四十书店。转过去就到了。咱们先歇会儿吧，我给你看两样东西。"杜松从肩上卸下背包，打开，从里面取出一把小铁铲。他的动作缓慢，显得从容不迫。

"天阴得厉害了，可能要下雨，咱们还是快去书店吧。"

"不着急。"杜松开始用铁铲在地上挖起来。

吕安看着杜松，感到莫明其妙，"你挖什么呢？"他问。

"等会儿你就知道了。"杜松挖的是沙土，所以一点也不吃力。

吕安只好把背包放在地上，站在那里等着。

过了五六分钟，杜松停止了挖掘，他把铲子放在手边，从沙坑里掏出一只棕色的盒子，上面有几个黑色的金属旋钮。

"这个东西可能叫'收音机'，1906年你会把它发明出来。"杜松注视着吕安。

"开什么玩笑？"吕安说。

"还有呢，你再等等。"杜松说着，将"收音机"往旁边的沙堆上一抛，接着往下挖。这一次他花了挺长时间，沙坑越挖越大。

吕安忍不住凑过去。沙坑里已显露出一只灰蒙蒙的玻璃罩子，可以看出，它连接着一个黑色金属壳，衔接处的缝隙里塞满了潮湿的沙砾。

"这是什么？"

"可能叫'电视机'，你将在1924年发明这东西。"杜松停下来，坐倒在沙地上。

吕安望了望沙堆上的"收音机"，那东西显得又轻又软。

"我以后会发明这些东西？"他问杜松。

"是啊。"

"这算游戏还是把戏？"

"不是什么把戏，你会发明一些东西也没什么可奇怪的。现在咱们去书店吧，已经快十点了。"杜松站起来，掸掉粘在身上的沙土。

"我想还是回宿舍收一下信，万一有紧急的事呢。"

"那把包给我吧，一会儿火车站见。"

"没关系，我自己背着吧。"吕安说完就急匆匆往回走。他又走进那片街巷，因为路不熟，多绕了几个弯。等望见海岸时，他迅速回头看了一眼，杜松没有追上来。他松了口气，加快了脚步。

吕安径直走到海岸边的一处码头上，一艘小型渡轮即将启航。他没有犹豫就买了一张船票，登上了渡轮。他并不急于钻入船舱，而是站在甲板上，注视着海岸。他仍然感到不安。终于，船开了。等船开出一小段距离时，他看见杜松朝码头跑过来，边跑边向他挥手。杜松的神情十分焦急，手里晃动着一只米黄色的大信封。信封上有一道撕裂的口子。杜松在喊着什么，但是海风将他的声音吹散了，吕安什么也听不清楚。

船远离了海岸。杜松站在码头上，已变成一个模糊的小点儿。

"下一班船什么时候启航？"吕安问一个船员。

"不清楚……大概一个月以后吧。"船员支吾着。

吕安将背包放在甲板上，活动了几下肩膀。他仍在为那封信忧虑。海风迎面吹来，夹带着寒意，他想下到船舱里，于是转过身。这时他看见了那个可能是四十书店店员的女孩。她也已经认出了他。

"你是四十书店的？"

"是啊，昨天我还寄了一份新书书单给你，收到了吗？"

"书单？"

"对，上面是所有新书的书目。你留过姓名地址的。"

"啊，我想起来了……信封是什么颜色的？"

"颜色？米黄色的，怎么了？"

"没什么，随便问问。"吕安说。

跑

我有时状态好,有时状态不好,状态不好时,我就想讲几件自己的事儿。

可能每个人都有在体育课上练习短跑的经历,两个或三个同学并排站在跑道上,躬着身,抬头向前看。体育老师站在终点,吹一声哨子,把手一挥,学生就开跑。体育老师掐着秒表,其他同学望着正在奔跑的人胡聊乱侃。跑道上也许还会扬起一阵尘土……我上小学时,我们的体育老师姓程,是个粗壮的男人,头发蓄得挺长,在我印象里,他总穿一身紫色运动服。他的侄女叫程小昆,是我同班同学,她学习不太好。记得有老师说过:"程小昆这孩子有点皮!"确实,她是个皮实的孩子,但她特别害怕她叔叔。老师们发现她的这一弱点之后,就经常威胁她:"再不认真学,就叫你叔叔来!"有一回,一位老师为了惩罚程小昆,就让一个同学去把程老师叫来。程小昆当时吓得痛哭流涕，苦苦哀求，但那位老师表示，再也没有理由原谅她了。程老师来了，我们全班都感到不安，他揪着程小昆的头发，走出了教室。就在教室门口，他扇了程小昆一个大耳光。我对小学的记忆可以总结为"72个瞬间"，这算其中之一。

  我记得那次跑步课是在一个秋天的上午，我站在跑道上，看见程老师大手一挥，就拼命向前跑去。我觉得我身边的同学只比我快一点儿。我听到后面观跑的同学们在哈哈大笑。我不知道是怎么回事儿。到了终点，我发现程老师正眯缝着眼打量我，好像在问："你小子是不是故意的？"我望着程老师，不知所措。"你知道他们为什么笑吗？""不知道……"我说（我现在都可以想象自己那时候的天真神情）。"你可以去参加'世界滑稽跑大赛'！"他带着恶意的微笑说。"世界滑稽跑大赛？""你跑步的样子太滑稽了！""我有点儿罗圈腿。"我显得挺无辜。"是吗？"程老师把我拉到一边，让我把两腿并拢。我依他说的做了，他看了看，思考了一会儿，然后说："不像罗圈腿啊……"从那天起，"世界滑稽跑大赛"就印在了我的心里。前不久，我看到这样的一个问题："身为北京市民，你能为奥运做点什么？"我一下就想到了"世界滑稽跑大赛"。我还想象自己站在领奖台上，看着五星红旗升起……

  程老师还曾经给我们放韵律操的音乐，让我们任意做动作，他要选出好的动作，编成一套体操。同学们随着音乐扭动起来！

我做的是不停抡胳膊的动作。直到现在，我一听到特有节奏的音乐，就双腿发软，浑身发冷，连走路都困难。

其实在"滑稽跑"事件之前，我跑步姿势的滑稽性就已经暴露出来了。小时候，我们全家周末经常一起去天坛公园散步。有一次，在松树林里，我感到浑身是劲儿，就奔跑起来。我模仿着猎豹的动作，双手五指夹紧，快速划动着空气。等我跑累了，停下来，我爸问我："你怎么那样跑？""我在学豹子。"我说。"你可得注意跑步姿势了。"他说。就在那一时期，我听到有人说我："可能是有点罗圈腿……"

初中时，又得上跑步课。简直像噩梦一样，每当有老师或同学问我为什么跑得那么怪，我就以"罗圈腿"作为解释。后来，同学们都叫我"罗圈儿腿"。我的朋友——我们叫他"肚脐眼儿"——在应我请求认真观察了我的跑步姿势之后，向我指出：我跑步时总是把脑袋歪向一边，这可能就是最重点的可笑之处。我回想了一下，我跑步时的确爱把脑袋向右侧歪，我总觉得那样可以提高速度。附带说一下，我那时还经常画漫画，画罗圈腿和肚脐眼儿的故事，在同学们中间深受欢迎。

我以前相信，我的滑稽是可以通过矫正克服的。事实上，我的许多举动都会引起欢笑。上初中时，我的早操动作就特别有趣味。有个同学还严肃地告诉我，以前他觉得上早操是件特痛苦的事儿，后来他用心看我做早操，于是就找到了上操的乐趣。我们班主任是个严厉的老头儿，有几次，他让我下操后在楼道里把体操再做几遍，他站在旁边仔细看，找出其中的毛病，然后让我纠正。我在楼道里做操，吸引了众多同学围观。就这样，经过一段时间的努力，我的动作不那么可笑了。"他现在做操都没意思了！"有的同学很遗憾地说。但我可笑的地方仍然很多，从小学时代，我朗读课文就总能逗得全班同学大笑不止，我想这和我说话没有重音有关，但无论我怎么注意，总是无法获得重音。而在初高中时代，许多同学对英语课的兴趣，正是由我的英语发音培养起来的。直到上大学时，我读英语仍是一绝。我们的英语老师是位满头银发的老太太，南方人。为了表示学好英语的决心，我每堂课都坐在第一排，眼对眼地盯着老师，但我并没因此多记住一个单词。有一次，她让我念一个例句。我念了一遍，其中有个单词"Caricature"。她让我把这个单词再念一遍，我不得不硬着头皮念道："卡瑞卡啜儿。"同学们大笑（总有人笑容中带着些许惊异和好奇）。她请我再念一遍，于是我又念了一遍"卡瑞卡啜儿"，同学们又笑。她斜着眼观察我，请我再念一遍。我低下头，盯着铅笔盒，那是我从高中一直用到大学的一只蓝色铁皮铅笔盒，上面还贴了许多贴画儿，我想把这个铅笔盒砸到这位慈祥的老奶奶英语老师的脸上。我们就这样僵持了10秒钟左右，如果时间再长一点，铅笔盒就很有可能砸过去。也许她意识到了这种可能性，让我坐下了。我逐渐认识到，在我身上有某种滑稽的东西，它总要表现自己，不是在这里就是在那里。我把这种现象称为"滑稽之谜"。

　　长期以来，如果不是迫不得已，我是不会跑动的。熟悉我的朋友会发现，我赴约总是早到半小时左右，那是因为，我害怕被人看到我因赶时间而奔跑的样子。我最后一次奔跑还是在大学四年级的时候。我永远忘不了那个午后，我和一个中文系的女同学一起吃饭，我不知道她能不能算是我那时的女朋友。我记得我点了一盘"百年好合"，其实就是西芹百合，我当时可能还希望和那个女生"百年好合"吧。我们吃饭时说了些什么，我完全没印象了，只记得百合又甜又面，很难吃。后来，她生气了，走了出去。我在后面追，一边追一边央求。她竟然跑了起来！于是我不得不跟着跑。她个子挺高，跑得飞快，我不撒开腿跑是追不上的。我克服心理障碍，谨慎地跑动起来，边跑边想着正视前方，不能歪脑袋，双膝用力向内。随后我就听到路上的行人在笑，我回头望了一眼，路旁一位大婶正看着我乐。我停下来。那个女生也听见笑声，转过身看是怎么回事。她不明白出了什么事。我站在那儿一动不动。

　　参加工作以后，我认识了一个学法律的女孩。我告诉她，我不会跷二郎腿。她问我："你是不是小时候经常打针？""对啊！""那你是臀大肌挛缩。""臀大肌挛缩"，这大概就是谜底。"我以前也是臀大肌挛缩，后来去做了手术，就是在臀部打两个洞，刚做完手术，腿能一下抬到头顶。"她说着做了个抬腿的动作。此后，我一直犹豫是否去医院在屁股上打两个洞。我想，我跑步姿势滑稽，走路抬不起腿可能都是因为臀大肌挛缩。我对"臀大肌挛缩"这个医学术语着了迷。我曾想写一篇小说，模仿"莫格街谋杀案"，不同的是，我的主人公不会推理，他唯一的特点就是臀大肌挛缩，还有，凶手并不是一只猩猩，而是一头大象。我脑海中出现的是一位臀大肌挛缩的侦探追逐一头大象的景象。

今年年初，有位阿姨给我介绍对象，她把女方的手机号告诉了我。我在给那个女孩的短信中写道："我有点驼背、秃顶，走路拖拉地。不会开车也不想学开车。没车没房，也没有稳定收入。"那个女孩在回信中写道："无论你是出于什么目的，有什么原因，你这样说话都不像个成年人，你或者是幼稚，或者是心理阴暗！"我再没说什么。我想，如果我告诉她，我从来不"跑"，那会怎么样呢？

很多人对我说过诸如此类的话："你怎么像个小孩一样啊？""你这样一点不像个成年人。"每次我都由此联想到萨特，想到那张他在雾气中斜眼儿抽烟斗的照片，想到他的那句或许没有意义的哲学口号："存在先于本质。"我当然不想用这些为自己辩护，我只是想到这些而已。我爸妈得知我是臀大肌挛缩之后，常提醒我按摩自己的臀部，当我们一同走在路上的时候，他们就会说："揉揉、揉揉……"

内在艺术

赫尔贝 30 岁的时候，在一篇短小精悍的论文里阐述了内在艺术这一概念，当时的他还经常参加艺术家们的活动。他是个怪人，无论什么场合，总爱穿一件灰色雨衣，说话之前先冷笑几声，思考时拼命咬自己的无名指。艺术家们之所以乐意见到赫尔贝，表现出对他的尊重，只是因为他的父亲是一位能够在艺术品市场兴风作浪的收藏家，一位富翁。

但是，赫尔贝并不是出于崇敬之情才去接近艺术家们，他是个观察者，他冷静旁观，以找出他们的问题所在。当人们提到某位被写入艺术史的大师时，他总表现出不以为然，他常说，艺术史只是一厚本行文晦涩的广告册，其中夹杂一堆小画片。"不要把艺术搞成'哼哼唧唧'。"这是他的另一句口头禅。

这样的桀骜不驯惹恼了一些人，在一次"雅各布·贝里尼作品讨论会"后，黑斯廷斯爵士质问赫尔贝，他对艺术作出过什么贡献，他懂什么？"我将用一篇论文回答您的疑问，爵士。"赫尔贝如是回答，几个星期之后，他那篇关于内在艺术的文章发表在《风潮》杂志1927年第3期上。他写道："艺术创作完全可以在内心进行，人们可以在脑海里画一幅画，或者在心中浮现一曲想象乐。"在文章的结尾，赫尔贝宣布，他将在其余生从事这一内在性的艺术实践。

他说到做到，此后三年间，赫尔贝作了36首大提琴曲，画了27幅油画，写了一部长篇小说，建造了一座洛可可风格的教堂，当然，这些作品只停留在他心里。人们常看到他坐在某处，冥思苦想，如果有人过来和他闲扯，他会说，对不起，我正在调色，或者我在写一段对白……这招来了嘲笑，但也对一些人有所启发。这倒使他成了议论的话题。赫尔贝对此毫不在意，他认为，人喜欢褒贬，就像狗喜欢吠叫，只能将之作为一种自然现象来接受。可是，他陷入了另外的困境，他的辛勤创作导致了某种神经衰弱，他的脑海里有一幅画总也完成不了，在它面前，他想象的画笔失灵了，颜料成了透明的，无论添加多少笔，画面仍旧保持草图的样子，并且挥之不去。他一闭眼就看见它。在万分痛苦的时刻，他告诉朋友，他画的是一幅静物图，除此以外他再不肯透露半句。

在医生的建议下，他住进了一家海滨疗养院。在这里，他遇到一位名叫沃丝妮娅奇的丹麦少女。她比他小15岁，瘦弱，有一双大眼睛,她正受到一种怪异的幻觉困扰。她说每当她奔跑,都会有九头红色的公牛环绕她、追逐她,它们能够穿过树木和墙壁,所以她一直在脚腕上绑一条白色的丝带,提醒自己不要跑。他们一起散步,他听她讲述病情,从山间草地到海滩。他有时让她跑跑看,她说她不敢。渐渐地,赫尔贝遗忘了那幅无法完成的画,一旦遗忘,它便彻底消失了。一年以后,赫尔贝与沃丝妮娅奇结为夫妻。

在疗养院期间,赫尔贝从朋友送来的一本《风潮》上看到了这样的消息:指挥家迪朗波受到艺术批评家赫尔贝的启发,在古加林音乐厅指挥一支想象中的乐队演奏了莫扎特 G 小调第 40 号交响曲。在同一本杂志的另一页上,有一张黑白照片,三个光头、身形魁梧、下巴颏突出的中年男人,赤裸上身坐在狂飙画廊的展厅中,露出发达的肌肉,神情极其凝重。照片下方有一行小字:"他们把画作供奉在脑中。"

看过这两条报道,赫尔贝死死咬住了自己的无名指。当天夜里,他便撰文抨击了迪朗波和那三位光头男士的举动。他强调指出,内在艺术的关键在于将艺术与表演、展示分离开来,在这一点上,受到他启发的人无疑是不得要领的,他为遭到误解而痛心。

此文发表后,并未引起笔战。迪朗波只是说,他的那次演出不过是一场游戏,一种严肃工作之外的调剂。而那三位光头壮汉则销声匿迹。内在艺术没有成为时髦。

赫尔贝痊愈之后，离开疗养院，回到那些艺术群体中间。在一次有点邪门儿的降神会上，哲学家夏尔·贝洛忽然向赫尔贝发难。这位哲学家的脸部刚做过手术，一条留有明显缝合痕迹的刀疤更平添了他的狡黠，他问赫尔贝："如何区分从事内在艺术的人和一个浑浑噩噩的傻瓜？"赫尔贝冷笑两声，果断地回应道："不存在任何标准。每个人在每一时刻都可能在从事内在艺术。"哲学家露出迷离的微笑，眯缝起了眼睛，轻声说："嘘，鬼魂要来了……"

另一次，已经成为赫尔贝妻子的沃丝妮娅奇忽然问道："可是，赫尔贝，当你画想象画的时候不是在向自己展示它吗？艺术仍然没有与展示分离。"当时她正在为他们的小花猫罗特卢夫洗澡，罗特卢夫在使劲挣扎，发出难听的叫声。赫尔贝看着她，陷入了沉思，他咬着无名指在房间里来回踱步。

这是个难题，折磨了赫尔贝两个月左右。他平时有个习惯，每次读一本书总是留下最后一页不读，他把它留在那儿，不去碰它。这样，这些"最后一页"就保留着某种魔力，只有在他遇到难以攻克的关口时，他才翻开它们，翻来覆去仔细阅读。他坚信，无论什么样的问题，总能在他封存的某本书的最后一页找到答案，有时是直接的，有时需要动动脑子拐几个弯儿。这一回给他启示的是一本沙畹 1910 年翻译出版的《访古录》，书的末尾以寥寥几笔记述了一个传说：一些古代隐士在山林中生活，偶尔对弈，但是他们摆好棋盘后，只落几子便收手，屏息凝神、对望一眼，便各自飘然而去。赫尔贝在这一页边上写道："内在艺术或任何意义上的艺术，都可以停止于开始的一刻，当笔意降临，即将如行云流水般推展，又或一个旋律刚要升起，仿佛感觉将随之翻新，赶紧打住。"于是，展示不再发生，而艺术体验也不会有什么损失。

赫尔贝又发表了一篇论文，总结了他的新思想。这篇论文没再引起什么反响。这一年的岁末，赫尔贝的父亲因一种罕见的衰竭症逝世，他死前对赫尔贝说："别打我藏品的主意。"但是，这话等于没说，赫尔贝作为独子继承了其父的全部财产。他很快便解散了父亲的艺术顾问团，随后以十分低廉的价格变卖了上千件藏品。名画、雕塑、瓷器、孤本、出自名家之手的乐器、大师们成箱的手稿，他把它们当作旧杂货抛售给不明就里的普通市民。赫尔贝的举动搅乱了艺术品市场，激起了艺术界、收藏界的愤怒，他们写出一篇篇论文、一本本专著对他进行谩骂，有人还暗示要从肉体上将其消灭。那一时期，赫尔贝收到过上百封恐吓信，结果，罗特卢夫替它的主人赔上了一条性命。一个阳光明媚的早上，沃丝妮娅奇意外发现罗特卢夫倒伏在他们继承来的别墅的阳台上，身体已然僵硬，嘴边有少许白沫。事后，警方证实有人在它的猫食碗里投了毒。

这场风波在半年之后才算平息下来，正当赫尔贝的身心渐渐放松之时，又发生了一件事。那天他正在海洋博物馆的贝壳展厅里欣赏一只南非蝾螺，突然有人拍他的肩膀。他回头一看，是一个留长发的相貌很像老鼠的少年。"您是赫尔贝，我认识您。"少年说。"可是很抱歉，我好像不认识您？"赫尔贝打量着眼前的少年。"没关系，我只想告诉您，您一直在表演，一直在展示！"少年提高了嗓门，他有点神经质，有点愤世嫉俗，他把这句话连喊几遍，而后夺门而出。"我伤了年轻人的心……"赫尔贝想。当他离开博物馆时，天开始下雨，越下越大，而他正好穿着雨衣。

　　赫尔贝未以任何形式回应那位少年，他不再说什么，从此之后他似乎忘记了内在艺术，对于其他艺术，他更是漠不关心。他淡出了人们的视野，去享受另一种生活，他没再说过一句涉及艺术的话。

小弥太的枪术

深尾小弥太的剑术是神奇的，它算新当流、一刀流还是新阴流？实在难以说清，似乎是小弥太自创的流派，他也常说自己是无师自通的。21 岁那年，小弥太就轻松战胜了神道无念流的高手古藤道雄，之后的战绩也颇为可观。但是，更为神奇的是小弥太的"步法"，他所独有的步法屡次帮他化险为夷，在他不敌对手，即将被砍杀的一刻，他总能凭借奇妙的步法逃过一劫。于是，虽然也有不少高手足以将之击败，但总不算完胜，就这些高手而言，也是无法心满意足的。"步法"保住了小弥太的性命，却也给他带来一个恼人的绰号，"逃者小弥太"。也许正因有"逃者"的名声，小弥太没能得到过大名的重用，提起来，也只被当成一个有些古怪的武痴。

到了 30 岁的时候，小弥太忽然决定丢弃太刀，转而习练枪术。他选择了以心流枪术，开始刻苦钻研。这样夜以继日，他感到在枪术上已然有了些功力，一杆素枪，使得有模有样，大概已经超越自己的剑术了，但又总感到缺少了什么，心里不踏实。

有一天，他在后院练枪的时候，发觉妻子在旁边好奇地看着，就收了手，问了句："你看怎么样？"妻子也是出身武士之家，虽然不会舞枪弄棒，但对武艺很有悟性，常能说出有见地的话来。"不行啊！"她摇着头。"怎么不行？！"小弥太被泼冷水，马上急了。"你用太刀很脱俗，用枪却拘泥一招一式，看不出比别人高明在哪里……"妻子讲得诚恳，小弥太也觉得有理，但还是不服气。"什么叫'脱俗'，武艺是以命相搏的技法，不能有分毫含糊，怎么能以脱俗不脱俗来评论？"他就这样把妻子的嘴堵上了。

尽管驳斥了妻子，她的话却烙在小弥太心里，从那天起，他就尽量摆脱招式的束缚，每当感到拘谨时，就停下来想一想。可是，说来也怪，越是怕拘谨，就越放不开，他的每个动作都变得有几分僵硬了。"或许还是功力不够？掌握的招法太少？不够大胆？"他反复思索着，愈加刻苦地练起来。

一次晚饭的时候，妻子似乎有什么心事。他就放下碗，望着她。妻子小心翼翼地问："你再与人对决，要用枪吗？""是啊，练了这么久，当然要用枪。"小弥太说。"那你可能会死啊……"妻子的声音变得凄恻了。这话令小弥太大为恼火。"妇道人家，胡说些什么？！"他拍案而起，朝着妻子咆哮，差点把饭桌掀翻了。"我是怕……""怕什么？我的枪术就那么差劲吗？"妻子沉默了。小弥太提高嗓门说了声："总之我是决心用枪了！"过了良久，妻子忽然沉着脸说："深尾小弥太，自从嫁给你那天，我就已经大彻大悟了！"妻子的话有些不着边际，真叫小弥太哭笑不得。

不知是为了显示决心，还是坚定信心，小弥太在次日的正午，当着妻子的面，在后院挖了一个深坑，将自己使用多年的太刀埋了下去。埋刀的时候，他故作镇静，显出十足的气度，但还是忍不住偷眼看妻子的反应。妻子只是冷冷地望着他的举动，像是在想别的事情，大概她也死心了吧。

自此之后，小弥太常常彻夜不眠，琢磨枪术，发觉有不对劲的地方，就爬起来，在院子里练上一会儿。始终阻碍他的几个难题被逐一破解了，他深感有了些突破。他很想找人切磋切磋，检验一下修习枪术的成果。但是，自从小弥太不再用太刀之后，从前与他一起探索武道的人都渐渐与他疏远了。"这些家伙只想和我探讨剑术，真是短视。"小弥太对这些伙伴颇感失望，也就不想去找他们。正在这时，有人送来了战书，原来是甲斐的一名武士想押上性命，与小弥太较量一下。21岁就轻取神道无念流高手的人，对于想要寻找强敌的武者还是颇有吸引力的。

挑战的武士名叫九鬼震舌,"他的剑术和古藤道雄一样,是神道无念流,在甲斐那样强人云集的地方也要算是一流的。而且他还有个令人恐惧的怪癖——他像地狱里的饿鬼一样,无论吃什么、吃多少都不会感到饱,只有在杀死对手之后,肚子里才会产生充实感。斩杀的对手越是高强,他就越会觉得尝到了美味。他按照美味的程度把对手分成等级,每隔一段时间,就找强者对决,他已经杀了不少人。但是,假若杀的是差劲的家伙,他是会大倒胃口的"。这就是小弥太搜集到的关于对手的情报。"什么地狱里的饿鬼,都是些无稽之谈。"小弥太在心里嘀咕着。

年轻时以剑术战胜神道无念流,如今再以枪术战胜同一流派,或许能说明自己的成绩吧?小弥太抱着这样的想法,接受了挑战,但是将对决的日期延后了。他尚无十足的把握,还须要争取些时日。但是,这么一拖延,反而令他动摇了,接受挑战以后,他每每用枪都感到不顺手,磕磕绊绊。每回拿起枪时,手还是热的,等到放下枪,手便冰凉不听使唤了。过去对决之前可从没如此紧张过。"还没看透吗……"他暗暗想。

决战迫近,小弥太终于坐不住了,他跑去岩手寺拜访溺鱼和尚。溺鱼和尚四十几岁了,也是个武痴,虽然出了家,但对剑术十分着迷。他曾经是小弥太的景仰者,后来与小弥太成了朋友,常常通宵达旦研讨各派武艺。不过,与其他几个伙伴一样，在小弥太声言放弃剑术之后，溺鱼便与其疏远了。

"决战之前想请你看看我的枪术。"小弥太看着溺鱼。眼前这个白白胖胖的矮个和尚多少显出几分冷淡。"就在那边的白沙地上练吧。"溺鱼指指寺院中一块空场。小弥太有些不高兴，握着素枪的手又开始不自在了。他赤着膊，在沙地上练了一趟枪，其间，为掩饰心虚，还大吼了几声。收枪后，手还是冰冷的。

"别这样！"溺鱼冷不丁大喝一声，把小弥太吓了一跳。"这样你只会枉送性命。你用太刀，我只有钦佩可言，虽不是天下第一，但也可以独步一方了，那剑术真是绝妙……"溺鱼眯缝起眼睛，像在回忆，而后又睁大眼睛，严厉地说："可你的枪术呢，真是破绽百出！如果我是你的对手，方才已能把你杀掉七八次了！"

"总说剑术，对我来说，执着于剑术才是死路一条，为了延续我武道的生命，我必须变法，这是没有办法的事情。"小弥太心已凉了大半截，此时他只能安慰自己："溺鱼这家伙老想让我走回老路，所以才危言耸听，说什么破绽百出吧。"

"你有剑术的天赋，这是学不来的，别人苦练几十年，你一步就达到了，这是上天的恩赐，你竟然轻易放弃了，实在令人不解。"溺鱼叹息着。

"我的剑术已经走进死胡同了，自从 21 岁战胜古藤道雄以来，我就没有进步过，之后我打败的那些人，实际上没有一个比古藤更高强。何况，如果用太刀，每当遇到比我强的高手，我就会不自觉地使出逃跑的步法，这才被人叫作'逃者小弥太'的。我苦苦挣扎了许多年，才决心改学枪术，怎么能说是'轻易放弃'？"

"那步法才是最为神妙的。什么逃跑不逃跑？保住性命才是兵法第一要义！你总被虚名负累，将那步法看成自己的弱点，其实那才是你身上最可贵的东西，别人想学也学不来。"

"这步法是虚妄的，靠它保住的性命也就是虚妄的，我必须克服它，哪怕死，也比虚妄好，起码死是真实的。"

"好吧，你有你的想法，我身为一个没有真刀真枪厮杀过的和尚又能多说什么呢？不过照你现在的枪术修为，恐怕是必死无疑了。你用的那些招式，虽然流畅，但没有任何出奇之处，很容易被人看破。毫无胜算，毫无胜算！"

"毫无胜算也没关系。人生不就是因必败而常胜吗？"小弥太出于赌气，故意摆出大将气度，说起了玄虚莫测的话，但是他的心里其实很是委屈，甚至都要哭出来了。

回到家，小弥太心情沉重，想找妻子说说，又觉得有损武者的尊严，就咬牙硬挺着。这时，忽然有大名的家臣来拜访，说是大名对于小弥太同甲斐武士决斗一事很关心，嘱咐他定要奋力厮杀，挫挫甲斐的锐气。这还是头一次被大名关注，小弥太有些诚惶诚恐，跪坐在铺席上，一个劲儿地点头，口中连说:"是!"

如此一来,决斗再不能拖延了,他修书一封,与九鬼震舌订下时间、地点。

"这是个机会啊,"小弥太对妻子说,"没准儿能被聘为枪术教头呢!""是吗……"妻子冷冷地答了句,随即摆出一副大彻大悟的样子。"一定要用枪吗?"许久之后,她还是问了一句。"一定要用枪!"小弥太坚定地说。

对决当日,小弥太起得很早,他一夜没能入睡,脑袋又麻又胀,睁开眼,只觉得迷迷瞪瞪。不知什么时候,妻子已做好了早饭,摆在小桌上。她的动作可真够轻的。小弥太边吃早饭,边向窗外张望。他看见妻子正在回廊下面蹲着,是在喂自家的小狗吗?只见妻子瘦小的身影在晨风中颤动着,好像是在偷偷哭呢。"只知道哭!"小弥太自言自语道。他埋下头,几口把饭吃光,而后整理装束,提起素枪,没吭一声便出了自家的小院。

门外,两个大名派来的武士正在等他。"可不能丢脸啊,深尾小弥太!"其中一个武士说,这家伙可能是暗示小弥太,可不要又使出他独有的"步法"来。"怎么会丢脸呢,混蛋!"小弥太很不客气地骂了一句。对方笑笑,没再说什么。两名武士一左一右,将小弥太夹在中间,朝决斗的地点走去。小弥太回过头看了一眼自己的家,只见妻子站在门口目送他呢。他装出轻松的样子,回身朝妻子挥挥手,示意她安心回家去。

决斗地点设在一片开阔的野地上，这里烧过一把火，地上还残留着些焦枯的野草。九鬼震舌和甲斐的另外两名武士已然在那里等候了。左近还有一些武者前来观战。小弥太张望了一下，溺鱼并不在其中。

九鬼震舌身形庞大、面目凶恶，的确像是地狱的饿鬼，他的气势一下就将小弥太压住了。旁人撤开，双方互报了姓名，便摆开了决斗的架势。

九鬼十分沉着，一看就是久经沙场的人物。他并不急于出招，而是斜着眼睛，打量小弥太。小弥太双手紧握素枪，脑中竟是一片空白。他的目光落在九鬼那把长长的太刀上，就无法再移开了，这刀极其锋利，甚至给人一种行将崩裂的错觉。他像被九鬼的力量吸附住，只觉得浑身软弱无力。

为了摆脱被动，小弥太大喝一声，一枪刺了过去。九鬼轻松地侧身闪过了。无论是速度还是招法，小弥太这一枪都过于平常了。他随即又刺出一枪，九鬼再次闪过。小弥太有些慌，他意识到自己的双手变得冰凉了。"起码死是真实的。"这句话忽然涌上小弥太的心头，他赌气一样又刺出一枪。九鬼这次没有躲，他用大刀架开枪尖，而后顺势劈了过来。小弥太勉强后退，暂时克服了刀锋对于身体的吸力，但是只这一下，就已令他精疲力竭了。

九鬼紧接着又挥出第二刀，小弥太继续急退。九鬼的身法迅猛，不等小弥太立稳，第三刀又已劈下来，小弥太的左前臂被砍中了，他下意识地转身要逃，可是他的神妙步法也施展不出了，眼前虽是一片空场，可是他自己的枪却成了无法逾越的障碍。

小弥太左臂受伤过重，左手握不住枪身，只得单手持枪。情急之下，他忽然以枪为刀挥舞起来。可是为时已晚，九鬼怪吼一声，猛挥刀，将他的素枪打落在地，随后又一刀砍在他右腿上。小弥太站立不住，倒在地上。

"什么不伦不类的枪术？！"九鬼冲上来狠狠踩住小弥太的脖子，高举起太刀。

"这样的对手，用太刀应该可以取胜。"小弥太行将受死，头脑反而清醒了，他不去看上面九鬼愤怒的丑脸，而是望向湛蓝深远的天空。"人生因必败而常胜……"他阖上了双眼。

"你的枪术太差劲，下次请用太刀与我对决！"九鬼震舌像诅咒一样喊了一句，一脚将闭目等死的小弥太踢得老远，转过身，悻悻地走了。

敬香哀势守

敬香哀势守 15 岁时，其师井上夕云对他说："你出剑这么快，连我都无法看清，如果能一心杀敌，新阴流的那些家伙全不是你的对手。你必定会成为天下第一人！"

但敬香哀势守无法一心杀敌。事实上，他只单独修习剑术，从未向人挥剑。

"为什么不去斩杀对手？！"井上夕云无数次厉声责问。

"似乎被神魔缚住了手脚。"哀势守每每如是作答。

井上夕云当然不接受这样含糊其辞的说法。"大概是还没看透生死吧，但是我为你挑选的对手非常弱小，只需照你平时练习那样挥一剑，就能把他劈成两段！"可哀势守仍旧一动不动。井上大怒，一刀猛劈过去，刀锋削断哀势守的发髻，但他随即触到弟子的目光，冰冷清澈，其中没有夹杂丝毫的惊慌。那不是恐惧死亡的眼神。

对于哀势守不能对敌挥剑一事，井上百思不得其解，不过他对这个弟子仍抱有厚望，一直保护他，不使其受到其他剑士的伤害。

"虽然外表刚勇，但他内心有怯懦的一面，就像一种隐疾，临阵对敌时便会发作。"

"也许是他太慈悲了？"

"武士间相互斩杀，这样的事已发生过亿万次，积淀下来形成的怨力，把他束缚住了。"

"他是追求完美的武痴，心中只有剑，即便是杀一个不入流的对手，也要使出绝对完美的剑招。这就令他的剑变得过于滞重了。"

"刀剑虽比文字切实，但终归是迷惑人心的东西，他或许看透了这一点吧。"

以上不过是旁人的臆测，并无任何实据。

井上夕云临终前将哀势守唤至他在山巅的隐修处所。当时一场山雨刚过，云沼漫进屋宇，地板上飘浮着一层薄薄的雾气。井上对病榻旁的哀势守说："我一生最大的憾事，就是没能见你斩杀一个对手。我死以后，你的师兄弟大概要取你性命，赶快离开吧！"从师父的房中出来，哀势守在潮湿的风中站了一会儿，将太刀和胁差缓慢解下，抛入幽暗的深谷，从此离开了剑士的世界。

不能靠剑扬名、建功立业，只能另谋生路。

经过几十年的漂泊辗转，敬香哀势守在一座偏僻的小村庄落了脚，为村边一家无名的小酒屋酿酒，以维持生计。此时他已是个两鬓斑斑的老者了。

哀势守酿酒的材料与众不同，不是粮食，而是飞鸟。

他最常以云雀酿酒。这是他花费多年心血钻研出的一项绝技。酒是无色的，虽说是酒，味道却像茶，人喝了云雀酒，会产生在空中飞翔的幻觉，那种轻飘飘的、摆脱了羁绊的体验叫人沉溺。哀势守的生意不错。

虽然哀势守衣着破旧、满面沧桑，一副风尘仆仆的样子，但其举手投足间还残留有武士的做派，所以一些人半开玩笑地称呼他为哀势守大人。

哀势守依山搭建了一座小屋，平日深居简出。村里人只是听说哀势守用云雀酿酒，却从没见过他捕捉云雀，他的那些奇异的酒多少有点像是凭空变出来的，人们隐约感到哀势守是个深不可测的怪人，因此不敢轻易接近他。

"哀势守大人也来喝一杯吧！"偶尔会有醉酒的人招呼哀势守。

"对不住啊，我不喝酒。从前喝过用海水酿的酒，苦坏了，以后就不敢再沾酒了。"他总以这样的解释回绝。

身处乱世,即便隐逸的生活也难免会有小的波澜。

一个风雨如晦的傍晚,一位年轻武士出现在敬香哀势守门前。

"找人吗?"武士的样貌触动了哀势守的内心,他的声音有些发颤。

"不是的,我是想借宿。"年轻人说。

"为什么住我这里?村子里有家小客店的……"

"您这里最合适,在外面就感到一股宁静的气氛。实不相瞒,我明早要到后面的山中与人对决,需要好好休息。钱不成问题。"年轻人说话间已经迈进房中。

哀势守无奈,把武士让到了里间。

"那么您就在这里歇息吧,我去准备酒菜。"

晚饭时,哀势守拿出了自酿的云雀酒。

"喝一点吧,可以睡个好觉。"

"真的吗,这是什么酒?"

"用鸟酿的酒。"

年轻人接过酒杯,一饮而尽。"怎么像是飞到天上了?"他摇摇头。几杯酒下肚,他便沉沉睡去了。

哀势守拿起武士的佩刀,抽出来看了看,二尺八寸长,寒光闪闪。他想象着用这把大刀与人拼杀的场面,不由深吸了一口气。

第二天清晨，雨还在下，年轻人忽然惊醒了。

"您做噩梦了？"

"哦，我只是梦见自己错过了决斗，我跑到山中的竹林里，已是正午时分，天光穿透竹叶，周围明晃晃的，一片寂静。我找不见对手，一时心急就惊醒了。"

讲述完自己的梦境，武士霍地站起身，认真整理好装束，检查了太刀和胁差，而后跑入了雨中。

哀势守有些羡慕年轻人明净的梦。他自己常在梦中与人以命相搏，对手光怪陆离，有武士、鬼怪，也有身形庞大、多手多眼、面目狰狞的神魔。不是斩人就是被斩，一个对手倒下，又会冒出另外一个，身体被从头到脚砍成两半，也能在刹那间复原，这样的梦境似乎连绵不绝，漫无尽头。

山中的浓荫被雨水浸透之后，升腾出绿色的雾霭，飘出山坳，笼罩了整座村庄。山谷的葱翠仿佛凝结成为一滴露水，流入闭目冥想的哀势守的心底。

梅雨又持续下了许多天，那位年轻武士再没回到哀势守的小屋。

入秋之后，敬香哀势守喜欢独自在小屋前闲坐出神。有一天，他正觉得村中的气氛比平日都要静谧，忽见一条黑狗由远而近小步跑过来。狗的腹部箍着一个铁圈。被紧紧箍住的皮肉已经坏死，伤口处还流淌着黄色的脓水。这一定是有人恶作剧，在这狗还小的时候给它套上了铁圈，使它终生无法挣脱。狗的身体也因此变得有些畸形。

狗望着哀势守，双眼通红，但目光极为胆怯，吹口气也能把它吓跑。

"如果用手去帮它打开铁圈，搞不好会被它反咬一口。把它打晕再拿去铁圈，恐怕它就很难醒转了，还不如让它痛快的死掉……"哀势守思忖着，再一抬眼，狗已走到远处，一阵旋风吹过，便消失不见了。

哀势守回过神来，对自己方才的犹豫有几分吃惊。"看来我真的老了。"他不禁叹了口气。

这时一个村民连滚带爬地跑过来，看见他就大声喊："中川清秀的大军杀来了，很快要有战事，快躲起来吧！"这人边跑边喊，很快把消息传遍了全村。村中顿时一片大乱。

哀势守觉得困乏无力，便返回屋中躺下。阖上双眼，感受到屋内光影忽明忽灭，不久便进入了梦乡。在梦里，他又一次冲向敌阵，轻松地挥舞着手中的太刀，就像以空手控制着一股气流，所向披靡，没有丝毫的窒碍。

醒来后，哀势守来到屋外，天色已晚，村中悄无声息，村民们大概都藏到山里去了。

"没准会死在哪个无名之辈手下呢，不过那也是同样的解脱。"他站在那里，静静地等待。

将近入夜时分，一股劲风裹挟着喧嚣掠过他的耳鼓，人喊马嘶、刀剑碰击的声音搅成一片。不远处，地势平缓的地方，黑暗之中团团火光摇曳不止，那是武士们手持火把激战正酣。可以看出，战场正朝着哀势守所在的村落移动延伸。

"我虽然从未斩杀一人，但他们那样活着，正是我的成就吧。"哀势守这样想着，转身寻小路缓步朝山中走去。

秋夜萧索，山峦显得格外宁静，仿佛已经睡去，不过可以想象村民们正缩在隐蔽的角落里发抖。月亮又大又圆，抬眼还能看清空中的云彩。一片灰色的云从哀势守的头顶飘过，犹如一层浮动的薄冰。

非常成功

这是在星期一例会之后的特别会议上。与会者为：总裁、副总裁、基金会主席（兼首席经济师）、我（第四执行部副主任）。

"今天会议的主要议题是，由先生朱向17区最高委员会汇报，本区与18区在外交洽谈方面的进展情况。"副总裁宣布。

我整理了一下事先拟好的《关于同18区展开外交洽谈工作的备忘录》，翻到第74页，念道："尊敬的最高委员会、各位领导：经过长期准备，细心安排，在本区基金会的大力支持下，我执行部与18区人员实现成功接洽，并于昨日中午展开首次会晤。"

"很好，请介绍一下会晤的过程。"副总裁说。

"会晤在融洽友好的气氛下进行，我方代表向对方表现出十足的热情，这一点是毋庸置疑的。"我继续念稿。

"握手了吗?"总裁问。

我往后翻了五页,随后给出了明确的答复:"我方实现了与对方代表的握手!"

"Good!"总裁用拳头敲了一下桌子。

"OK,请讲讲具体细节。"副总裁说。

"我方代表,目视前方,与对方目光相遇,在相遇的一刹那,露出自信的微笑,并向左前方伸出自己的右手,动作坚定有力,手心干燥无汗,指甲盖洁净、长短适中。对方呆了一下,似乎被我方果断的动作震慑,但很快恢复镇定,也向我方伸出自己的右手。该手未经清洗,手心有汗,指甲盖尖端有裂痕,握手时明显软弱无力。双方握住手后,都做出了轻轻摇动手臂的动作,大约三到四下,动作幅度均不大。"我说。

"先生朱,对方是否安排了宴请?"基金会主席发问了。

"对方安排了宴请。在握手之后,对方代表向我方代表提出了宴会邀请。由于我方对此早有预见,并在基金会的支持下,进行过多次演练,因此我方代表当即表示愿意接受邀请。"

"OK,吃的什么?"总裁问。

"面条。"我说。

"几根?"基金会主席问。

"对方向我方代表提供21根……但是我方代表只吃掉13根半。"

"是否加了酱或其他调味料？"副总裁问。

"没有酱，也没有其他任何调味料。"

"是否提供了餐巾纸？"副总裁接着问。

"对方未向我方代表提供餐巾纸。因为按照外交惯例，只有在我方代表身着圆领背心以上规格的服装时，对方才会向我方代表提供餐巾纸。"

"他打赤膊去的？！"总裁有点生气。

"不，我方代表穿有一件白色跨栏背心，和一条蓝色化纤短裤。由于基金会方面对本次行动提供的资金支持不足以购买圆领背心，所以我执行部最终只得为我方代表购置了一件跨栏背心。"我讲完了看了看基金会主席，他的脸色很不好看。总裁一脸阴沉，哼哼了两声。

"OK，先生朱，我刚才注意到你的汇报中有一个细节，面条共有21根，而我方代表只吃掉13根半，试问，余下的7根半为什么不吃？"副总裁问完之后，注视着我，目光很冷峻。

我轻轻咳嗽了一声，说道："请允许我从头讲起。我方代表在宴请过程中，向对方展开了幽默外交，这是我们事先商定的。幽默外交的理念由总裁首倡，之后便成为我区的一种惯用外交手法，几年来，在外交实践中结出了大量幽默的硕果，这是人所共知的。"

"讲得很好，幽默外交比起其他各种外交形式都更有效。"

基金会主席说。

"幽默给我们带来欢笑……"副总裁说。

"欢笑帮助我们外交！"我接口说。

总裁微笑着，没说话。

"这一次，我方代表在面条吃到第13根半时，机智地展开了幽默外交，但是遭到了18区代表及其助理的殴打。"

"什么？！"总裁差点跳起来。

"我方代表是否给予了还击？"副总裁追问道。

"我方代表在腹背受敌的情况下，实施了坚决、果敢、有一定威慑力的还击，在扭打中，他仍能保持冷静，积极与对方展开'危机谈判'，并据理力争。"

"是否……"基金会主席思考着措辞。

"18区太狂妄了！"总裁猛然拍了一下桌子。我们赶紧收住了话头。

"我们并不是上门去求18区，我们根本不需要18区，18区什么也不是，他们唯一的资源就是几条狼狗，但我们不需要狼狗。我们掌握着电力，电力代表了一种先进的科学，它远远超过了狼狗，任何文明人，要在电力和狼狗之间做出抉择，他都会选择电力。我们之所以要与18区开展外交，只不过是想要获得'通过权'。我们的真正目标是19区，因为19区掌控着全城唯一一家五金店，而我们正需要他们的五金商品来修理我街区的水管、我们大楼的水管，否则有朝一日，我们就会被淹没！"总裁说着，站起来，走到窗户前，俯望着对面的18区，"18区不过是一片荒漠，一片狼狗游荡的荒漠，对我们没有任何战略意义，我们只须要穿越它！"

我们一齐鼓掌。总裁回到他的座位上。

"我方代表的还击是否成功？"基金会主席接着问。

"非常成功，对方代表及其助理几乎没有招架之力！"

"那后来呢？"副总裁冷冷地问。

"后来，对方代表的助理放出了他们掌控的狼狗，共四条，将我方代表团团围住，展开撕咬。它们的攻击重点明显是我方代表的双腿。我方代表对此缺乏思想准备，双腿小腿肌肉被死死咬住，血流如注，在万般无奈的情况下，他终于发出了一连串尖利的惨叫，这惨叫声无疑也是对18区无礼行径的控诉！"

"先生朱，这是不是说明幽默外交对18区无效？"基金会主席冷不丁问道。

"绝不可能！"总裁说。

"一定是这次幽默作为个案出了问题，"副总裁说，"请向我们陈述一下我方代表此次幽默的主要内容。"

"我方代表向18区代表及其助理讲了一个笑话儿。总裁曾经说过：'世界的意义就在于一个不朽的笑话儿。'"我有点紧张。

"请向17区最高委员会复述这个笑话儿！"副总裁说。

"好的。"我翻着手里的《备忘录》。

"站起来复述,别看稿,学会尊重每一个笑话儿,明白吗?"总裁说。

"是!"我站了起来,清了清嗓子,开始复述:"有个年轻人,他养了条狼狗,从小养到大,这条狼狗常帮他咬人。后来有一天,狼狗丢了,年轻人非常难过,他开始哭泣,他对着门流泪,后来他趴在门上哭,一只眼睛对准门的锁眼,眼泪穿过锁孔流到外面,顺着门往下淌,他的家人发现门在流水,起初还以为是水管坏了,结果推门一看,原来是年轻人在流泪。他们把他扶到床上,这时他们发现,年轻人的一只眼睛变小了,变得像锁眼一样小……"

"讲完了?"副总裁问。

"是的。"我说。

"并不可笑,"基金会主席说,"对方会以为这是对他们的侮辱。"

"这就是问题所在,这就是问题所在!"总裁霍地站起来,"这个笑话儿是谁提供给我方代表的?!"

"是我。"我深深低下头,感觉犹如芒刺在背。

"你没有抓住幽默的本质,幽默就像我方代表的小腿肌肉,你应该像狼狗一样将它死死咬住!"总裁责备道。

"是!对不起!"我说。

"现在，先生们，请看看这个！"总裁重新坐下，而后抬起了双腿，展示他的双脚。由于一直泡在会议室的积水里，他的鞋袜都湿透了，散发着一股难以形容的气味儿。

"看着我的袜子！"他指着自己的袜子对我说。我只得照他说的做。"告诉我，它是什么颜色？"总裁眯缝着眼睛。

"黄……"我支吾着。

"对，但它们曾经是白色。先生们，它们曾经是白色！我希望在有生之年能够看到这个问题得到妥善解决！先生朱，你被……"他就要爆发了。

正在这时，传来一阵急促的敲门声。基金会主席走过去开了门。进来的是我的搭档先生侯。

"李恪松抬抬来了！"先生侯急得一头大汗。我悄悄对他竖起右手大拇指。

"李恪松就是我方此次挑战 18 区的代表。"我解释道。

"人在哪儿？"副总裁问。

"就在楼楼楼下！"先生侯说。

"请各位到窗前检阅！"我说着，抢先站到窗边，推开了窗户。几个高管凑过来，先生侯又急匆匆地跑了下去。

只见一副简易担架被抬过来，担架上躺的正是我第四执行部员工李恪松，抬担架的是总务部员工李姐和马姐。李恪松的双腿双脚被雪白的纱布裹得严严实实。

当担架行进到我们所在大楼的楼下时,李恪松艰难地坐了起来。这时先生侯已跑到楼下,李恪松向他招手,他赶紧走上去,两个人嘀嘀咕咕不知在说什么。

"他是个好样的。"我对身边的高管们说。

先生侯在和李恪松谈过几句之后,向我们的窗口挥了挥手,而后又往楼里跑来。

我们等着,不一会儿,会议室的门"咣啷"一声开了,先生侯上气不接下气地说:"李李恪松要求从担架上下下来,向最高高委员会致敬!"

"没想到我方代表有这样的气魄和风采!"总裁说。

我推开窗户,朝李恪松他们做了个极其有力的手势。接着,李姐和马姐轻轻放下担架,将李恪松搀扶起来。

"我建议放音乐!"我对总裁说。

"这种时候?"副总裁看看总裁。

"各位领导,我认为,此时此刻,18区已经向我们展示了他们所拥有的狼狗力量,我们呢,我们就应该向他们展示我们掌握的比狼狗先进得多的电力,放音乐既象征一次凯旋,同时也是对于18区的一次有力的示威!"我说。

"好,放音乐!调到最高分贝!"总裁大声宣布。

先生侯立即跑向大楼的发电室,很快,音乐就响起来,声音大得足以响彻整座城市。这段曲子正是我的得意之作——《幽默的洗礼》。

李恪松由李姐和马姐架着,艰难地向前迈进,可以看到,他的白色跨栏背心的下摆已是破碎不堪,之后他扭起了肩膀,像是在跳舞,显得格外轻松自如。

总裁被深深感染了,用力鼓起掌来,他鼓掌的样子单纯得像个婴儿,不过他块头太大,又满头银发,所以只能算是一位沧桑的巨婴。

我们都跟着鼓起掌来。之后,我们都迸发出了胜利的欢笑。

符　号

　　此刻，埃克曼正坐在桌前，专心摆弄着三个胡桃夹子士兵。他的房间有 12 平方米大，房内摆着一把三脚折椅、一张行军床、一张栎木方桌、一面长方形试衣镜、一只放置衣物的木箱，这里像是一间昏暗的修道院密室，在它的上方，覆盖着 30 英尺厚的泥土。

　　这是 1945 年 4 月 27 日上午 10 点，地点是柏林市中心帝国总理府花园地下的暗堡。埃克曼在等待希特勒的命令。

　　埃克曼是希特勒的替身之一，早在 1934 年，希姆莱就发现了他，并将他引荐给希特勒。在和平时期，埃克曼的任务是代替希特勒在街头巡行、检阅军队，或是参加无须正式讲话的集会活动。战争爆发后，他的工作变得有些复杂，很多时候是为迷惑敌国间谍或者德国的军官们而在特定场合露面，希特勒的其他三个替身，小威利、"老俾斯麦"和布齐，无法执行这样的任务，因为只有埃克曼可以模仿希特勒的声音、气质，更重要的是，埃克曼还熟悉希特勒的生活习惯和思想。希特勒对埃克曼的工作十分满意，有一次甚至称赞他是一位"艺术家"。

埃克曼原是慕尼黑汽车工厂的一名工人，在希特勒上台前，他就听过希特勒的几十次演讲，他崇拜希特勒。在成为希特勒替身后，埃克曼告别了亲人、朋友，开始过一种几乎与世隔绝的生活。他没有官阶，也没有任何权力，他直接隶属于希特勒和希姆莱，随时听候他们的指令。几年过去，埃克曼对于自己从前的生活彻底淡忘了，即便让他回到妻儿身边，他也已经是另外一个人。

1945年1月，埃克曼随希特勒从西线撤回柏林。希特勒下入暗堡，而他被安置在暗堡附近的军官居住区。当时，英美空军已经展开针对柏林城的大规模轮番轰炸，在他们的头顶上，有上千架四引擎轰炸机在不停投弹。4月21日，飞机轰炸忽然结束，紧接着便是俄军密集的炮火攻击。

4月22日，埃克曼受命进驻暗堡。这座暗堡有三十多个房间，每个房间都不大，就像一些混凝土铸成的小方格。埃克曼住在上暗堡的一个房间，距离通往外交部花园的通道很近。他猜测，希特勒让他来，也许是为撤离做准备。

但事情并不如他想象的，在4月27日上午10点，当他正摆弄自己随身携带的三个胡桃夹子士兵的时候，奥托·根舍少校来通知他，希特勒要见他。

埃克曼站起来，把玩具兵放下，整了整衣服，跟在根舍身后，走出自己的房间。走廊的地面上铺放着电线和消防水管，他们都低着头，小心不被绊着。埃克曼的步伐仍旧沉稳有力，他听到几个孩子的吵闹声，那是戈培尔的子女在玩耍。穿过上暗堡沉重的铁门，走下一段旋梯，就进入了希特勒所在的下暗堡。

希特勒套间外站着一名卫士，他为埃克曼打开门，根舍留在外面，没有和他一同进去。里面，希特勒书房的门是敞开的，埃克曼刚到门口，就听见希特勒的招呼声。

埃克曼又见到了希特勒，他发现，希特勒的样子已经变了，像是带上了一副松弛的黄色假面具。他们坐下，像老朋友一样交谈了几句。之后，希特勒开始向埃克曼交代任务，这是个复杂的计划，与以前埃克曼执行过的任务都不同。起初埃克曼无法理解，他感到诧异，但是希特勒并没做出解释，他只是向他交代细节上的安排，在讲解计划的实施步骤方面，希特勒具有极大的耐心，但他不允许任何质疑，更不用说反驳。在希特勒口授过他的安排之后，埃克曼已无法再从座位上站起来，他请求让他坐一小会儿。希特勒只说了一句，"别像懦夫那样逃避自己的命运"，就起身走进了起居室。

埃克曼盯着对面墙壁上的蓝色瓷砖，陷入沉思。又坐了大约10分钟，他吃力地站起来，转头看了一眼那幅腓特烈大帝的画像，而后退出了希特勒的书房。

他回到自己的房间，坐在行军床上，把一只手表放在床头。傍晚时分，他恢复了常态。这时根舍又来了，问他是否愿意与元首共进晚餐。埃克曼回绝了，他让根舍转告元首，他不会逃避。这以后是漫长的黑夜，埃克曼和衣而卧，机房里柴油机发出隆隆声，四周潮湿的混凝土墙壁在微微颤动。

4月28日上午，有人为埃克曼送来早餐，他没有动。到中午时分，他从床边的木箱中取出了一件绿色衬衫、一件灰色上衣和一条黑色裤子，这身衣服与希特勒本人的着装是一样的。埃克曼换上这身衣服，在试衣镜前为自己化装。这些年，他已经成为一位化装专家，再无须别人的指导和帮助。他的这种修饰工作进行得非常仔细，在镜子面前，他像一个画家那样认真端详着眼前的面孔，不时对细微处做出调整。在这一过程中，他逐渐平静下来。等他做完准备工作，时间已接近下午1点。他又坐到桌前，静静地等待着，他把躺倒在桌面上的三个胡桃夹子士兵拿起来、摆正，然后把它们前后列成一队，接着又把队形打乱。

下午2点，埃克曼准时来到希特勒的书房。希特勒在等他。他们共进午餐，吃的是细实心面条拌色拉。其间没人打扰，也没有对话。饭后，希特勒交给埃克曼一枚氰化钾胶囊。埃克曼把它放入上衣口袋。他们站起来,希特勒掏出一枚铁十字勋章,它与希特勒所佩戴的勋章相同。希特勒的手在抖动,埃克曼接过勋章,戴在胸前。此刻,埃克曼在形象上已完全成为希特勒的复制品。

快 3 点的时候,希特勒与埃克曼来到下暗堡的主通道里,戈培尔、鲍曼、根舍、林格等九个人等在那里。这也是希特勒事前安排好的,戈培尔和鲍曼显得比较从容,其他人则表现出困惑和恐惧,一个个面无血色。希特勒站到通道的一个角落里,在那里,他可以看清事情发展的全过程。埃克曼开始同希特勒的这九位亲信一一握手。他们都没有说话。没有一个人敢转头看一眼站在暗处的希特勒。

这个简短的仪式过后,林格在希特勒的示意下,打开了希特勒私人套间的门。埃克曼穿过人群,走进去,希特勒跟在他后面。在关门之前,希特勒命令房间外的人,等 10 分钟再进来。根舍掏出手枪,站到了门口。

埃克曼穿过小门厅,来到希特勒的起居室,房中没有其他人。埃克曼坐在了屋内一张蓝白色的沙发上。沙发前有一张小圆桌,圆桌上摆着一只小巧的花瓶,里面插着几只郁金香。希特勒从床头柜上取来一支 7.65 口径沃尔特手枪,交到埃克曼手中。埃克曼已经开始发抖,他咬紧牙关,拼命克制住自己,将这支枪放在沙发上,从上衣口袋里掏出那枚氰化钾胶囊。希特勒从腰间的皮套中拔出一支口径较小的沃尔特手枪,放在圆桌上。埃克曼明白,这支小手枪是备用的。希特勒退到了墙角,靠着墙,注视着埃克曼。埃克曼抬起头,看了看希特勒,他看到元首的浅蓝色瞳仁已毫无光彩,但仍有一股偏执的力量,这股力量仍然支配着他。埃克曼拿起胶囊,放进嘴里,同时,另一只手拿起那支沙发上的沃尔特手枪。按照希特勒的计划,他应该咬破胶囊,随后将手枪插入口中开枪,但是他担心咬破胶囊后,毒药发作过快,他的手会失去力量,无法开枪,所以他用枪对准了自己的太阳穴。他知道希特勒正目不转睛地看着他,但他无意回应这样的目光。他闭上了眼睛,咬破胶囊,同时扣动了扳机。

房中顿时升起一股烟雾,埃克曼扑通一声栽倒在地,火药味和氰化钾的苦杏仁味弥散开来。希特勒仍然站在原处,一动不动。又过了几分钟,鲍曼、林格和根舍进来了,他们看看站在墙角的希特勒,又看看扑倒在地的埃克曼,什么也没说。林格把那张小圆桌搬开,让埃克曼平躺在地毯上。埃克曼已经死了。接着,三名年青卫士进入房间,用一条灰绿色毛毯将埃克曼的尸体裹起来,两个人抬着尸体的上半身,一个人抱起双腿,将其搬了出去。

他们将这具尸体一直抬上旋梯,然后吃力地把它向上拖拽。希特勒紧随其后,睁大眼睛看着,他的几位亲信也在紧张地张望。将近下午4点，这一队人才走上暗堡的太平门，呼吸到外界的空气。总理府的花园已成一片瓦砾，俄军的炮弹还不时倾泻而下。两名卫士在轰炸的间隙，将尸体放入暗堡外的一条长沟里，在上面浇了50加仑汽油。林格取出一张纸片，用火柴点燃，将它丢在尸体上，尸体立即燃烧起来，冒出滚滚的黑烟。除希特勒以外，其他人向前伸直右臂，行纳粹告别礼。而希特勒本人已退到所有这些人身后，静静地观察着这一景象，他像是真的成了自己死亡的旁观者。

4月30日下午，希特勒基本上重演了他为埃克曼编导的死亡及火葬过程，只不过他有爱娃·勃劳恩陪伴，并且，在一些细节上，他的死与埃克曼的预演有所出入。

2010.5.1

两性图式

当你想到性别的差异，在你的脑海中便自然而然地形成了相应的图式。图式是可变的，在最多的时候，曾出现过 32 种性别，于是人们发现图式似乎是随着性别的数目而变化的。但是，目前我们所要讨论的是"两性图式"，我故意不去考虑复杂的情况，因为我相信，它们最终可以经由简单的对象加以解析。从下面的分析中我们将会看出，在不变的图式中，图景可以形态万千，这无疑表现了人类心智的抽象和狡黠。而我所反对的不过是为晦暗的内心披上一层科学的外衣。

自然（现实）图景：
　　女性在海洋中生活，每年春秋两季，数以百万计的适龄女性随着洋流游向海岸，而男人们正在绵长平滑的海岸线上翘首期盼她们的到来，这正是激动人心的交配季节。等海风将雾吹散,你能看到,在湛蓝、冰冷的洋面上,无数的女孩露出头来,她们观察着岸边的情况,还会兴奋地大声歌唱,歌声高亢优美。她们的耳朵能向上喷出三至四米高的水柱,喷出的水柱越高,就越有希望被异性注意到。男人们将燃起篝火,吹起木笛。女人们小心地靠近岸边,在她们选定意中人后,就发出"吱呜呜"的叫声。交配通常安排在夜晚。海风吹来,腥气弥漫,在浩瀚无际的星空下,恋人们纷纷钻入临时挖掘的柔软的泥巢,完成交配。次日清晨,交配后的女人们会穿过层层海浪,重返大洋深处,而紧随她们之后的第二批女人将抵达海岸附近。

为争夺配偶,人与人之间的争斗时有发生,有时甚至演变为互相残杀。交配季节过后,海滩上随处可以见到尸体和残肢,它们将成为海洋动物的美味佳肴。正因如此,每到人类交配季节,海岸上空就会出现大批贼鸥,鲨鱼也会寻着血腥,冒险向这边集结。

在此图景中,擅长游泳的男人更容易赢得异性的青睐,他们能游上数十海里,并能在水中进行交配,但他们这么做不是没有风险,海中的女人们一时兴起,很可能将其杀害。而那些对大海怀有恐惧心理的男性(他们中有些人甚至不会游泳),往往是落寞的悲剧的主人公,他们只能在靠近海边的山丘上徘徊,借着星光眺望海滩上如火如荼的盛况。他们也会吹起自己的笛子,但音色凄恻,没有女人会理睬这些孱弱的男人。这些失落的男人往往是空想家，他们编造了一系列神话或伪科学理论以安慰自己焦灼的内心，在下文中，我们将列举其中几种，以阐明两性图式的本性及功能。

女性在受孕后两个月会一次性排出约300枚受精卵，如果环境良好，其中20%能够存活，再过大约四五个月，胎儿就可成形。婴儿的主要食物是各种浮游生物，这一时期，无论男婴女婴都能自如地在深海潜泳。男性在五六岁的时候，将离开母系群落，爬上陆地，由男性社会接收，他们的游泳能力将随着性成熟而退化，要想重新获得这种能力，必须经过刻苦的学习，但无论如何学习，他们也不可能再像鱼一样潜入深海了。而女孩会留在海洋中，学习在海中生存的技能。

神话叙述：

A：女性的天职是哺育后代，因而她们常以小山的形貌出现。每个女人在成熟后，都会变成一座肥沃的小山，而男人将选择并争夺属于自己的山。在那美好而短暂的时光里，他们与山结合、融为一体，直到山怀孕，这时小山会剧烈抖动，男人们再也无法在山中享乐，他们只好下山成为守护者。十个月后，孩子们会从山的内部钻出，在山间嬉戏，山谷中会涌出清冽的泉水，长出各类花果，吸引众多飞鸟走兽。一座健康的小山所提供的资源，足可以养活十几个人。等到孩子们长大，男孩会去远方闯荡，寻觅自己的山；女孩则会逐渐丰肥起来，她的父亲要在她还能走动路的时候，将她带到一块适合伫立的地方，将她安置好。过不了多久，她就会长成一座年轻的新山。等山将儿女们哺育成人（或山），她自己就一点点枯竭了，她将重新变成人的样子，但这次会是一个干瘪的老太婆的形象，她的老伴将和她一起去投奔儿女。如此完成一个循环。远古时期的人类即是如此，而未来的人们还将复归这样的生活。

B：在云霞、庭院、花园、坛圃的包围之中，每个女人手里都拿着一面镜子，当她们照镜子的时候，就会见到镜中的男子。镜外的世界并无男子，女人的配偶只在镜中现身。每个女子的镜中人都是不同的，因为即使她们面对着同一面镜子，所描述的男人的形貌也不会一样。女子在镜中只能见到自己的男人，她们看不到自己的模样。同样，她们在水中望见的倒影，也是那位镜中人。即使是在同伴的瞳仁中，她们也没能获得一个自身的影像。平时，她们以无声的语言同镜中的男子交谈，当她们在梦中与这位镜中人相遇之后，她们就会怀孕，但经过痛苦的分娩，出世的总是女孩。假如她们怀的是男孩，那么这孩子只能出现在某个小女孩的小镜子里。

你可以设想，与这个女性世界对称的是一个被迷宫、书房、工厂、矿坑包围着的男人的世界，他们也只能在各自的镜子里看到他们各自的女人。但你也可以设想，其实每个女人的镜中男子是全然相同的，就像同一个人，她们的描述是因感受的不同而不同。还有可能，她们在镜中见到的就是她们自己的样子，只不过她们把镜中的自己称作"男人"。再多想一层，她们的镜子里也许什么都没有。

市民寓言：

在恋爱阶段，男性就会逐渐显露出某种工具器物的特性，他可能越来越善于持久地负重奔跑，或者用手指修剪花草，或者将日用物品储存在体内，等等。在这一时期，女孩们会细心观察，她们会逐步对其追求者的功用与性能加深了解，做出评估。结婚以后，丈夫就会变成某一类物品——汽车、电视、剪刀、闹钟、电话、航天飞机……什么都有可能。妻子们反复使用这些物品就会受孕。除非离婚，否则结了婚的男人将永远是一件物品，等待他们的只能是生锈、磨损、失灵，直到有一天被扔进废品回收站。

姑娘们都很精明，她们当然会从一开始就去选择对自己最有用的男人，她们会想到，太小的物件儿不但不值钱，还容易被同伴偷走，太大的物件，比如航天飞机，过日子又用不上。但是，女孩们并不总能按照自己的意愿选择对象，这里存在一条奇妙的自然法则，举例说：一辆卡车的女儿无法嫁给一位会变成抽屉的小伙子，因为抽屉是无法容纳汽车基因的，只有那些针头线脑之类的小物件的女儿才能与抽屉小伙儿结合。而那些将变成小别针、小纽扣的小伙子，只能娶线团一类物品的女儿为妻。实际上，作为小物件的男人是很可怜的，他们常会因找不到女友，而一生当人。反过来，航天飞机的女儿也很难找到男友，世界上的航天飞机发射平台可是寥寥无几。

至于一位男子为什么会变成这种而非那种器物，人们的初步想法是，他将发生怎样的变形是由他的基因决定的，如果一个男孩的父亲是助听器，而母亲携带着电线的基因，那这个孩子以后很可能会成为一部电话。但实际情况远没这么简单，无根由的突变时有发生，因此我们不得不承认，变形原理至今仍是困扰着人们的谜题。

科学阐释：

性别随着心态的细微变化而在瞬息间改变，这种心态总是指向某个对象的，具体说：当你面对某人，自觉或不自觉地被唤起一种雌柔心态时，你的肌体就自然地呈现出女性特征；反之，当你持有一种雄强心态时，则呈现出男性的特征。从科学的角度看，性别差异实质上是一种心理差异，它没有稳定性可言。但是，在以异性恋为主导的社会中，婚姻是建立在性别差异的基础之上的，因而，如果一对夫妇，他们互相唤起的心态总令他们的性别趋同，那么他们就只好分手了；而只要双方的心态所导致的性别始终相反，他们的婚姻就有条件维系下去。其实，心态在一定程度上是可以调节控制的，丈夫展露出粗犷豪迈，妻子表现出纤细柔媚，他们在对方面前所形成的性别就可得以保持。

在怀孕期间，女性的性别不会因心态的变换而改变。

浪漫然而谬误的描述：

起初只有女孩，在她们30岁的时候，她们都将变成男人。30岁以前，她们可以享受女性的姿色与青春活力，她们吸引、控制、吞噬着围绕在身边的男人。等到她们长大成为男人，他们再去同比自己年轻的30岁以下（当然是30岁以下）的女孩结合，延续子嗣。"你的妻子快到30岁了"意味着你们即将离异，在她变成男人以后，你们或许还可以做朋友。女性只能在30岁以前受孕生产，如果在胎儿产下之前就迎来了自己的性别转折，那么她-他肯定会因难产而丢掉性命。

小女孩在10岁以后通常由她们的父亲监护，父亲们也曾身为女性，所以他们在教育女儿方面颇有经验。但社会问题仍会出现，一位男子，在他的妻子变成男人之后，他就得再找一位妻子，而发育成熟的30岁以下的人（女人）总比30岁以上的人（男人）少很多，这就使得社会上出现了许多消沉颓唐的老光棍，这些任性的莽汉酗酒、赌博、斗殴，即便在阳光明媚的日子里，他们也会躲进阴暗的小酒馆，守着酒瓶、捋着大胡子，追忆自己粉红色的少女时代。

向爱伦·坡保证

　　我去参加一个文学奖的颁奖仪式,但不知是为了什么。昏暗的小礼堂里,坐满了身着奇装异服(更像是古装)的老年人。我坐在一个角落里,随便翻看着民国时期的旧报纸。主席台上有个很有领袖气质的男人,三十多岁,像是文学界的带头大哥,他在慷慨激昂地讲演。

　　我逐渐对他的演讲产生了兴趣,但我其实听不清楚他在说什么。接着,人们把目光集中到了我身上。原来我获得了这一次的文学奖。我一点思想准备也没有,因为我的作品只有不到500字。不过,文学界的大哥解释说,我的小说具有一种很奇特的效果,那就是,在作者不知道小说情节会如何发展的情况下,读者却可以知道。

　　的确,我不知道自己小说的情节会如何发展,现在仍然不知道,也不清楚我是如何达到那种效果的。他们将我的那篇获奖小说传递到我手上。这篇小说也许曾发表在一份内部传阅的小报上，评奖委员会把它剪裁下来，粘在了一张A4纸上。剪报的面积还不到A4纸的一半，胶水还没干。

我陷入一种自我陶醉的状态，哈哈大笑起来。可我很快发现，在礼堂的另一边，还有一个人也获得了同样的文学奖。这个礼堂好像被分为了过去和未来两个部分，从这一侧，你就可以看到另一个时间位置上所发生的事情。获奖的是一个神情认真的打工妹，她的小说也不到500字，她采用了现实主义的手法，小说的题目叫《春天》。她的小说像试卷一样被分发到每个人手里。发给我的那张纸是湿的，上面的字迹很模糊。我转过头，发现周围人拿到的纸张也都差不多湿透了。有人解释说，这些纸全是被得奖的打工妹的泪水浸湿的。

与别人分享同一奖项，多少弱化了我的欢乐情绪。不过很快又迎来一个高潮，那就是颁发奖品。一个独眼老头悄悄告诉我，奖金可能有一千块。我想，这下我可以成功度过经济危机了。我飘飘然地走到领奖台的帷幕后面，取到了奖品。

同事老景和我一起背着奖品在路上走，奖品装在两个黑色塑料袋里，非常轻。天完全黑了，不过路灯亮得耀眼。老景忽然说："你发现了吗？这条街刚刚被轰炸过，还在颤动呢，只不过咱们看不到它被毁坏的部分。"我环顾四周，感到街景很荒凉。前面有个又胖又矮的女孩在给我们当向导，她挺热情，也许是因为我得了文学奖吧,我觉得老景也对我刮目相看了。为了不让这种气氛消失,我在路边坐下来,打开塑料袋,伸手到里面掏出一只蓝色尼龙袜子。"原来奖品是两口袋袜子。"我说。"不错,不错!"老景很兴奋。我仔细看了看,手里的袜子还有个大洞:"是破袜子。""哎呀,那可能不值一千块了。"老景说得挺肯定。

我再次见到文学界大哥的时候,天已经亮了,他正和一群老年人在一间昏黄的小客厅里座谈。小客厅外是一片竹林,建筑物也都是用竹子搭建的。搞文学的人似乎总是要在深山中开会。老人们围在一张圆桌旁交头接耳,他们各个目光炯炯,有的还带着古怪兵刃。文学界大哥对我格外热情,他站起来向我介绍一位白发苍苍的胖老太太。"这是峨眉山上的小说家,写过不少有分量的中篇。"大哥的声音浑厚而爽朗。我刚想行礼,峨眉老奶奶忽然过来亲热地拍我肩膀,我感到一种压迫感,有些不舒服。紧接着,她就拉开架势要和我比试比试。我急忙跳到一边,只见她的手在空中留下一连串幻影,就仿佛她有五只小手。

这时一个十几岁的男孩慌慌张张跑进客厅,大声喊:"警察来了!"客厅里的人顿时乱成一团,不一会儿就都跑得不见踪影了。只有我和文学界大哥仍然镇定地站在客厅里。"怎么会有警察?"大哥轻蔑地一笑。我也笑了笑,说:"搞文学,怎么能指望这些神头鬼脸的人。"大哥表示深有同感。"还得靠你啊！"他说。我又兴高采烈起来。在不知不觉间我们到了面向庭院的大客厅里，客厅的门敞开着，可以看到院子里竖着两排长兵器。我与大哥坐在一张竹桌的两边喝酒，大哥拿起一条黑色的水蛇，切了一刀，将它体内的某种东西挤进我的酒杯里，而后给自己也挤了些。我想："这就是雄黄吧？看来大哥是要跟我结拜了。"喝雄黄酒的确意味着结拜，但大哥的目光一直没有落在我身上，而是看着庭院里一个耍空竹的小孩子。看着看着，他猛然戴上一副髯口，来了句："我要写一个长篇，和这髯口一样长！"话音未落，从里屋转出一个小老头，胡须比髯口还要长很多，我以为这老头要说："我要写我胡须这么长的小说。"但他说的却是："我要用毛笔写小说！"

  大哥请我参观他的书房，它在一家宾馆的一层，布置得像间大厨房，所有家具都是银灰色不锈钢的。这书房其实刚装修好，里面没有一本书。我们走上宾馆的顶层，那里有一座木桥通向远处的城堡。桥下是一条蜿蜒的河，河面上漂浮着几条小船。大哥告诉我，那些船都是用肥皂制作的，所以船体四周会有那么多的白色泡沫。

  现在，我就要一个人到城堡里去写小说了。"好好写！"大哥说。我点点头。"向爱伦·坡保证！"他又说。"向爱伦·坡保证！"我说。此时，我发现大哥的嘴角上也有大量的白沫，我没想到他竟患有羊痫风。

  我走进城堡顶层的一个小房间，这房间连接着阳台，站在阳台上，可以看到对面的山崖，一群头裹白毛巾的工匠正在峭壁上雕凿一座巨大的爱伦·坡像。在城堡与石壁之间，是一片荒野，上面铺满白色的圆滚滚的石头。我能感受到那个巨型爱伦·坡的忧郁，他的双眼凿刻得尤其传神。

  我回到写字台前，吃力地在一沓绿格子稿纸上写着。不知过了多久，我停下来，翻动着稿纸，这沓稿纸是新的，但中间有一页是旧的，已经泛黄，它的一角被濡湿了。"这不会也是那个打工妹的眼泪吧？"我想。这张稿纸的背面写着一行特别细小的字："人和动物都要参加长跑。"

  我把稿纸放下，再次站到阳台上，对面的石壁光秃秃的，爱伦·坡像和那些工匠都消失了，我来到了另一个时代，日光强烈，我的脸暖洋洋的，一时间我感觉自己被光明笼罩住了。这时候，我忽然回想起几星期前在梦里爬过的一段狭窄的螺旋楼梯。

幽暗之身

很多年前,他背井离乡,一个人居住在 S 市。他有一份相对稳定的工作,在一家杂志社做编辑,除每周参加一次编辑例会,平时可以在家看稿子。他租了一处小一居室,当时的房租还很便宜,完全可以负担得起。

他的生活平静、空洞,几乎没有事情发生,他的亲人不在身边,也没有朋友。他的主要爱好是看书,最大的开销是购书。

几年间,他读了不少书,也确曾因为从某些书中获得启示而心潮澎湃过。但是,他买来的大部分书其实只能吸引他一小会儿。他的兴趣广泛,喜欢异想天开,总想象自己可以成为某方面的专家或者自修者。这样的幻想会鼓动他跑到书店,泡上半天,而后拎一口袋相关的书籍回来,古典哲学、欧洲中世纪史、19 世纪艺术史、建筑学、电影理论……五花八门。热情很快便会消退,而书被保留下来。

后来有很长一段时间，他无法再找到能够吸引他深入研读的书，他也无法再提高自己，他对书籍的信仰逐渐崩毁，可奇怪的是，他的购书欲反倒更强了。一本书买回来，翻上两眼就堆在一边，随后带着些许负罪感再去买下一本，这似乎成了一种填补空虚的方式。然而真正被填补的只是他的小房间的空隙。实在没地方的时候，他曾把书裹上保鲜膜，放进冰箱和洗衣机。为了腾出空间摆新书，大量旧书被当破烂卖掉了。

有一次，他在一家叫作"曼陀罗"的网上书店随意浏览，发现一本盲文版的《聊斋志异》。这使他想起小时候曾在一位性情古怪的叔叔家里见到过同样的书。那是个下着雨的黄昏，他在这位叔叔窄小的书屋里发现了那本书，翻开一看，厚实的书页上只有密密麻麻凹凸的小点，正面的凹点对应着反面的凸点。他看不出其中的规则，觉得书页像星空图一样，那些小点是星星的标记，他没想到，那些幽冥鬼怪的故事就藏身其中。

这段记忆模糊不清，仿佛有个谜团遗留在他心里。这促使他买下了这家网店的盲文版《聊斋志异》。这是他购书生活的一个转折点，从此以后，他常光顾这家网店，购买盲文书籍。这些书制作得极为精致。他不懂盲文，但他喜欢长时间地翻动、触摸、凝视那些书页，从中获得排遣。

可能是他的购书数量引起了曼陀罗书店的注意，几个月后，他收到书店寄来的一封邀请函，请他参加一个"小型讨论会"。

这封信函以盲文写成，下面配有普通中文译文。他猜想这个"讨论会"应该类似于盲人们的书友会，而在盲人身边，他或许可以扮演一个隐身人、窥视者的角色。出于空虚和好奇，他接受了邀请。

对于盲人，他所知甚少。在印象中，他们只是一些手握导盲杖，在人群中颤抖着行进的人，多疑、惶惑的面孔，地下通道中拉二胡的乞丐……但也曾出现过鲜明的形象，那是他刚毕业、四处求职的时候，一次在一座写字楼的电梯间里，他遇到一位身形伟岸的白人男子，此人留着络腮胡子，一头银灰色短发，衣着考究，肩头站着一只色彩斑斓的大鹦鹉。当时电梯中只有他们两个人，白人男子的那股气势令他不自在，但他很快发现，对方是位盲人，鹦鹉则充当了它主人的向导和保镖。

不久之后，曼陀罗书店召集的讨论会让他见识到了另一类盲人，他们宁静、纤细、面容安详，气质高贵。聚会的地点是在一座高级公寓楼的11层。整个楼层似乎全部属于曼陀罗书店所有，该层各个房间由装修过的楼道连通起来，许多房门是敞开的，有些门干脆被拆掉了，如此一来就构筑成一所面积超大的房子，人们可以在其中随意游走。

与他预想的不同，邀请他的人早就推断他不是盲人，依据是"盲人不会那样买书"。他们为什么请他来？没人给出解释。他带着几分忐忑在一间大客厅里旁听了这些盲人的讨论会，讨论的内容极为抽象。他不得不承认，他们展露的才智是他无法企及的，他插不上任何话，只能听着，努力领会，他感到自己的精神一下被提升到了一个难以承受的高度。

讨论会结束后，两个女孩为人们送上茶点。他什么也没吃，站起身在房间里无目的地散步，以缓解头脑的紧张。他走出大客厅，进入旁边的房间。这似乎是间起居室，靠墙放着一张床，床罩是纯黑色的。在床边摆着几簇一米来高的曼陀罗，此时它们正开满白色的花，看上去充满野性。在一张书桌上立着一架奇特的滴漏装置，水滴有规律地滴落在一只白瓷瓦罐里，发出悦耳的声响。"如果愿意，您可以住下来。"身后一位盲人友善地对他说。"不，谢谢，我一会儿就走。"他赶忙拒绝。

等他回到自己的小屋，面对书籍堆成的废墟，重又陷入萎靡。他继续从曼陀罗书店购书，期待着下一次邀请。

事情是按照他的愿望发展的，这以后，他频繁接到讨论会的邀请，也越来越沉醉于这种奇妙的聚会。他对参加讨论会的盲人有了更深的了解。他发现他们偏爱书写的盲文，并不是被广泛采用的布拉耶盲文，而是一种像是楔形文字的盲文。他们似乎是一个相对独立的群体，有自己的书店、印刷厂、编辑、作家，而这些作家又有其传统。构成此一传统的并非那些影响普通人的作家、作品，他们没有亦步亦趋地进行转译工作，而是一系列仅仅属于盲人世界的伟大作家和经典著作。他们的伟人名册里没有普通人熟知的名字，甚至没有荷马、弥尔顿、博尔赫斯……他们的思想方式、审美情趣完全自成一格。他们虽然生活在普通人中间，但实际上处身于另一个国度，这个国度的文明与普通人的文明同样悠久，而且更为晦暗幽深。

最令他着迷的是他们的音乐，确切地说，那是一种彻底音乐化的语言——他们的"母语"。他想学习这种语言，却被告知只有真正的盲人才能掌握它，因为它的语义是建立在一种独特的感知系统和内心生活之上的。

不能得其精髓，他便开始在表面上模仿这些盲人的生活起居，他定做了纯黑色的床单、枕套、被套，又从网上购得两株曼陀罗。那种滴漏装置没能买到，他后来才知道，那是一架时钟，盲人们能够根据水滴滴落声之间的纤毫差异判定时间。有时候，他觉得自己不再是个普通人，当然也不是盲人，而是成了一种介于普通人与盲人之间的人。

他就这样生活了很久，直到有一天早晨，他偶然翻阅一本陈旧的植物画册时，看到有一条关于曼陀罗的介绍："曼陀罗为茄科一年生热带草本植物，株高1~2米。花大，多为白色，其汁液有毒，可以导致失明。"他的心头掠过一丝不安，他清醒地意识到，这种不安是来自对失明的恐惧。过去，由于经常用眼过度，他曾不止一次想象过，在聚精会神阅读某本书的时候，他的视网膜会自然脱落下来，但那只是想象而已，而现在失明显得更像一种现实的威胁了。

变成盲人是否真那么可怕？可能只是转换一种感受外界的方式，视觉消失后，其他感觉会敏锐起来，即便不是这样，摒弃视觉也可以让人得到极大的清净。无论如何，失明是一种诱惑，就像死亡是种诱惑。他第一次面对这一诱惑，随即陷入软弱无力的状态。恐惧感渐渐占了上风，他不再给那两株曼陀罗浇水，几天以后，它们反倒更加茂盛了，仿佛有一股超自然的生命力。对此，他有意视而不见。又坚持了些日子，它们终于委顿枯黄下去，最后，他把两具遗骸扔进了楼下的公用垃圾箱。

当他再去参加讨论会时，他感到，在这些盲人中间，他不仅不是隐身人和窥视者，反而是被观察的对象。他们好像在等待着他的正式加入，这种等待隐藏在一种亲和、暧昧的态度背后。不过，冷静下来想，他们从没做出任何让他舍弃视力的暗示，而且也根本不需要他这么做。他们大概只把他当作一位异乡来客，一个误入桃花源的人吧。

不管怎么说，继续深入是危险的。出于种种疑虑，他疏远了曼陀罗书店，再接到邀请，他便以一种拖沓、怠惰的态度对待，故意把聚会错过。如此几次之后，他们不再给他寄信了。这之后的几个月里，他将自己关在小屋里，苦苦挣扎。虽然尽了最大努力，但他还是未能建立起新的生活模式。再后来，他辞掉了工作，将所有书籍留给房东，带着简单的行李离开了 S 市。

Aoz 盒子

……即使我很少击中目标,他也会认出我一直在瞄准的靶子。

——维特根斯坦

Aoz

　　Aoz 类似于一部词典,由于其中词语以名词居多,且对收入的词条附有较为详尽的解释,所以也可以将之视为一部百科全书。Aoz 也源于 26 个英文字母的排列组合,不过它是各种英语词典的叠加的反面——假如不限制单词的长度,不限制某个字母在单词中重复出现的次数,那么我们可以凭 26 个字母得到无限多种排列组合,从这些排列组合中去掉所有英语单词,余下的就是 Aoz 所要编入的词条。可想而知,无限减去一百万,得到的还是无限。

Aoz 中的词条可能与英语以外的语言中的单词，比如法语单词，在形象上一样，但这并不重要，因为 Aoz 只是针对英语（更确切地说，是针对现代英语）的，而且，这些词条在词义方面也不会同其他语种的单词重复。

此外，Aoz 的编写不考虑可读性的问题，也不关心是否会与人名、各种缩写、私自发明的单词，以及未来将会出现的单词重合。

编写 Aoz 的想法最早由托马斯·卡洛尔提出，他并非博学之士，却是位富有的收藏家，他专门收集 1937 年（也就是他出生那一年）出产的各种物品，从珠宝到煤灰。卡洛尔很少参与 Aoz 具体词条的编写工作，他通常只是提供一些想法、回忆、原则和物力支持。真正实践卡洛尔想法的，是他的老朋友霍尔德教授，他曾长年为《爱丁堡百科全书》写条目，这件工作逐渐变成了对他的折磨，他想从各种琐碎的核对、校正、小心的措辞，还有无聊的辩论中解脱出来。在他同卡洛尔倾诉过自己的苦恼之后，卡洛尔决定，Aoz 的条目可以包含虚构，对它的编写无须严谨，出现重复、自相矛盾，乃至各式各样的错误都无所谓，即使缺漏也不必担心，因为它注定会缺漏，它本来就是与缺漏进行的一场游戏。

霍尔德教授很快组织了一个 Aoz 编写委员会，参加者形形色色，有退役军人、艺术家、建筑师、病理学家、流浪汉、长期卧床者……他们本着勤奋的玩笑态度从事这项浩瀚的、无止境的工作，从 1977 年开始，至今已完成 73 卷，而它们的印数和销量始终是机密。鉴于这一工作需要一直继续下去，编写委员会的委员们必须每人发展两位年轻的候补委员，作为他的助手和未来的继任者。他们定期聚会，交流思想，饮酒狂欢。

多年以来，Aoz 中的单词只被极少数正式出版物采用过，不过编委会自有办法，他们每年挑选 100 组词条，每组 26 个，按起首字母从 A 到 Z 各选一则。每组词条，分别印在 26 张卡片上，每组卡片都放入一只盒子。这些盒子被称为 Aoz 盒子，它们会被分发给随机选中的 100 个人。

Bleeta

图布尔镇居民世代相传的一种占卜术，它十分灵验，据世界占卜评估协会统计，其正确率达到 90% 以上。Bleeta 的要旨在于把握时间流逝的风格，这并非捕风捉影，而可归结于对某些有形事物的分析——黄昏时地板上灰尘的分布、时钟发出的噪声、古版书残片的纹理、剪报的皱褶、监狱墙壁上的刻痕……图布尔镇居民将他们的占卜当作一种单纯的艺术活动，占卜得来的预言只被用来欣赏，而不会被用以指导生活，即便某人占卜得知自己即将死于海难，他仍然会从容出海。

Caremac

1941年3月，一个浓雾笼罩的早晨，在伦敦火车站的入口处，一名男子出示的证件被查出有问题，当他试图逃跑时，警方逮捕了他。他被怀疑是纳粹间谍。但是，在审讯开始之前，这名据称"极度虚弱"的男子就神秘地死去了。警方在他身上搜出一张地图，起初他们只觉得这张地图很奇怪，似乎不是世界上任何一个地方的地图，却又似曾相识。很快他们便意识到，这是一张世界地图，只不过它的东西方向与正常的世界地图正相反，地图上的文字也是前所未见的。警方很自然地想到，这张地图是为间谍活动服务的，上面的文字是一种新式密码。之后，他们检查了死者的其他物品，又发现一块表针逆转的怀表和几张不属于任何国家的纸币。在提交情报部门的报告上，参与逮捕的警官补充了一则细节，这名嫌疑人在被抓获时，说着一种他听不懂的语言，他只记住其中一个词，按发音大概可以拼写为Caremac。

这一案件在战时的大背景下当然不会引起注意，情报部门对此类有恶作剧嫌疑的事件亦无暇顾及。直到1952年，关于该案的文件材料（其中竟没有尸检报告）才被戴维·马谢特教授重新发现，并披露出来。有人由此联想到一个反向的世界，它就在我们这个世界的背面，可这是不可思议的，我们的地球不是一张二维的地图，而是一个三维的球体，怎么会有反面？按照马谢特教授的理解，在战争的艰难时期，人们急须彻底改变对世界的认知、感受方式，那张反向的世界地图以及其他反向物品正是这一需要的产物。那以后，有些人喜欢将那些偶然发现的"反向"的事物，称为 Caremac。

Dtprvaiy

伯耳蒂爵士的出身以及他达到权力顶峰的过程一直笼罩在迷雾之中，他的传记作者只能讲述他的后半生。他很可能出身寒微，但到1890年，他51岁的时候，已经是英国最为显赫的家族的族长。他在伦敦金斯路上有一处豪宅，人们称之为伯耳蒂宫，他的家族成员多寓居于此。

伯耳蒂爵士生性风流，曾有过五次婚姻，情人不可计数，据统计，他总共有30名子女（包括非婚生），家族成员有上百人。1900年，老爵士死于厌食症。这一年，伯耳蒂家族搬出故宅，举家迁至利物浦。在那里他们只住了两年，便移居巴黎，住在莫扎特大街。又过了三年，他们再次迁徙，这回他们渡洋来到波士顿，并在那里生活了十来年，其间只有一位伯耳蒂家族的成员返回伦敦，但只住了一个星期，便在一场交通事故中丧生。谁都能看出来，伯耳蒂家族在走一条下坡路，虽然家族中仍不乏才智之士，并且四面出击，进行了大量投资，可结果总是血本无归，就像是中了诅咒，但又像是按照某种约定故意为之，因为他们从不抱怨什么，也不向家族的旧友求助。

1917年，伯耳蒂家族彻底离开了当时的世界中心，迁往印度格德格。自1890年以来，家族再没有增添过新成员，而且在此后的十几年中不断有成员自杀或者死于疾病、意外，抵达格德格时，家族成员只剩下不到80人。这些人并没停止迁徙，1921年他们迁至也门，1927年，他们动身往非洲内陆深入，他们所到之地不再有确切的地名，他们遭遇到瘟疫、猛兽、土著人的袭击，人员减损惨重，到1936年，只剩下十几个人生活在一片原始森林里，他们的举止已很接近非洲土著，甚至曾有一位英国人类学家想对他们进行研究，但他很快就辨认出了他们的伦敦口音，他们礼貌地请他离开。此后，他们的行迹已很难把握。

有证据表明，待到1950年，伯耳蒂家族只剩下一个人了，他是在迁徙过程中成长起来，而后衰老下去的，可谓历尽沧桑。有人说他在西撒哈拉出现过，而后去了佛得角，也有人说他向北走，一直到了扬马延岛。传说他曾在冰岛的一个小港口遇到一位女巫，女巫预言，假如他愿意返回其祖居，他将重新占据世界的中心，成为世上最有权势的人，但是他对这些话一笑置之（他们当然不知道，伯耳蒂宫已于1940年毁于德国空军的轰炸）。至于这位最后的伯耳蒂死于何时何处，已无从查考。

Dtprvaiy指的是伯耳蒂家族的迁徙路线，一条从中心滑向边缘，直到消失的轨迹。

Etaicnune

Etaicnune 的意思是，E、t、a、i、c、n、u、n、e 紧挨在一起，从左到右列为一排。

Flvl

这个词指的是，以象形文字之间的一个个空隙为基本符号所构成的语言。这些"空隙文字"出现在书页上，就像一种密码，不理解的人会把它们当成字与字之间单纯的空白。1956年，劳佛受到空隙文字的启发，发明（或说找到）了一种被覆盖的文字，比如 A 覆盖了一个小三角，D 覆盖了一个反向的 C，F 覆盖了一个倒立的 L，等等。

Gukyp

Gukyp 是一种罕见的病症，Aoz 编者之一霍尔德教授就曾深受其害，他称之为"单词中毒症"，患此病者无法按照对象本来的样子对它们做出区分，他们的分辨总受到这些对象的名称拼写的制约。霍尔德最初的症状是无法分辨名为 Alicia 和 Alisia 的女子，无论她们的相貌如何天差地别，在他眼中她们仍然十分相似，而在他得知她们的名字之前，却不会出现这样的困扰。

随着病情的深化，霍尔德对周围许多事物的分辨都发生了困难，很难想象，一个无法分清汽车（car）和猫（cat）的人将如何生活。好在霍尔德处变不惊，他及时发现，他仍能直接看清的唯一对象正是语言，他想到，或许另一种语言可以帮他解除英文带来的麻烦，于是他着手学习中文，一种与英文反差巨大的文字，当他能够用中文思维时，病症果真消失了。

Hapuv

帕累托博士早年致力于心理考古学方面的研究，他通过各种历史文献、遗迹、传说，分析那些已然消逝几个世纪的欲望、感觉、旨趣。他从中发现了独立于外部世界的隐蔽的心理规律，于是，他开始转向运用这些规律预测未来人的内心状况。这项研究持续了十几年，他声称自己掌握了200年后人们的审美情趣，他可以推测出，哪些创造物，特别是文学、艺术作品，能够被未来世界所保留、接纳乃至欣赏，他将这些事物称为Hapuv。为了向现代人列明所有Hapuv，帕累托博士编写了一部庞杂的名物录。他称这部书是对现时代文学、艺术的一次提纯。但帕累托不得不承认，他的工作成果只有在200年后才能得到检验，而他对他的名物录是否能够被保存到那一天毫无信心。

Iyiyiy

Iyiyiy乃是日本人鸟居纯创造的一门技艺，这是一门制造技艺假象的技艺。其做法是将一些极为简单、无须技巧的活动展示得像是某种技艺，如煞有介事地将一张报纸一下下折叠起来，就好像表演了一个奇妙的小魔术；穿过一扇敞开的门，就如同穿墙而过；两人在棋盘旁对坐，苦思冥想，有时一两个小时才落一子，但其实只是随意将棋子一枚枚放在棋盘上。

Juttorld

1941年起，布雷德福投入小说创作。他受到手相学的启发，开始将掌纹与虚构联系起来。按照占卜者的释义手册，掌纹被解释为一个人的命运，布雷德福改写了这类释义手册，使其更加丰富，更便于展开叙事，于是命运就被篡改成为小说。若将那些纵横交错、弯弯曲曲、看不清始终的纹理视为一条条叙事线索，那么一个人只要低下头、摊开手心，就能进入漫长的阅读过程。布雷德福搜集了大量掌纹印迹，并着手按照自己的释义手册将他们翻译成文字作品。

随着释义和写作的细化，布雷德福将注意力转向了掌纹中那些鲜明线条之外的密集细碎的纹路，他意识到，它们构成了小说中不会出现，甚至没有被暗示的部分，它们是潜存于小说之中的，例如，小说中写道："米歇尔冒着小雨，小心地穿过马路向广场走去。"我们可以想见，这条街上还有其他人，天空中有乌云，广场被步行道和一些建筑物包围着，米歇尔穿着衣服，这身衣服是由某家服装厂生产的……这些事物和事件，被布雷德福命名为 Juttorld，所有 Juttorld 都可以经由推测，从一部小说中挖掘出来。那以后，布雷德福便开始了对特定 Juttorld 的挖掘工作，从 1943 年到 1953 年，布雷德福对一本仅有 124 页的小说展开挖掘，并将挖出的 Juttorld 整合为一本书，他称之为"一个很不完全的附录"，其厚度堪比《尤利西斯》。

Kex

卡洛尔和霍尔德请我为 Aoz 撰写词条，说实话，这叫我为难，年轻时我也曾舞文弄墨，如今酒精已经把我毁了……好吧，我试着写一写 Kex，这个词是一个标志，出现在一些银白色的小钥匙上。这些钥匙属于"分散博物馆"，它们在纽约市遍地乱窜。

分散博物馆是实业家蒙福德的杰作，这个博物馆由分布在纽约各个街区的一些（外人无法搞清数目）普通民用住宅组成。这些住宅有大有小，但是没有一个占据"中心"的地位。人们可以写信或打电话向蒙福德设在东 57 街的办事处申请参观博物馆，他们会寄给你一把钥匙，同时附有一个地址和一个时间。

你拿着钥匙，按图索骥，就会发现一间被布置成展室的房子，它可能在居民楼里，也可能在酒店里，或者是郊区的某间平房。我们管这些房子叫博物房。大多数博物房并没有专职的管理人员，你可以自己拿钥匙开门，然后参观里面的展品，展品通常不多、不值钱，但很稀奇（多半是煞有介事的赝品，一些玩笑、一些怪物）。参观之后，务必要将钥匙交回。

二战后，我住在纽约，无所事事，常往这些博物房游赏，我确实见过一些有趣的东西，譬如一张据说是英国王室秘藏的字母表，上面有30个字母，其中4个字母从来未被使用过；七架法国17世纪的断头台，它们都曾因为在行刑时忽然失灵，而被作为圣物收藏在一所修道院的地下室里；一枚青铜硬币，它被平放在一个玻璃支架上，可以通过反光看见它的反面，展览说明上介绍，这枚硬币的正反面每隔一百年会神秘地互换一次。我还记得有一次，我冒着小雨去到一所博物房，打开门，里面空空荡荡、昏黑一片，地板上只有一瓶打开的白兰地和一只玻璃杯，我靠墙坐倒，望着窗口，一杯杯喝起来。

1960年前后，分散博物馆的制度进一步放开，人们可以提出申请，让自己的住房成为博物房之一。蒙福德的办事处负责统一收集、复制、发放、回收钥匙，加盟者负责将自己的住宅布置为展室，安排好开馆时间。加盟者有权优先参观其他博物房。这其中确实存在小小的风险，尤其在治安混乱的地区，但也不乏乐趣。

目前，分散博物馆已经扩散到世界各地，带有 Kex 标记的钥匙难以计数。就在前不久，在伦敦郊区的一所宽敞的博物房里，我发现将近 100 个 Aoz 盒子，说明上写着："参观者可任取其一。"我当时就想，这房子一定是属于我的老友卡洛尔的。之后，我与他取得了联系，再以后便得到了为 Aoz 撰写词条的邀请。

Loqjc

当一位重要人物故去，他的遗稿通常由其亲属、学生、后继者整理，如果卷帙浩繁，还可能成立专门的遗稿委员会。但在遗稿中往往有一些字迹极其潦草的篇章，即使是相关专家也无法辨识。这些篇章没法归类，也无从判定其价值，人们不敢将之毁弃，却又不知如何处置是好。为解决这一问题，1890 年，在法国里昂市索恩河西岸建起了潦草文稿资料馆，专门接收这类字迹潦草的文稿，并对它们进行复制和研究。

资料馆对全世界研究者免费开放，来访者可以随时查阅文稿的精准复制件，如有特别事由，还可申请翻看原件。

研究潦草文稿的人主要是笔迹学家、历史学家、小说家以及专事研究某人思想的学者，在他们之中，某些人对于此类文稿有着狂热的爱好。一些人逐渐迷失在一行行潦草的文字里，他们在里昂一住几十年，几乎每个开馆日都泡在阅览室里，他们自带放大镜、卡尺、字典、笔记本，任凭文稿堆积在周围，将他们掩埋。这些人似乎并不渴望从文稿中获取任何成果，而只想沉陷在那种以目光触摸字迹的过程中。

如此陷入狂热的研究者，起初会表现出不修边幅、越来越邋遢的迹象，在无力自拔之后，他们将变为蓬头垢面、语无伦次的怪人，到了最后，他们的面目都会变得模糊不清，不可辨认，就像得了麻风病。一位病理学家指出，在狂热者和毁掉他们的文稿之间存在一种相似性，或说趋同性，这种趋同就是狂热者发生变异（潦草化）的逻辑，他称之为 Loqjc。这一看法，得到了多位资深馆员的认同，但至今未被医学界接受。

Mtniara

庞阿德是 19 世纪末最著名的魔术师，但他从未表演过一场魔术，他的工作是为其他魔术师制造道具。这些道具设计精妙、匪夷所思，总能帮助魔术师们实现完美、惊人的表演。

1852 年 8 月，一个名叫惠蒂埃的立陶宛魔术师拜访了庞阿德，希望得到一件他制造的道具，但被庞阿德回绝。惠蒂埃不死心，苦苦相求，自此纠缠庞阿德七年之久。无奈之下，庞阿德高价出售给惠蒂埃一件道具。惠蒂埃凭借这件道具在欧洲各国巡回表演分身魔术，引起轰动。惠蒂埃还不满足，他妄图让他的魔术成为永远的谜题，于是毒杀了年逾古稀的庞阿德。庞阿德死后，人们发现了一架他遗留下来的魔术道具，它是木制的，结构简洁，像一架纺车，上面配有26面银白色的小镜子。根据庞阿德儿子的追忆，这件道具花费了庞阿德20年的心血，曾经做过多次改进，从繁复趋于简单。可是，庞阿德之子并不是魔术师，也不知道这件道具的用法，为了不再受到来自世界各地的魔术师的骚扰，他将这件道具捐赠给了魔术师协会，并将庞阿德为了制造它而写下的大量笔记一并奉上。然而，经过各路魔术大师几十年的钻研，仍无法得知这件道具究竟能用来变什么魔术。庞阿德的笔记中确有一小部分对这些研究者有所启示，但其中大部分文字过于潦草，实在无法辨认，最终被送进了位于里昂的潦草文稿资料馆。

这件魔术道具被后世称为"庞阿德机器"，它是非常典型的Mtniara。Mtniara的意思可以被概括为，用法失传的绝妙器具。与庞阿德机器齐名的Mtniara，是奥地利人兰道留下的刑具。兰道年少时对数学颇为着迷，一心想成为数学家，但命运弄人，他后来的职业是刽子手。他没有放弃自己在数学方面的追求，而是将爱好与职业结合起来，制造出一系列极其特别的刑具，他通过这些刑具，将人的痛苦进行了精细的量化。他向上级展示了自己的发明，颇受重视。此后，军队、警察局、监狱的订单纷至沓来，兰道成为了最受欢迎的刑具工匠。

1937年底，兰道制造完成了自己最为得意的刑具，它的一极是疼痛的顶点，另一极是舒适的顶点，中间有360个刻度，用以调节痛苦的程度。此刑具还配有一部烦琐的操作指南，它涉及时间、地点的选择，温度、速度的控制，刻度之间的转换规则等等。这架精密的机器只有不停运转——从一个刻度向另一个刻度转动——才能产生预期的效果，也就是说，从单纯的疼痛，到舒适，再到疼痛的不停转换，才能形成深刻的痛苦。

　　正在兰道准备将这架刑具交给奥地利当局的时候，纳粹德国吞并了奥地利。盖世太保没收了兰道的刑具，但是那本操作指南被兰道及时销毁了。盖世太保随即逮捕兰道，命令他为他们服务，被兰道拒绝。之后，兰道经受了各式酷刑，他带着愉悦的心情见识（鉴赏）了一些他前所未闻的刑具，不过它们与他那架机器不可同日而语。最终他没有将秘诀传授给盖世太保的刑讯专家，此后他遭到长期关押，1943年死于纳粹集中营。

Nueriotc

　　据传说，欧几里得的一位弟子曾苦苦思索如何将一个正方形分割成两个正方形，他殚精竭虑，耗费了十几年时间，最后郁郁而终。也许很多人都思索过如何让一加一等于三，如何得到一块纯白色的透明玻璃……编者的一位朋友，劳佛先生，一直以来都想证明他本人并不存在，他为此搜寻了大量证据——

几张形象上相去甚远的劳佛证件照、一本找不到劳佛名字的校友录、一份职业介绍所为劳佛草拟的存在多处前后矛盾的个人简历……但是，劳佛始终无法证明劳佛不存在。诸如此类为了不可能之事所花费的心力，就被称为 Nueriotc。古波斯一个无名的神秘教派认为，当人们所付出的 Nueriotc 达到足够量的时候，不可能之事就会成为现实。

Oooooo…

　　这是一个由无限多个 O 所组成的单词。如果一棵树不是松树、桉树、榉树、橡树……那么它就是 Oooooo…；如果一门学问不是物理学、化学、修辞学、逻辑学……那么它就是 Oooooo…；如果一位音乐家不是莫扎特、贝多芬、舒伯特、勃拉姆斯……那么它就是 Oooooo………简单说，Oooooo…指的是那些不能被省略号所代表的对象。

Pzzzzzzzzp

　　这个词在使用中的写法并不像本词典所列出的这样，比如1950 年，Pzzzzzzzzp 可以完整出现，而 1951 年，它就要被写作 Pzzzzzzzz，1952 年要被写作 Pzzzzzzz，如此类推，到 1959 年，它只剩下一个字母 P。但这么说并不准确，严格的说法是，1951 年，它是被写作 Pzzzzzzzz 加一个空格，1952 年被写作 Pzzzzzzz

加两个空格，到 1959 年，这个词的构成就是 P 加 9 个空格。在 1960 年，它不是变为 10 个空格，而是再次以 Pzzzzzzzzp 的形式出现。

Pzzzzzzzzp 及其变化形式，都被用以指一种做事总是断断续续的生活方式，由此展开的生活就像是由无数条虚线交织而成的——写成一张便条，由于一再中断，需要几个月的时间；一句话刚讲一两个词，就去做其他事，等回来再接着说一两个词；一次马拉松比赛只能被分割为许多次短跑比赛；一个被判处 10 年徒刑的人，30 年也无法将刑期服满；一场婚礼有时要到为夫妻一方举行葬礼时才能结束。

Qulii

1945 年，康努特 30 岁的时候，开始过一种极为有规律的生活，在这以前他一定经历过许多事，对此我们知之甚少，但可以确定的是，他曾获得一笔可观的财产。

他在伦敦泰晤士河北岸买下一套宽敞的公寓，雇用了一位比他小 10 岁的华裔女子夏兰做管家，打理所有家务。

他每天 7 点起床，洗漱完毕，喝一杯浓咖啡，吃几块小点心，而后大约 8 点开始伏案写作。中午 12 点准时停笔，用午餐。下午 1 点上床午睡，2 点起来继续写作。5 点停笔，外出，沿固定路线散步。6 点左右回家用晚餐。晚上 7 点再次开始写作，直到 10 点。10 点以后，阅读、听音乐，大约 12 点上床睡觉。

按照康努特拟定的规则，夏兰平日为他准备的午餐、晚餐为一汤、两肉菜、一素菜；星期日为一汤、一鲜鱼、两素菜；节日或生日为一汤、两种鱼类及两份配菜，外加葡萄酒一杯。

康努特写的是长篇小说。他每小时写下 500 个单词，每天分别为 10 本书写下 500 个单词。每当为第 100 本书写下 500 个单词后，再折回第一本书。如此循环往复，从不间断，一直坚持了 20 年。

这 100 本书的主人公都叫 Qulii，但他们并不是同一个人，这就使 Qulii 不像一个人名，倒像是具有某种特殊意义的词。康努特解释说：他有种迷信的想法，为主人公起名就如同买彩票，他不过是将全部赌注押在了同一个号码上。

在完成这 100 本书之后，康努特又花了 5 年时间进行修改。

康努特 55 岁时与他的管家夏兰结婚，并将他的作品平均分为 20 份，寄送给 20 家出版社。

作品寄出后的第二天清晨，一个难得的悠闲的清晨，康努特对夏兰讲述了他的梦，他梦到那 100 本书都被退了回来，而后，他化为一股蓝色的烟雾，消失在了半空之中。

Rpetyrguain

1957 年，托马斯·卡洛尔在科西嘉岛旅行，他在旅馆的房间里无事可干，便制作了11张卡片，在每张卡片上写下一个英文字母。之后，他将这11张卡片稍稍浸湿，任意粘在旅馆的11样摆设（床头灯、玻璃船模型、中国盆景、电话机、地址簿、咖啡壶……）上，他坐下，看着这些摆设和字母，而后按照从窗到门的顺序，把字母记录在一张纸片上，于是得到了Rpetyrguain这个单词。水干之后，字母脱落，那以后，房间的陈设自然会变，甚至旅馆也将不复存在，但这个单词被保留了下来。

Stonywallll

13世纪，珈奎林人开始修建Stonywallll，他们没有任何草图，似乎只是从东向西沿一条直线，任意建造各种形式的建筑物，这些建筑物一座挨着一座，远看像一堵延绵千里，却不规整的长城。不过还有一种说法是，珈奎林人有一副纸牌，每张牌上画有一种建筑：宫殿、堡垒、玫瑰花园、寺院、赛马场、动物园、造币厂、迷宫、兵营、剧场、监狱、旅店、陵墓……他们起初建起一座宫殿，之后，他们的首领从纸牌中抽出一张"动物园"，于是就紧挨着宫殿建起了动物园，宫殿与动物园是相连通的。这以后再抽一张牌，建造下一座建筑，它们之间靠着走廊、隧道、桥梁以及很短的水道衔接，就像一把牌彼此交叠。建筑材料原先只有灰泥、普通石料、大理石、木材、青铜、玻璃，后来逐步丰富。Stonywallll 一直在延伸，至今仍未完工，由于经历了时代的变迁，在空间上前后并列的建筑的风格表现出巨大差异。最东边的建筑渐渐被遗弃、遗忘，几乎化为幽暗中的废墟，居住在西边的人已极少跨越这中间的各种建筑物回到东边去看上一眼。

Toof

柯特·威尔逊是位家道中落的贵族子弟，外表阴郁、冷漠，内心却隐藏着某种狂热的、莫名其妙的恶意。在他 27 岁那年，他的一位女仆为他生下一对双胞胎，他们被取名为多弗和凯蒙。柯特·威尔逊看着襁褓中的两个婴儿，头脑中出现一个复杂的计划。

在孩子们开始学习语言的阶段，这位父亲进行了一项实验，他篡改词典，完全打乱其中拼写、发音和语义的关系，接下来，他故意向多弗灌输自己伪造的语言。他想看看，这个孩子日后在思维和精神方面与他的兄弟会有多大不同。

多弗 6 岁那年，柯特·威尔逊死于一场决斗，在此以前，多弗一直处于封闭的环境之中，只有他的父亲同他进行对话交流。可想而知，当小多弗被送进寄宿学校的时候，他立即陷入了极大的困惑，他无法理解周围人的话语，别人也把他当作疯子。幸运的是，多弗的一位修辞学老师破译了多弗的语言，并决心将他拯救出来。这位老师先是学会了多弗的错乱语言，而后再用这套错乱的语言去纠正多弗的错误，将拼写、发音和语义逐一归位，在这一过程中，错乱的语言逐步被正确的语言所取代。

在学习的中间阶段，多弗的思维忽然陷于瘫痪状态，他只能在纸上写下 Toof 这个词，他不停地写这个词，除此之外什么也做不了。这样持续了三个月，他恢复了正常，逐步掌握了正确的语言。据多弗后来回忆，Toof 这个词对他没有任何含义，它就像一块空白、一个透气的小孔，他靠它呼吸，由此他才得以一点点清除混乱，让所有那些拼写、发音、语义找到新的位置。

Uhvtgn

Uhvtgn 是这样的一个世界，它无限丰富，在其中可以找到所有可能发生的事情的"表观"。这就是说：虽然，在同一时刻，某人（比如卡洛尔）不可能既在海边散步，又在市区的一间办公室里坐着，但是，当卡洛尔散步时，会有一个外貌、衣着等与其完全相同的人（他当然不会是卡洛尔本人，时空坐标会将他们区分开来）在市区的办公室里坐着；而且，在同一时刻，还会有一个外貌与卡洛尔完全相同，在一间与前面讲到的办公室完全相同的办公室里坐着的人，只是着装与卡洛尔不同……

在 Uhvtgn 中，一个从事虚构的人要做的，是想象某些事件没有发生，某些事件的表观没有出现，譬如，他们乐于想象没有任何人与卡洛尔完全相同。

这些从事虚构的人联合起来，形成一个共同体，他们逐渐把自己的虚构当作了现实，像变魔术一样，他们所虚构的"现实"，恰好与我们的世界吻合。

Voyth

在1927年3月某个宁静的午后，他抵达地球，他是如何来的并不确定。他降落在美国南部城市阿比林。起初，他住在该市贫民区的一家三层高的小旅馆里。不久以后，他在一家印刷厂找了份工作，这是那种须要不分昼夜辛苦劳作的活儿。印刷厂厂长有时对工人态度粗暴，但为人爽快、热心。在厂长的帮助下，他办理了必要的身份证件。

1929年，他有了些积蓄，于是离开阴暗、潮湿的老式旅馆，搬进剧院街13号公寓楼。他独自享有一间虽然窄小，但还算舒适的房间。他可以凭窗眺望街道的景色，小提琴和短号凑出的乐音会不时从对面的咖啡馆里飘来。他没有多少艺术细胞，但音乐可以使他放松。

他想摆脱印刷厂枯燥乏味的工作，就报名参加了一所夜校的培训课程。这时他30岁。在夜校的学习班上，他遇到一个本地女孩。她开朗热情，是《南部时报》的打字员。两人很快坠入爱河。有一天,他们沿着泛着白沫的人工河散步,微风吹来,他告诉她,他是个外星人。她说她一开始就感觉到了。

拿到夜校文凭后,他辞去印刷厂的工作,在《南部时报》做了编辑助理。1934年,他和心上人在教堂举行了婚礼。婚后一年,妻子为他生了个女儿。他感受到了家庭生活的幸福,但经济上的压力也明显加大了,编辑助理的微薄收入不足以维持一家人的开支。在几个朋友的撺掇下,他贷款投资开办了一家汽水工厂。但他不懂经营,两年后,汽水厂倒闭,他欠下不少债务。幸亏岳父慷慨解囊,否则他可能会落个身败名裂的下场。

经过这次挫折,他学会了谨慎小心,但也变得刻板而沉默。1938年他回到《南部时报》,从事校对工作,那些无尽的文字细节迅速将他淹没了。所幸战争并未波及他的生活。为缓解经济困境,他的妻子在照看孩子的同时,还接点打字的零活儿。就这样,一家人的生活艰难地转入了正轨。几年后,他们有了自己的房子,周末他会给草坪浇水,陪家人去听音乐会或看场电影,一个人的时候,他乐意听听爵士乐、玩赏自己收藏的法国邮票。

1944年的一个仲夏夜,他们在城郊一片开阔的草地上野餐。几杯香槟酒下肚后,他指着星空对妻子和女儿说:"我说过吗?我是从 Voyth 星来的,它在射手座,是颗绿色的星球,它的海洋是翡翠色的，上空飞翔着成群的企鹅，企鹅的翅膀非常小，所以它们飞得特别吃力……""你好像说过，亲爱的。"妻子说着，把一个果酱馅饼递给女儿。女儿接过馅饼，笑着问："究竟是哪颗？"他想了想说："我也搞不清啦。"

1950年，他终于当上了《南部时报》的正式编辑，时光也开始在重复中不断加速，就这样又过了10年，他从报社退休。其时，他的女儿已经去了纽约，在一家贸易公司工作，他和妻子仍旧留在阿比林的老房子里，相依为命。1963年，他被诊断患有胃癌，但他拒绝入院手术。在病痛中，他苦熬了一段日子，这期间，朋友们常看到他坐在自家院子里，望着夜空，陷入焦灼的思索。1965年春天，他显然度过了精神上的难关，变得平静安详，还在院子里播下一些海索草的种子。是年秋季，一个雨后的清晨，在亲人的守护下，他在家中逝世。

Wgighilir

布雷德福早年的一系列设计作品被统称为Wgighilir，其中最具代表性的是为（假想中的）有1000根手指的人设计的翻绳游戏，以及分别为身高为1毫米和100米的人设计的地图，为前者设计的是一张小圆桌的桌面地图，为后者设计的是一张线条简明的世界地图。

Xoereox

失落情报局成立于1948年，总部设在伦敦，虽然它得到过官方的资助，但它并不是一个官方机构，而是由退伍军人约翰·兰德尔与历史学家戴维·马谢特共同发起创立的民间组织。

战争期间，兰德尔曾在英国空军机场目标伪装局供职，他一直希望进入军情六处工作，但未能如愿。马谢特是牛津大学欧洲史专家，战后将注意力转向搜集和整理二战史料。他们建立的失落情报局，旨在收罗那些在战时没有成功送交指定机构的情报，这是一些文件、纸条、微缩胶片……它们可能出现在旅馆房间的隐蔽角落、银行的保险柜、火车站和码头的行李寄存处、公寓楼内的私人邮箱等许多地方。这些失落的情报有些是谍报人员在被捕前匆匆隐藏的，有些是被接收情报的机构遗漏的，还有一些是在传送过程中，因为战争结束而被弃置的。

在几年时间里，失落情报局召集了大批志愿者，在世界范围内展开搜索。这是一项紧迫的任务，因为随着时间的推移，失落的情报很快就会永远失落。他们主要靠查阅解密的战时档案以及战争法庭的庭审笔录寻觅线索，此外他们也会亲自进行实地调查，采访一些身份特殊的当事人，在报纸上刊登启事以捕捉讯息。

1951年，他们的搜集努力取得了重大进展。曼彻斯特的一位志愿者发现其友人的一本集邮册中有几张邮票背面贴有微缩胶片。他将集邮册买下，交给了马谢特。结果发现，胶片上是一份关于英国破译埃尼格玛密码的情况报告。经过调查得知，这本集邮册是在一次遗失物品拍卖会上购得的，来自曼彻斯特火车站失物招领处。事情经过大概是，一名德国间谍将集邮册存放在火车站的行礼寄存处，但没有人按照约定将之取走，后来它被火车站方面当作遗失物品处理了。

此后，越来越多的发现表明，德国间谍的许多情报都是这样中途遗落的，很多人将情报放在了某个指定地点，但没有人来将之取走。兰德尔和马谢特都认为，德军的情报人员不可能如此疏忽大意。经过深入调查，他们逐渐了解到，战时英国在德国情报机构阿勃维尔安插过一个间谍，隶属于第一处，他的任务不是传递任何情报，而是不传递任何情报，他的代号是Xoereox。

Yoxoxo

本词条采取由读者自行填空的形式完成：Yoxoxo，又作_____，意大利_____，是_____之一，传说与_____有极深渊源。20世纪20年代，_____，由此取得了巨大成功。据说，达米安的名著_____便是从这件事获得的灵感。可是，到_____之后，Yoxoxo几乎销声匿迹，只有少数_____仍对其怀有巨大热情，他们因此被视为怪人。按照昆波拉教授最近的解释，Yoxoxo 实际上并不是＿＿＿＿＿＿，而那个时代的人们何以刻意掩盖真相，我们只能揣测一二，可能是因为＿＿＿＿＿＿，也可能是由于当时＿＿＿＿＿＿，总之＿＿＿＿＿＿。在今天，我们似乎能够更为公正地看待 Yoxoxo，然而我们可说的却已经很少，几乎只能沉默以对。

Zoaoz

一天下午，托马斯·卡洛尔独自外出散步，他途经一处港口，看到一些旅人正在等候渡船，他忽然想到可以为 Aoz 增加一个词条，他可并不常有如此兴致。卡洛尔取出钢笔在手背上写下了 Zoaoz 这个词，之后继续漫步。黄昏时分，他走到黄金博物馆附近，进入一家小酒馆，他在靠窗的位置坐下，喝了杯甜酒，借着灯光，他又看到自己手背上的单词 Zoaoz，可他无论如何也无法想起用它命名过什么了。Zoaoz 就是这么一个刚被创造便遗失了意义的词。

图书在版编目（CIP）数据

蒙着眼睛的旅行者 / 朱岳著. — 北京：北京联合出版公司，2016.4
（2016.9重印）
 ISBN 978-7-5502-7481-5

Ⅰ.①蒙… Ⅱ.①朱… Ⅲ.①短篇小说—小说集—中国—当代 Ⅳ.①I247.7

中国版本图书馆CIP数据核字(2016)第068983号

Copyright © 2016 POST WAVE PUBLISHING CONSULTING (Beijing) Co., Ltd.
本书版权归属于后浪出版咨询(北京)有限责任公司

蒙着眼睛的旅行者

作　　者：朱　岳
选题策划：后浪出版公司
出版统筹：吴兴元
责任编辑：李　征
特约编辑：黄杏莹
营销推广：ONEBOOK
装帧制造：墨白空间·陈威伸

北京联合出版公司出版
（北京市西城区德外大街83号楼9层 100088）
北京中科印刷有限公司印刷　新华书店经销
字数190千字　　880毫米×1230毫米　1/32　　11.5印张
2016年7月第1版　2016年9月第2次印刷
ISBN 978-7-5502-7481-5
定价：36.00元

后浪出版咨询(北京)有限责任公司 常年法律顾问：北京大成律师事务所　周天晖 copyright@hinabook.com
未经许可，不得以任何方式复制或抄袭本书部分或全部内容
版权所有，侵权必究

本书若有质量问题，请与本公司图书销售中心联系调换。电话：010-64010019